O ERRO DE GLOVER

NICK LAIRD

O ERRO DE GLOVER

Tradução de Maira Parula

ROCCO

Título original
GLOVER'S MISTAKE

Copyright © Nick Laird, 2009

O direito moral de Nick Laird ser identificado
como autor desta obra foi assegurado por ele.

Este livro é uma obra de ficção. Nomes, personagens, lugares e incidentes são produto da imaginação do autor ou foram usados de forma fictícia. Qualquer semelhança com pessoas reais, vivas ou não, acontecimentos ou locais é mera coincidência.

Todos os direitos reservados. Nenhuma parte desta obra pode ser reproduzida ou transmitida por qualquer forma ou meio eletrônico ou mecânico, inclusive fotocópia, gravação ou sistema de armazenagem e recuperação de informação, sem a permissão escrita do editor.

Direitos para a língua portuguesa reservados
com exclusividade para o Brasil à
EDITORA ROCCO LTDA.
Av. Presidente Wilson, 231 – 8º andar
20030-021 – Rio de Janeiro – RJ
Tel.: (21) 3525-2000 – Fax: (21) 3525-2001
rocco@rocco.com.br
www.rocco.com.br

Printed in Brazil/Impresso no Brasil

preparação de originais
DEBORA FLECK

CIP-Brasil. Catalogação na fonte.
Sindicato Nacional dos Editores de Livros, RJ.

L188e   Laird, Nick, 1975-
         O erro de Glover/Nick Laird; tradução de Maira Parula.
       – Rio de Janeiro: Rocco, 2012.
       14x21cm

         Tradução de: Glover's mistake.
         ISBN 978-85-325-2723-3

         1. Romance irlandês. I. Parula, Maira. I. Título.

11-8131   CDD–828.99153
                                                    CDU–821.111(415)-3

Para EJ

três da manhã

a boate

À mesa da cozinha, ele folheara a *Time Out* e de repente lá estava ela. Ficou tão chocado ao ver seu rosto que começou a rir. Ainda estava bonita, embora estivesse com os olhos ligeiramente franzidos, como quem acabou de tirar os óculos. Será que estava precisando de óculos? Ele havia recortado a notícia com uma tesoura de unha, dobrado e colocado na carteira. A exposição "Us and the US", reunindo artistas americanas e britânicas, fora inaugurada três dias antes.

Ao se aproximar da mesa de bebidas e pegar um copo de plástico com vinho, ele percebeu, com uma raiva inesperada, que os engravatados bebiam champanhe em legítimas taças de vidro. O dinheiro contempla os endinheirados com uma espécie de armadura, e a daquela gente chegava a brilhar. Alegres e ruidosos, Ruth certamente seria mais uma entre eles. Ele seguiu em frente para procurar pelo trabalho dela.

Lá estava.

De fato, ela parecia ótima: mais velha, é claro, e o cabelo fora tingido de louro. O nariz ainda era um pouco pontudo, estranhamente descarnado, a ponte tão reta e fina como a crista de uma duna de areia, sendo um lado iluminado e o outro, sombreado. Um homem alto com terno de risca de giz falava sem parar enquanto ela girava a haste de sua taça vazia entre o indicador e o polegar. Seu olhar infeliz vagava pelo grupo. Um dos homens cochichou no seu ouvido e ela se virou, seus olhos exi-

biram a mesma expressão que mostravam no auditório da faculdade, quando olhava ansiosamente por cima da cabeça dos alunos para a porta de saída.
— Com licença. Olá, Ruth.
David usou o cotovelo para abrir espaço.
— Olá. — A voz era mais baixa do que David imaginara, mas lhe soou instantaneamente familiar. Ela ainda vestia preto, mas os tecidos agora eram de qualidade superior. Um xale felpudo de cashmere, uma blusa de seda justa.
— Você foi minha professora na Goldsmiths, há muito tempo.
— Ele a olhava atentamente, e então desviou os olhos para a taça dela.
— Ah, claro, desculpe. Como é mesmo o seu nome?
Ela estendeu a mão e David apertou-a calorosamente. Ele disse que não havia por que ela se lembrar dele, mas mesmo assim ela repetiu o nome, dando uma pronúncia americana às sílabas: David Pinner. Os três homens se reagruparam e o Risca de Giz estava no meio de uma piada. Ruth tocou na mão de David pela segunda vez.
— Vamos pegar uma bebida?
Havia uma aglomeração em volta da mesa. David sabia que seu papel era ficar na fila pelos dois, deixando Ruth esperar a certa distância daquele desagradável empurra-empurra, mas, se fizesse isso, em pouco tempo poderia perdê-la para algum engravatado, um fã ou um jornalista. Foi quando Ruth chamou uma garçonete que passava, uma jovem negra com piercing no lábio, carregando uma bandeja de canapés de camarão.
— Posso abusar de você e pedir que traga um pouco de vinho?
Ela os avaliou: David não a convenceu, mas Ruth, com seu 1,70m de pura elegância, provocou facilmente a aprovação de ambos. Os ricos fazem muitos pedidos, e nunca se decepcionam. Quando a garçonete sorriu em confirmação, a visão do piercing

dela pressionando o lábio inferior foi tão desagradável que David teve de desviar os olhos.

– Posso só me livrar desta bandeja?

Ele estava nervoso, colocando na boca um canapé atrás do outro, antes de engolir o anterior. Ruth retirou um fio branco de seu xale e disse:

– O que você faz hoje em dia? Ai, esqueci o seu nome outra vez. Sou terrível para guardar nomes. Esqueço até o da minha filha às vezes.

Mastigando de forma frenética, David apontou para a boca.

– Ah, claro... Meu Deus, Goldsmiths.

Ela falou num tom teatral, como se nomeasse uma batalha que travaram juntos. Depois de engolir, David repetiu seu nome e disse que era escritor. O que não era exatamente a verdade, pelo menos fora do seu mundo interior.

– Hum-hum. Então consegui afastá-lo das artes plásticas. Ou talvez você escreva sobre isso. Veio aqui para pesquisar?

David achou que ela, com muita classe, o estava ridicularizando.

– Não. Basicamente leciono, embora tenha escrito...

Ela mudou de expressão e mergulhou o rosto na direção dele.

– Olha, desculpe por arrastá-lo para cá. O irmãozinho do meu ex-marido decidiu me explicar por que exatamente eu arruinei a vida dele.

– Meu Deus, tenho certeza de que você poderia passar sem essa.

A proximidade e aquela intimidade fácil foram uma surpresa, e ele se espantou ao se ouvir repetindo *Meu Deus* no mesmo tom dramático de Ruth. Quer dizer que ela acabou com a vida do ex-marido ou com a do irmão do ex-marido? Ele podia imaginar como ela seria capaz de tirar a vida de um homem dos trilhos.

– Você teria um cigarro?

– Hum, acho que é proibido fumar aqui.

– Eles não ligam. São todos tão... Ah, aqui está. Querido, você é um anjo. Um anjo punk-rock.

O "punk-rock", pensou David, denunciou a idade de Ruth.

– Foi muito gentil da sua parte vir ver a exposição. Perdi contato com todo mundo que conhecia na Goldsmiths. – Seus olhos escuros passeavam pelo salão. David esperou que se fixassem nele outra vez, o que aconteceu. – Foi uma época muito difícil para mim... sair de uma coisa para entrar em outra. Você deve ter ouvido falar.

David contraiu os lábios e assentiu. Não fazia ideia do que ela estava falando. Sua língua era rosada e pontuda.

– Por muitos anos Londres foi um lugar ao qual eu simplesmente não *conseguia* vir, e agora acabei arrumando uma casa aqui para... Ai, fique parado, só um segundo. Ainda não estou preparada para lidar com Walter.

Ruth empurrou David alguns centímetros para a esquerda.

– Estou escondendo você de quem?

– Ah, não. Não estou me escondendo. Ele é um amigo. Walter. O colecionador.

– Parece assustador.

– E *é*. – Ela girou a taça de vinho em um pequeno círculo para dar ênfase. – Quando Walter compra você, é porque há demanda por você. E ele *não para* de te comprar até o seu preço atingir as alturas. Depois ele desova o estoque e inunda o mercado. Ou – a taça parou no ar – até você morrer. Daí ele joga com os investidores, pingando as suas obras para um leiloeiro.

– Como um banqueiro.
– Ele era banqueiro. Acho que ainda tem um ou dois bancos.

David passou os olhos pelo salão. Queria ver o sujeito. Precisava dar uma boa olhada na espécie de homem que possuía um ou dois bancos. Em vez disso reparou que o homem grisalho de risca de giz vinha na direção deles.

– Então você está morando em Nova York? – perguntou, com urgência na voz.
– Ah, aí está. Richard Anderson está procurando por você.
– Richard Anderson?
– Ele está fazendo um especial sobre novos artistas jovens.
– Eu não sou nova nem jovem, Larry. Este é David, um ex-aluno.
– Muito prazer. – David não esperava nada, portanto aquela apresentação calorosa, quando veio, caiu bem. O homem parecia um perfeito advogado, arestas bem aparadas, uma insinuação de virtude no sorriso.
– Larry, onde fica mesmo aquele lugar que vocês falaram?
– Perto da St. Martin Lane. Chama-se The Blue Door. Conhece?

Ele olhou com expectativa para David, que esfregou um dedo na sobrancelha, fingindo pensar.
– The Blue Door? Não tenho certeza.

Ruth pousou dois dedos no braço de David – a sensação percorreu suas entranhas – e disse:
– Estaremos lá mais tarde, se você quiser ir. Vão só algumas pessoas. David é escritor.

O interesse do Risca de Giz já havia passado. Ele deu uma olhada no seu caro relógio de pulso e apressou as coisas.
– Hum, que horas são agora? Oito e meia. Provavelmente vamos sair daqui a meia hora ou quarenta minutos.

Naquela noite a obra de Ruth em exibição era uma folha de papiro preto, de quatro ou cinco metros de largura, presa do chão ao teto da última sala. De perto, o preto homogêneo revelava-se em sombras de carvão, ardósia, tinta e fuligem, e sua aparência suave fora bem resolvida na composição manchada do papelão. A superfície era marcada por inúmeras formas diferentes: figuras minúsculas foram cortadas e entalhadas no papiro. Havia símbolos da Ordnance Survey – uma igreja, machados cruzados –, mas também uma coroa, uma adaga, uma montanha, uma estrela e miniaturas de bandeirolas de sinalização. E objetos minúsculos – todos em prata – pendurados ou enfiados na superfície: alfinetes, pulseiras de berloques, um brinco, um broche e o que devia ser uma obturação de prata. O homem ao lado de David apontou para o objeto maior, no canto inferior da constelação astral, e disse ter certeza de que aquela medalha de São Cristóvão, logo ali, devia representar a Estrela Polar.

As luzes da galeria no fundo da sala foram reduzidas e a obra, *Céu noturno (Paraísos ambíguos)*, pendia a uns 30 centímetros de distância da parede. Por trás dela, lâmpadas fluorescentes brilhavam através das fissuras do papel, e como ele oscilava suavemente com as correntes de convecção, respirando, podia-se ouvir um constante tilintar que dava a sensação de estar muito distante.

A conversa com Ruth o deixara eletrizado. Ele queria apegar-se, entregar-se a alguma coisa, e ao ficar a uma certa distância daquela superfície negra, meio bêbado, sentiu-se engolfado. Aquela era uma noite ptolomaica, de profundezas celestiais, em que ele era o centro e a essência. Todos a sua volta haviam desaparecido e ele se imaginou a um passo do estupor onírico do espaço cósmico.

David observou, bebeu, esperou. Passou algum tempo na frente de um painel de LCD que ocupava uma parede inteira da galeria. Viu ali um único número aumentar de forma espantosamente rápida a cada milésimo de segundo. Seu coração acelerou. A morte pode ocultar-se nos relógios, mas aquilo era uma espécie de assassinato. Depois de mais ou menos um minuto ele se sentiu perseguido e zonzo. Cada instante acrescido ao total no painel vinha diretamente do seu cálculo. E uma certa sequência daqueles dígitos seria a hora de sua morte.

Ele fugiu dali para fumar um cigarro, mas às nove horas tornou-se o anjo da guarda de Ruth, flutuando a poucos metros atrás dela enquanto ela se despedia dos outros. Quando eles subiram os degraus para a Waterloo Road, Larry dirigiu-se energicamente ao canteiro central para chamar um táxi. Ele parecia ter nascido para segurar portas e encher copos, para organizar, facilitar, *tornar possível*.

Da ponte, a visão era espetacular. O rio escuro e agitado, cortando a cidade ao meio, oferecia novas perspectivas. Os prédios do outro lado eram do tamanho das construções do Lego, as árvores parecendo rabiscos enfileirados no passeio. Mesmo com Larry e o motorista do táxi esperando, Ruth parou por um segundo para olhar a noite, agarrada à grade de proteção. A consciência de estar numa rua de Londres, trilhando um chão de desfiladeiro, foi substituída pela emoção dos horizontes. O céu era um campo impenetrável de satélites, com poucas estrelas e aeronaves afundando no Heathrow.

Larry e Ruth ficaram conversando pelo resto do percurso enquanto David se recolhia um pouco torto no banco dobrável. A obra de Ruth fora comprada antes da inauguração – por Walter –, embora Larry detivesse os direitos de exibição. Quando o dono da galeria abriu seu caderno de anotações, David reparou que as palavras *Céu noturno* tinham sido rabiscadas em cima de *$950.000*. Ele escutava tudo atentamente. Longe da galeria apinhada de gente, estava começando uma parte nova da noite. Por alguma razão só estavam os três ali, e ele se sentia nervoso. Quando o táxi estacionou, tentou pagar uma parte da corrida, mas Larry descartou a oferta com uma gargalhada maldosa que, para David, apagou toda a bondade do gesto. A boate ficava no final de um beco estreito, atrás de uma porta azul que apareceu de repente na parede. David cruzou-a num átimo, como se ela pudesse desaparecer.

Larry flertou com a jovem recepcionista, identificou-se e eles entraram. Os dois o seguiram por salões de teto rebaixado revestidos de madeira. Cada aposento tinha um emaranhado de chamas ardendo numa lareira, além de muitos móveis. Todos estavam lotados de gente de diferentes posturas, do aprumo ao colapso, gargalhando, gritando e cochichando, pedindo cinzeiros, azeitonas e suco de cranberry sem gelo. Enquanto percorria os ambientes, David adotou uma expressão de enfado: se alguém olhasse para ele, jamais saberia como se sentia estranho, vulnerável e deslocado.

Larry achou uma mesa de canto vazia e, agindo com gentileza, escolheu um banco de três pés, deixando para David a cadeira rústica. Ruth acomodou-se numa gigantesca poltrona de encosto alto, ajeitando o xale preto em torno de si. David percebeu que inconscientemente vinha pressionando as unhas na palma das mãos, o que lhe provocou pequenas marcas vermelhas falciformes. Então parou e esforçou-se para deixar as mãos abertas sobre as coxas. Em geral passava as noites na internet, batendo papo num fórum, mas naquela noite ele era um protagonista da cultura urbana, ocupado com o mundo, com a escuridão longe de casa.

– Então, o que vocês acharam da exposição? – perguntou Ruth.

Esta era a sua chance e David abriu o verbo. Havia refletido muito sobre o assunto e começou a listar os trabalhos que viu, seus pontos fortes e problemas, ponderando sobre a dificuldade de se realizar uma empreitada desse vulto, a questão da sobreposição e da competição com outros artistas, sobre opções diferentes que o curador deveria ter considerado. Ruth sorria, mas quanto mais ele falava, mais sólida se tornava a sua máscara. Quando ela assentiu e se preparava para dizer alguma coisa, David concluiu, pegando na mesa seu maço de cigarros com um floreio.

– No entanto, eu diria, e sei que isto pode soar um pouco rasteiro, que achei o seu trabalho o mais envolvente. Me senti levado a examinar a *natureza* da escuridão, do que ela verdadeiramente é composta.

Ele reparou que estava se inclinando demais para frente, quase se dobrando, e então endireitou-se na cadeira. Ruth sorriu e disse:

– *Rasteiro?*

Foi quando ele percebeu que havia falado demais. Larry tinha um sorrisinho paternal e entediado no rosto, e balançou a mão, como se para afastar um cheiro ruim. A garçonete se arrastou até a mesa.

Quando Ruth lançou uma leve farpa ao referir-se a *comércio puro*, David sentiu abrir uma fenda entre os dois e tentou alargá-la. Esperou dez minutos e depois fez perguntas sobre dinheiro, sobre como a arte poderia um dia chegar a sobreviver sem ele. Larry fez uma careta e explicou que a arte e o dinheiro eram irmãos siameses, daqueles que têm tantos órgãos vitais em comum que jamais poderiam se separar. Ruth balançou o queixo apoiado em seu delicado pulso e desviou os olhos do velho amigo para o novo. David disse que às vezes a arte mais pessoal e secreta é a mais vigorosa. A arte precisava renunciar ao mercado para ser verdadeiramente livre. Obviamente Larry não poderia dizer que o cubismo começou com a taxa de juros da hipoteca de Picasso.

Larry fechou a cara, disposto a detonar os sonhos de David.

– Bem, o fato é que nem todo mundo é Picasso.

– Eu acho que o Larry está tentando dizer que artistas menores, como eu, precisam produzir coisas *vendáveis*. Não é isso, querido?

– Você certamente não é menor.

– Eu certamente não sou *uma* menor.

Larry deu uma sonora gargalhada e um tapinha na mão dela. Ruth ignorou-o e pegou os cigarros de David. Ele lhe estendeu o isqueiro, ela retirou um do maço e dividiu-o em dois com um movimento hábil e perfeito. Percebeu que ele estava olhando.

– Não consigo parar, só reduzir.

Olhar para ela fazia com que David se lembrasse da finitude dos recursos naturais. Ela esperava, e a apropriação era tão desatenta que seguramente havia se aclimatado à prosperidade ainda jovem. Quando chegou a hora de pedir uma bebida, ela falou rápido, numa torrente italiana de palavras. A desanimada garçonete iluminou-se, revelando uma funda covinha no rosto, e respondeu na mesma faixa de ritmo. Mais tarde, quando David curvou-se e confidenciou a Ruth que havia adorado o seu xale cor de carvão, ela disse:

– É mesmo? Ele agora está mais para uma bonequinha de trapo, mas sabe quem costumava usá-lo? Audrey Hepburn. Foi uma grande amiga de minha mãe.

Donos de bancos e Audrey Hepburn. Uma folha de papel preto que custa um milhão de dólares. David ergueu a barra do xale e pressionou o polegar no cashmere. Macio como cabelo de bebê, como pelo de gato. Pensou no simbolismo do gesto – tocar a bainha da roupa dela. Ele tinha uma terrível inclinação para pensar em símbolos. E sabia que isso o tornava abstrato.

doida

A culpa é algo complicado, mas parte dela devia ser de David. Era uma noite de quinta-feira, semanas depois, quando o trem do metrô deslizou pela plataforma e Ruth segurou-se com firmeza, preparando-se para a freada. Percebeu que um jovem repentina e rapidamente ergueu-se de um banco próximo. O rapaz era o que estava atrás dela na catraca quando ela não conseguia achar o bilhete e por isso deixou-o passar. Na calçada, o homem ficou olhando a vitrine de uma imobiliária, sua cabeça quase tocando o vidro. Ela seguiu pela High Street, virou na segunda rua à esquerda e, minutos depois, ouviu passos e olhou para trás. O homem dobrara a esquina também.

A presença dele pareceu agressiva. Mesmo assim, ela pensou, era possível que ele nem a tivesse notado. Ou não tivesse notado que a estava assustando. Ali era a Inglaterra. Havia a chamada diferença cultural. Ela acelerou a percussão de suas botas no asfalto e apalpou a bolsa para localizar as chaves. Puxou-as e as segurou na mão com a parte afiada para fora. E havia também a chamada agressão sexual. Talvez ela devesse parar e deixar que ele passasse. Mas se parasse, eles ficariam a poucos metros de distância um do outro. Talvez devesse bater à porta de uma casa, uma casa iluminada. Mais adiante, um casaco de couro brilhou sob a iluminação da rua, um homem abria o seu carro. No exato momento em que ela se preparava para gritar, o homem entrou e bateu a porta. As palavras calaram na sua garganta.

Os faróis do carro se afastaram, virando à direita. Ela olhou para trás e o homem parou. Pensou nas brincadeiras de criança com Bridget no jardim da Sherman Street. A grama quase toda coberta por flores de cerejeira. Uma imagem das mãozinhas de Bridget, mãos de boneca, lançando-se na direção dela, gritando e rindo. Ela começou a andar rápido novamente e um gato branco saiu de trás de umas lixeiras. A partir daí Ruth disparou, sua bolsa de lona batendo no corpo. A fuga fez o pânico aumentar.

Com o barulho de seus movimentos, estava convencida de que poderia escutá-lo logo atrás, correndo, e se virasse agora, ele a alcançaria, mais de 1,80m de sombra vindo na sua direção, para cima dela, e não diria nada, faria...

Número 87. Ela subiu correndo os degraus e apertou o botão C, o apartamento do último andar. O apartamento de David. O homem estava andando agora, a trinta, quarenta metros de distância. Estava tudo bem. Estava mesmo? Enquanto ele se aproximava, ela fez cara de desdém e fingiu olhar ao longe, porém sem tirar o dedo da campainha. Estava se aproximando da escada. Ele parou. Aquilo era real. Estava ali para atacá-la. Ela o encarou e ele retribuiu o olhar, no rosto um sorriso afetado, o mundo inteiro parecendo uma piada obscena. Ele estava invadindo a sua consciência, a sua vida, e ela não tinha como reagir. Fez um gesto para enxotá-lo dali, mas de repente perdeu a coragem: os joelhos desabaram. Agarrou-se à porta do prédio para não cair. O homem retirou as mãos do anoraque preto e estendeu-as, as palmas para cima, como se dissesse: *Calma, fique calma*. Mas antes que pudesse falar, ela o interrompeu, a voz estranhamente alta.

– Não... saia daqui! Acho que o senhor deveria seguir em frente e me deixar em paz. – O "senhor" pegou até a ela de surpresa. Ele recuou e deu de ombros, ainda perplexo.

– Olha, me desculpe, mas...

– Se tentar qualquer coisa, vou reagir e acabar com a sua raça a pontapés. Você vai ver... – Ela se esgotou. Seu sotaque americano, normalmente mínimo, soava histérico, falso e ridículo aos seus próprios ouvidos, mas ela continuou encarando-o e assentindo, para não deixar dúvidas de que falava sério. Ele afundou as mãos no anoraque e encostou-se num poste, como se pudesse esperar ali por toda a eternidade.

No apartamento, David atendeu o interfone.

– Alô?

– Abra a porta. Um homem me seguiu e está bem aqui.

– *O quê?* A campainha está enguiçada. Vou descer.

Três andares acima, em uma cozinha cheia de vapor, David apanhou o primeiro objeto pesado que encontrou e desceu a escada de três em três degraus. Quando abriu a porta, Ruth agarrou o seu braço e puxou-o para fora da portaria.

– Este homem está me...

David deu um tapinha tranquilizador na mão que segurava a manga de sua camisa.

– Ruth, este aí é o James – disse, arruinando seu futuro naquele exato momento. Confusa, ela piscou várias vezes e deu um sorriso assustado. David repetiu: – Este é o James, meu inquilino.

Ruth ficou paralisada de vergonha, as mãos agarradas à bolsa.

– Colega de apartamento – corrigiu Glover, como quem diz *Não sacaneia*, enquanto subia a escada da portaria. Ruth apertou a mão dele estendida e reparou no seu sorriso envolvente, seus serenos olhos azuis.

– Desculpe por assustá-la. Eu não tinha ideia...

David recuou para deixá-la entrar, esbarrando no aquecedor encostado na parede. Atrás dela, Glover arregalou os olhos para ele como se perguntasse *Quem é essa doida?*. Ruth arrancou das mãos de David a arma que ele apanhara, um prato azul.

– E o que é isso? Você ia preparar um jantar para ele?

a maquinaria intrincada

Eles subiram a escada em procissão para jantar – Ruth, seguida por David, depois Glover. Já fazia algum tempo desde que o corredor do prédio vira algum cuidado. Guidões, móveis, guarda-chuvas e sacolas de compras marcaram e arranharam as paredes antes brancas que agora se assemelhavam a blocos de papelarias usados para testar canetas. A lâmpada nua pendia frouxa. O aquecedor vazara no inverno anterior e a ferrugem nos canos deixou no carpete uma mancha escura no formato da África. O homem que vinha ler o medidor perguntara a David se aquilo era mancha de sangue.

– Desculpe, James. Desculpe por ficar tão histérica lá embaixo.
– Tudo bem. A culpa é tão sua como minha.
– Você deveria ter dito alguma coisa e tranquilizado Ruth.
– Eu tentei, mas ela me disse para calar a boca. Na verdade, foi *ela* que *me* ameaçou.
– É verdade. – Ruth riu. – Sabe o que é? As coisas estão tão terríveis por aí, que fico esperando que algo vá acontecer comigo.

Ela olhou a cozinha, vendo o calendário de bambu do serviço de delivery do Fu Hu, o armário sem porta, as manchas tânicas de umidade num canto do teto. David teria se constrangido, mas tinha o pressentimento de que Ruth gostava de se misturar aos pobres de vez em quando. Ela era privilegiada o bastante para se sentir à vontade em qualquer lugar e para equiparar miséria com autenticidade.

Ela se encostou na pia de aço, espiando pela janela, e David se postou ao lado dela, seguindo seu olhar para os quadrados iluminados de cozinhas distantes, os tabuleiros vazios de jardins cinza-claro.

– Se eu morasse aqui, ficaria o tempo todo olhando esta vista.

Ele a ajudou a tirar o casaco amarelo de lã e pôde ver como ela era pequena, além de se vestir, como ele esperava, de preto. Sentiu como se tirasse a capa protetora de algo e estivesse examinando a maquinaria intrincada. Havia algo de rude e frágil nela. David sabia que as coisas não andaram muito bem. Em Nova York, um tal de Paolo a magoara.

– É ótimo ter você aqui.

– Ah, tenho muito tempo livre. Cidade nova, nada de vida social. E não nos divertimos na boate do Larry?

– Lembra o bar no porão depois? Com todos os motoqueiros?

– Eles cantaram "Parabéns" para o barman.

Glover saiu para tirar a roupa de trabalho e David sentiu-se aflito com a possibilidade de seu colega de apartamento perder alguma coisa, alguma prova a mais de como eles eram íntimos. Mas quando olhou novamente para Ruth, não conseguiu pensar no que dizer. Soltou a rolha com um *cluck* imaculado. Levaria algum tempo para lembrar como eles se amoldavam. Ela estava lendo um poema na porta da geladeira, com as mãos nos quadris, como se pudesse começar a se espreguiçar. Seu cabelo estava mais curto, mais louro, de pontas retas, as roupas mais justas. Era como se o foco tivesse se aguçado.

– E o que eles realmente têm feito com você, então, como artista-residente?

David serviu a massa de forno, cortou a baguete, pegou o espinafre e mexeu a salada, agora estava de pé segurando o encosto de uma cadeira de cozinha, balançando-se delicadamente nos calcanhares. Sentia-se curiosamente passivo e queria exercer algum domínio sobre o ambiente.

– Walter preparou um apartamento ótimo em Barbican, e um ateliê a dez minutos dali. Como o espaço é maravilhoso, aquela luz inglesa desbotada entrando pelas claraboias. É uma espécie de antiga fábrica, mas não sei o que produziam. – Ela franziu a testa para o mistério da indústria.

– Mas o que *você* vai fazer? – perguntou Glover, servindo mais vinho. A confiança com que ele se dirigia a ela pareceu um tanto presunçosa a David. Ele nem devia estar ali nesta noite. Era para estar no trabalho.

– O que me lembra – disse David – que alguma hora vamos precisar falar de nosso projeto.

– Por ora não consigo pensar em nada. – Ela teve um leve tremor nos ombros e David tentou ao máximo continuar sorrindo. – Tenho mil coisas para fazer. Já falei que vão montar uma retrospectiva aqui, em Londres, no Institute of Contemporary Arts? E ontem passei três horas falando com alguns estudantes, e até que foi divertido. Eu tinha me esquecido disso.

Ela lançou a David um olhar arregalado e ele virou a cara. Sempre que seus olhos encontravam os dela, sentia a descarga de alguma coisa, a ondulação de uma pequena emoção que cresceria, se deixasse, para uma avalanche.

– É claro que eu era muito nova quando dei aulas a David. Não era muito mais velha do que ele.

Você era 12 anos mais velha, uma parte pequena e inclemente dele queria dizer, *exatamente como é agora*.

– Professora de David. Então a culpa é sua? – Ao rirem, os olhos de Glover tornaram-se duas fendas no rosto, duas cicatrizes.

– Não *toda* a culpa, assim espero.

David voltou a sentir uma passividade desagradável. O forno havia esquentado a cozinha e ele então resolveu abrir a janela embaçada atrás da pia. Em poucos segundos, setembro começou a esfriar a sala.

– Você só me deu aulas por alguns meses e, para ser franco – ele riu, não sabia do quê –, acho que os danos já haviam sido feitos.

Eles foram batizados naquela noite. Depois do jantar, passaram à sala e o telefone de Ruth tocou. Ao ouvi-lo, ela olhou de mau humor em volta, depois ergueu a bolsa de lona dos pés do sofá e começou a vasculhá-la, extraindo uma estufada carteira preta de couro, dois blocos de capa de seda rosa, um exemplar em capa dura de Tchekhov sem a sobrecapa, uma pequena lanterna Maglite, uma caixa de óculos prateada e depois um celular com o tamanho e formato de uma caixa de óculos prateada.

– Seu telefone móvel não é lá muito móvel.

– Deve ter uns vinte anos.

Ruth os ignorou, hesitando antes de atender.

– Oi, Karen, oi. Não, isso foi mais cedo. Já dei um jeito. Não sei como elas querem. Tudo bem... Não, estou com um amigo. Não, estou no apartamento dos rapazes. Sim, amanhã está bom... Tudo bem, ótimo. – Ela jogou o celular de volta à bolsa. David percebeu que desligou sem se despedir.

– Rapazes? – perguntou.

Depois de abrirem uma garrafa de Amaretto que Glover encontrou debaixo da pia, Ruth anunciou que ia à National Gallery na tarde seguinte.

– Precisa fazer alguma coisa especial por lá?

– Ah, não sei, na verdade não. Quero dar uma passada para ver umas telas, depois vou a outro lugar para pensar nelas.

Glover bateu a mão ruidosamente no peito num gesto de obediência.

– Bom, eu tenho que trabalhar, mas David está livre, não está? – Havia uma sugestão de riso por trás de sua voz. Ele nem mesmo compreendia que David queria ir.

– Posso dar uma olhada na internet e ver que exposição é.

– Ou podemos deixar que nos surpreenda – disse Ruth. David ficou um pouco emocionado com o *nos*.

– Vocês podem passar no Bell depois, sentar e pensar direito nessas telas.

David pensou que Ruth poderia se ofender, mas Glover tinha julgado bem. No frigir dos ovos, ele sabia distinguir exatamente o que as pessoas queriam dele.

A noite não era nada comum. David sentia-se bem. Essa era a diferença, e era ótima. Ruth estava no sofá dele. Uma artista. Uma americana. Uma mulher. Quando Glover chamou o táxi para ela antes de ir, finalmente, para a cama, só ficaram os dois ali. David ao mesmo tempo esperava e temia que se desenvolvesse uma intimidade maior – como se agora eles se aproximassem e começassem a declarar os simples fatos da vida –, mas a ausência de Glover gerou uma vaga inquietude. Quando ele desapareceu, consolidou-se a tensão do contato cara a cara e Ruth olhou o relógio, depois pousou o queixo na mão, espaçando quatro dedos por ele. David os imaginou em suas costas carnudas, marcando-as. Eles esperavam pela campainha e quando por fim tocou, os dois se sobressaltaram um pouco, aliviados. Um beijo casto no rosto quente e ela se foi. Na cama ele percebeu, pela primeira vez, como as galáxias de Artex no teto giravam todas no sentido horário.

com A maiúsculo

Chovia quando ele acordou e a escuridão era tanta que ele pensou que ainda devia ser noite. Escutou passos abafados na escada e a porta da frente bateu: Glover saía para trabalhar. Já passava das dez. Uma folha A4 na mesa da cozinha dizia:

D, obrigado pelo jantar. Gostou de como armei para você? Largo às seis, se quiser dar uma passada mais tarde. Deus salve a rainha, J

O encerramento era uma réplica a *Who Dares Wins*, que David usara num bilhete sobre leite e papel higiênico alguns dias antes. Até recentemente foram provérbios. Glover armou para ele? Queria dizer que armou um encontro com Ruth por ele? Ou que o ludibriou a ir? David não sabia. Amassou o bilhete e o jogou na lixeira.

Combinaram de se encontrar na frente da National Gallery às duas e ele chegou dez minutos adiantado. A chuva tinha diminuído, mas não parou, e a vista do pórtico ainda era singularmente pouco inspiradora: Londres feita por Whistler, arranjada em preto e cinza. Nuvens felpudas e cinzas sitiavam a cabeça de Nelson, como se ele sozinho sustentasse os céus. As fontes de calcário de Lutyens sopravam e os borrifos de chuva dançavam na superfície de suas poças no ritmo de "Iceblink Luck" dos Cocteau Twins. Tudo hoje seguia o ritmo das músicas em seu iPod: a ma-

nobra de sua composição do metrô pelas galerias rochosas acompanhava The Clash, seus passos na passagem subterrânea da Charing Cross sincopavam com perfeição com os Blind Boys of Alabama. E agora nem mesmo o clima da Grã-Bretanha conseguia abater seu estado de espírito. Ele pensava em Ruth.
  David não fizera muito sucesso na Goldsmiths. Tímido e constrangido demais em grupos, ele se grudara a alunos que lhe demonstraram gentileza mas que depois foram repelidos, sem gentileza alguma. Aos poucos fez alguns amigos pelas esquinas, que eram estranhos como ele e cujas expectativas eram comparativamente reduzidas. Havia Adam, um historiador baixinho com cara de bruxo, uma voz fininha e anasalada; Michelle, uma gótica gorducha que fumava o tempo todo e olhava para o céu quando alguém se dirigia a ela; e um chinês nervoso e educado chamado Wu, que provavelmente era gay e tinha se enforcado três anos atrás, pelo que David soube pela revista de ex-alunos. Tentou não pensar nessa época de sua vida. Era tudo muito ambíguo, vergonhoso e estranho. Ele logo ficou vingativo e passou rapidamente ao ressentimento, encontrando refúgio nos livros e filmes, e adotando como política o desdém pelo mundo. Só quando começou a lecionar e fez os próprios alunos rirem percebeu que a misantropia podia ser tomada por sagacidade, e encontrou algo semelhante ao prazer na raiva e no cinismo.
  Mas ainda se lembrava de todos que alguma vez foram legais com ele e nesta manhã tinha tirado duas caixas de papelão de baixo da cama. Era um fichário azul, a lombada com o título *Da Ilha de Páscoa a Henry Moore – Versões do humano*. Na aba interna, escrevera: *Ruth Marks, artista visitante – Módulo de introdução à escultura*. Folheando-o, o que lhe veio à mente foi o momento em que a conheceu. Ele tinha entrado furtivamente, alguns minutos atrasado, na fila de trás. Com várias camadas escuras, um lenço preto no cabelo louro, a nova professora segurava as late-

rais do pódio como se pudesse cair. Tinha olhos escuros imensos, aprofundados por um círculo de delineador, e falava com solenidade excessiva, tentando convencê-los de que ela era assunto sério. A sobriedade, porém, não podia permanecer inteiramente intacta. Sua voz carecia de ênfase, ela se entusiasmava por acidente. Tinha um ardor que adquiriu com a prática da arte, uma paixão que os professores profissionais perderam.

A jornada do próprio David em direção à arte, ou Arte, como sempre a considerou, foi uma guinada equivocada. Para começo de conversa, ele nunca soube por que fora aceito no curso da fundação. Mesmo agora ficava constrangido ao ver uma aquarela de seu último ano do secundário que ainda estava na parede do primeiro andar da casa dos pais: um céu cinza ácido contra o qual uma figura solitária de preto subia a crista de uma montanha. Todo seu trabalho retratava um indivíduo sozinho em um pano de fundo vasto, e só recentemente ele percebeu a ligação com a imagem do sábio na encosta da montanha, de Jesus ou Maomé no deserto, de Buda sozinho sob a Árvore Bodhi. Também ele, David Pinner, buscava a iluminação. E ela veio, depois de algum tempo: na Goldsmiths, ele conheceu artistas de verdade, aqueles cujo relacionamento aterrorizado com seus materiais revelava não o medo da mediocridade, da exposição, como no caso dele, mas uma compulsão recorrente e irrefutável.

Ele fingiu por um tempo, mas um dia parou de fingir. Após uma das aulas de Ruth, decidiu ficar depois do horário e dizer-lhe que iria trocar de curso. As janelas expostas a correntes de ar espelhavam a escuridão da tarde de inverno e agitavam-se com seu reflexo enquanto ele andava para a frente da sala. Seus passos ecoavam. O cabelo de Ruth eram duas tranças teutônicas. Ela farfalhava pela plataforma com uma saia vinho, hippie e franjada, cheia de apliques de pequenos espelhos redondos, dobrando suas anotações, com força demais para usá-las de novo, espremendo-as num rolo de papel.

– Srta. Marks?

Ela levantou a cabeça, exibiu um sorriso.

– Ruth. Por favor.

– Ruth. Oi. Primeiro eu queria dizer que estou achando seu curso realmente fascinante.

Ela deu uma risadinha triste e as franjas sibilaram quando se dirigiu à bolsa.

– Ora, que gentileza. Gostaria que todos achassem o mesmo. Alguns alunos tinham saído, ruidosamente, durante a aula. Ruth às vezes se perdia no texto e se repetia. Em outras, simplesmente parava e olhava por sobre a cabeça deles.

– Ah, eles só querem ir para casa. Acontece nas tardes de sexta-feira.

– É mesmo?

David assentiu de maneira enérgica, entristecido pelas prioridades de seus colegas.

– Ainda assim, hoje *não* foi bom. – Uma sineta tocou no corredor e parou. – Se é pelo folheto, não tenho mais cópias, mas na semana que vem...

– Ah, não, eu tenho uma. Era uma coisa mais geral. – De perto, o nariz comprido tornou-se meio afiado, mas continha toda a inteligência e o glamour do judaísmo europeu e contrastava, aos olhos incultos de Velho Mundo de David, de forma desagradável com o cabelo ariano. – Só queria agradecer por suas aulas. Fizeram-me pensar nas coisas.

Ela sorriu, pouco à vontade. Ele percebeu que estava fazendo o discurso do tipo "Não é você, sou eu" e parou. Ela esperou alguns segundos, depois passou a bolsa de veludo pelo ombro e o salvou.

– Mas você queria me dizer que vai deixar o curso?

Ele iria abandonar completamente a arte e mudar para literatura inglesa. Terminaram os dois se sentando nos degraus da plataforma e conversando por quase 15 minutos. Ela perguntou sobre David e sua família, e ele se viu contando a sua história. Que era filho único de um açougueiro filisteu e uma mulher movida a tensão. Que nunca teve apoio algum. Precisava do apoio. Por que eles não lhe deram apoio? Quando começou a chorar – por todos os artistas frustrados, por toda a ambição estorvada, por todas as almas sensíveis do mundo –, ela desencavou da bolsa um lenço sujo de maquiagem e elogiou a coragem de sua difícil decisão. Ele sempre pensava no quanto Ruth foi gentil, e como achou atraente sua própria mescla estranha de confiança e medo. Ficou com o lenço no bolso por toda aquela tarde e no dia seguinte relutou em jogá-lo fora, embora tivesse de fazê-lo. Anos depois, em um sebo na Elephant and Castle, quando deu com uma referência a ela no *A Guide to Contemporary American Art*, passou a ponta do dedo por seu nome e comprou o livro.

* * *

David estava envergonhado ao entrar na National Gallery. Quando eles subiram a escadaria, ele sussurrava devido ao assombro da escala, e quando chegaram às obras, entrando numa sala onde retratos pendiam por grossas correntes de ouro contra as paredes carmim, e uma cornija abria-se como glacê pela borda do teto, os dois silenciaram. Ruth olhava cada tela e ele a seguia, uma ou duas obras-primas atrás. David percebeu que andava num passo formal e estudado, parecido com o do duque de Edimburgo, e até meteu as mãos, como um leme, às costas.

Quando se juntou a ela diante de um autorretrato de Murillo, roçando o casaco de lã em seu ombro, ela soltou um suspiro curto e áspero de satisfação. Era a pintura de uma pintura, com uma

moldura dentro da moldura, e o tema do pintor, um dignitário de cara inchada e bigode farto, estendia o braço para seu próprio retrato e pousava a mão na borda interna em um belo *trompe l'oeil*.
– Os dedos são ótimos, não são? Conferem espaço e profundidade, mas também é Murillo dizendo – ela revolveu o ar diante da tela – *olhe*, sou o único que pode decidir a realidade da arte ou a arte da realidade.
David assentiu, sem ter certeza se seu quiasma fazia algum sentido. No entanto, pedia plenamente uma declaração.
– Está perfeito.

Ela parou num silêncio reverente diante de um Michelangelo. *O sepultamento* mostrava um Jesus despido sendo erguido por João Batista e outros dois. Em primeiro plano na tela havia um vazio no formato de alguém ajoelhado. Os vincos no alto das coxas de Cristo deixaram sua metade superior em X, marcando o local onde deveria estar o pênis, mas em seu lugar havia apenas outro vazio, em forma de teia de aranha. Sei como é isso, pensou David. Pôs a mão no bolso do casaco e pressionou a virilha inerte.
– Há algo de espantosamente moderno nisto – disse Ruth por fim, escolhendo as palavras lentamente – e sua maestria das linhas é inacreditável. Só por esses contornos – ela gesticulou novamente, como quem lança um feitiço – é que vivemos a figura com volume e peso. Me provoca uma reação visceral. – Ela tremeu ou fingiu tremer. David pensou como a expressão "reação visceral" era despropositada.
– Quem é a pessoa que falta?
– A Madona. Não parece que Michelangelo quase não consegue se decidir a torná-la visível, como se não pudesse fazê-la testemunha do sepultamento do filho?
– Hum – David a estimulou.

– Mas, ao que parece, ele estava esperando pelo azul-marinho para pintar o manto azul. O lápis-lazúli que precisava só podia ser obtido no Afeganistão. – Houve uma pausa e ela tentou uma pequena sátira política: – Hoje em dia eles simplesmente invadem.

Enquanto eles passavam pela Leicester Square e subiam a Charing Cross Road indo para o Bell and Crown, Ruth, como uma das mulheres de Prufrock, ainda falava de Michelangelo. Explicou a David por que ele foi um artista tão soberbo, como representou o ápice do *disegno*. Nessa hora passou uma bicicleta puxando um riquixá, levando um casal de noivos. O homem, com o cabelo penteado para trás como se tivesse acabado de sair de uma piscina, sorriu como um idiota e acenou. Projetando-se de um vestido de noiva em camadas, com uma grinalda de flores brancas no cabelo, a noiva jogava confete em quem passava. Um rastro dele grudava na rua molhada. O ciclista dos dois forçava os músculos tensos sob a agitação do poncho de chuva azul-néon e tocava o sino sem parar. David não sabia se eram autênticos ou uma espécie de truque publicitário, mas ficou admirado quando Ruth retribuiu o aceno e mais admirado ainda quando ele próprio fez o mesmo.

Glover os cumprimentou com uma piscadela solene, eles esperaram e o viram servindo. Ele tinha uma elegância inegável por trás do balcão do bar. Para um homem grandalhão, até que tinha charme. Servia simultaneamente dois canecos, ouvia o pedido de um cliente, colocava uma cédula no fundo da gaveta, pegava o troco, ria de alguma coisa, soltava uma resposta mordaz e tudo isso balançando a cabeça no ritmo do R'n'B que saía dos alto-falantes.

Ele não aceitou dinheiro pelos drinques, um princípio, pelo que David podia se lembrar. Só balançou a cabeça e murmurou *não*, embora David percebesse seu olhar de lado para verificar se Eugene, o colega arruivado, estava olhando. Depois de passar duas taças de vinho tinto, ele apoiou os cotovelos no balcão, flexionando os bíceps de bola de tênis.

– E como estavam as telas? Arranjaram muito no que pensar?

Havia algo de provocação nisso tudo. Glover e David tornaram-se os garotos rebeldes dela, arrogantes, insolentes e dissimulados. Parecia combinar com a personalidade dos três, a pequena hierarquia de ids, egos e superegos. Era sedução, supôs David, e surpreendentemente ele era bom nisso. O gerente do Bell, Tom, veio do porão com uma camisa prateada apertada – David cochichou com Ruth que ele devia ser colocado num forno e regado com molho regularmente –, e depois Glover terminou seu turno e se juntou a eles no outro lado do bar.

Foram para uma mesa e quando David pegou seus postais da loja de *souvenir*, Glover olhou cada um deles e falou, agora sem a menor sugestão de humor, que eram lindos. Ruth começou a repetir parte das coisas que dissera na galeria e sua falta de ironia arrancou algo semelhante dele. Ela falava de pintura como Glover falava de carros, com um orgulho urgente e pessoal do que os outros fizeram. David lhes falou de sua própria teoria da arte – a de que as melhores telas dos velhos mestres retratavam ou um macaco ou um anão, ou mesmo, como no Veronese que viram nesta tarde, os dois. A clássica dupla, como ele chamava.

* * *

– Ela vem sempre ao meio-dia e pede meia cidra. Senta bem ali.
– Com um *Mirror*.
– É verdade, e seus Dunhill Lights.

– Com um *Mirror*?

– O jornal *Daily Mirror*. E antigamente era o marido dela, Ray, que vinha para tomar uma cerveja toda tarde, mas ele morreu do coração. Eu nunca a vira, a Irene. No primeiro dia em que ela entrou, sentou-se e começou a chorar.

– Ela é uma peregrina, reverenciando a memória dele. A mulher de Raleigh não carregou a cabeça dele para todo lado durante anos?

– Numa bolsa de veludo – acrescentou David.

– Ela gosta de fazer palavras cruzadas. E uma vez me disse que o apartamento ficava vazio demais sem ele.

David, que já ouvira a história, também viu Irene. Com seu maço de Dunhill aberto e preenchendo um livro de palavras cruzadas, caneta a postos, um olho cerrado contra o fio de fumaça que se projetava do cigarro preso entre os lábios. A boca em si era encovada e pegajosa, como a de uma tartaruga. A fumaça e sua magreza deixavam a impressão de que ela podia estar evaporando. Num capacete de permanente cinza-lavanda, vestida num cardigã marrom amorfo, tinha um cadarço desamarrado em um dos tênis Adidas tamanho infantil e a coisa frouxa, mole e arrastada pareceu desesperadamente triste a David. A aliança de ouro fina no dedo não era um símbolo de dedicação, mas uma declaração de perda: dizia *o que você ama, perderá, e para sempre*. Quando ela andou trôpega até o balcão e comprou queijo e cebola frita, todo o efeito foi um tanto arruinado. Segundo Glover, Ray era um canalha completo: disse que Tom sempre o chamava de Espanador Nº 1, o que fez com que David presumisse que havia outros.

Ruth se encontraria com Larry às oito, então David a acompanhou até o ponto de táxi da Greek Street. Enquanto ela se despedia, ele apertou a ponta dos dedos, suavemente, na base de suas costas. Quando ele voltou para casa, procurou *disegno* no Google e escreveu um post sobre isso no *The Damp Review*. Era a palavra italiana para desenho, mas significava, aparentemente, muito mais do que isso. Aperfeiçoado por Michelangelo, o *disegno* era uma espécie sublime de solução de problemas e a obra de arte uma solução ideal, conciliando as exigências sempre conflitantes de função, material, tema, verossimilhança, expressividade... David ficou entediado de digitar a lista, e cortou e colou o resto dela... beleza formal, unidade e variedade, liberdade e restrição, invenção e respeito pela tradição. Ele também publicou um segundo post prescrevendo uma ida à National Gallery para todos que estivessem sem paciência para compras ou Hollywood, ou para os suplementos vagabundos dos jornais de fim de semana.

substantivos coletivos

No Damp Review, David postava principalmente críticas a filmes, mas também o que pensava sobre livros, programas de TV, peças, restaurantes, comida delivery e o que lhe desse na veneta. Ou não. Achava mais fácil escrever sobre decepções. Ódios, mais fácil ainda. E isto era dele: *eles* podiam ter a televisão, os jornais, os livros, mas a internet era dele. Democrática, pública, anônima – era seu território e ele se sentia grato por ter nascido na geração que a herdou. Não contou à família ou aos amigos sobre o site. Nem mesmo Glover sabia o que ele aprontava no quarto.

Pouco tempo antes, ele começara outro pequeno projeto, coletando informações sobre todas as pessoas com quem tinha perdido o contato ao longo dos anos. Não se comunicava direto com ninguém, mas seguia as pegadas que deixavam em suas andanças pelo mundo virtual. Sua nêmese da escola primária tornou-se instrutor de mergulho nas Ilhas Virgens. Ele encontrou algumas fotos no Flickr do irmão de Rory, mostrando um egresso lustroso e desgrenhado suspendendo um tanque de ar, a pele grossa como uma foca no traje de mergulho. David e ele foram rivais na disputa pelo amor de Elizabeth S., que ele também encontrou, por fim, no Facebook. Ela conservava sua beleza trágica e andróide, mas agora tinha um filho no colo.

Ele ingressou no Friends Reunited com o pretexto de ver outro garoto da turma, a única pessoa que ele chegou a encontrar, agora um importante advogado de banco. David pegou sua biografia no site da firma de advocacia, onde uma foto mostrava o garoto ainda vulnerável, de olhos redondos e ombros arriados que ele conhecera. Depois procurou no MySpace por alunos da PMP, a faculdade particular onde ele lecionava, ao mesmo tempo verificando o Arts & Letters Daily, onde encontrou um interessante artigo sobre a vida de Chaucer. Imprimiu oito cópias para seu grupo de alunos do secundário e tentava grampeá-las quando ouviu Glover chegar da igreja.

Passava um antigo western na televisão da sala. Glover trocara de roupa e agora estava deitado no chão com o braço enfiado na camiseta vermelha. A forma de seu punho saltava delicadamente do peito, como um coração de desenho animado, batendo.

– Acho que quebrou.

Glover levantou a cabeça enquanto David agitava o grampeador preto, tirou o braço de sob a camiseta e gesticulou para David jogar para ele. Pegou-o com cuidado, sentou-se e o virou nas mãos, como se procurasse o preço. Depois o abriu e assentiu.

– Está emperrado. Dá para ver. O pente não está subindo.

– O pente de grampos?

– É.

– Esse grampeador é muito bom.

– Um dos melhores.

No ano anterior David tinha fotocopiado a lista de coletivos para animais do antigo dicionário da escola e a prendeu na geladeira. Glover e ele tinham adquirido o hábito de repeti-los e de vez em quando testavam um ao outro. ("Uma cáfila?" "Camelos..." "Caravela?" "Água-viva.") David não sabia exatamente por que ficou tão apegado a eles. Pareciam sugerir todas as maneiras diferentes de prosseguir. Uma trompa de lhamas. Um rebanho de zebras. Um bando de macacos. Com Glover, desde o início,

David sentia que combinavam, que viviam no mesmo substantivo coletivo. Ele queria que lhe acontecessem coisas boas. Queria que acontecessem coisas boas aos dois. Glover trabalhava no grampeador quebrado com a ponta de uma esferográfica.

– Ah, beleza.

– Ontem foi interessante, com a Ruth.

– O Bell não estava muito vazio para um sábado? – David estalou o grampeador de leve algumas vezes.

– Sei que parece idiotice, mas nunca pensei na pintura como *representação*, apenas como descrição.

David pensou que parecia mesmo idiotice e isso o fez apreciar seu amigo – era desses poucos lembretes da mente mediana de Glover que tornavam sua beleza muito mais fácil de suportar.

– Se eu tivesse uma professora assim, faria meu dever de casa.

Glover se deitou novamente no carpete, onde duas almofadas inclinavam sua cabeça para a tela. Eles viram quatro homens a cavalo atravessando um rio, depois chegando a uma cidade vazia de uma só rua. Um homem abaixou-se por uma janela do *saloon* e começou a atirar neles.

David disse, sem esperar resposta:

– Vidro de açúcar.

Glover tinha recolocado a mão por baixo da camiseta e afagava delicadamente o peito de novo. O coração de desenho animado. Sempre ficava de bom humor depois da igreja. David não achava que fosse particularmente virtuoso nem presunçoso. Mais parecia que havia cumprido com seu dever e agora relaxava. Ainda assim, era muito irritante. David se sentia excluído da felicidade dele, de seu segredo. Ao soar outro tiroteio, perguntou:

– Como Deus estava hoje?

– Bem. Obrigado.

– O que você aprendeu? Qual foi o sermão?

Glover suspirou e piscou com força para a tela.
– Quer mesmo saber?
– Mas é claro.
– Era algo como sem um pastor de ovelhas não existe rebanho.
– Correto, não existe mesmo. Elas são autônomas.
– Elas são ovelhas.
– Ovelhas *autônomas*.
Um fora da lei se escondia num barril com um rifle, olhando por um buraco em um nó da madeira. David espicaçou de novo.
– Você não precisa sair de fininho, sabia?
– Eu não saí *de fininho*. Você não está acordado quando saio.

Qual é o contrário de coincidência? Qual a palavra para quando nada acontece e que possa sugerir um plano oculto? Glover encontrava significado nos recantos mais sombrios da vida. O que quer que o encontrasse, não o perderia, o que o perdesse, não poderia encontrá-lo. Certa vez, quando David foi rejeitado para o cargo de subchefe do Departamento de Inglês, Glover lhe asseverou que tudo que acontecia tinha suas razões. David não protestou, mas naquele momento ocorreu um movimento tectônico profundo. Eles podiam dividir o mesmo apartamento, mas viviam em universos diferentes. Determinismo de botequim! David não se surpreendia tanto com a rotina dos seus dias, mas aquilo o surpreendeu. Se a vida girava em torno de algum princípio, este era o da interação aleatória e rotação errática. Achou que isso era óbvio demais para argumentar: cada um faz sua própria sorte.

Eles ficaram em silêncio quando apareceram os comerciais. Glover e David consideravam-se especialistas na forma feminina. Quando avistavam uma mulher, havia uma pergunta tácita que exigia uma resposta binária. Parecia que eles simplesmente estavam sendo sinceros e isso fazia David se sentir masculino – não machão nem másculo – ao falar daquela maneira. Em geral, se estavam num bar ou na rua, bastava um cutucão ou um olhar dirigido para alertar a atenção do outro – embora Glover fosse muito exigente. Agora, uma indiana bonita de sari vendia saquinhos de chá para eles e, sem qualquer estímulo, Glover disse não, os ombros dela eram largos demais.

o drogue

Eles se conheceram no Bell dois anos antes. David tentava corrigir alguns trabalhos quando o barman colocou uma música folk, num volume excessivo, no aparelho de som. Imitando o giro de um dial, David disse:

– Desculpe, parceiro, pode abaixar um pouco? Tem acordeão demais para mim.

– Meu pai tocava acordeão.

David abriu um sorriso fraco, sem mostrar os dentes, tentando uma dissuasão educada.

– Ele conheceu minha mãe num concerto de igreja. Sem o acordeão, eu não estaria aqui. – O barman forçou um sorriso, uma espécie de lassidão que tornava seu rosto atraente.

– Ele ainda toca?

– Só em cerimônias.

Com uma camiseta cinza e calça de lona azul-escura do tipo que David associava aos encanadores, o barman tinha uma aparência atlética, ombros muito quadrados que ele curvava para frente ao se encostar na porta de vidro da geladeira, e assim sua camiseta pendia, côncava, como se soprada em um varal. O cabelo era curto, preto, habilidosamente penteado com gel. A mãe de David diria que ele tinha a testa de um ladrão, o que significava que era muito baixa, porém os olhos a teriam conquistado. Eram bem espaçados e de um azul-claro e inocente. O modo como as sobrancelhas bastas inclinavam-se para um nariz bonito e feminino parecia conferir sinceridade ao rosto. David gostou dele – James Moore Glover – na hora. A amizade também é uma espécie de amor.

Quando não estava ocupado demais, Glover fazia as palavras cruzadas do jornal e David, como sempre se sentava ao balcão, corrigindo trabalhos no horário de almoço ou por uma hora depois das aulas, costumava estar por ali para ajudar. Conversando da maneira sarcástica, ruminativa e lenta de dois homens que por acaso estão no mesmo lugar, eles descobriram que faziam rir um ao outro.

Alguns meses depois de Glover começar no Bell, olhou para cima e coçou sem pensar o rosto, onde ainda era visível uma leve cicatriz de acne, e David percebeu que ele não fazia as palavras cruzadas. Estava marcando vagas em apartamentos no *Loot*. Morava provisoriamente na casa do chefe Tom e da namorada dele, mas o casal estava se separando e vendendo o apartamento. Ele precisava se mudar.

Depois de um caneco e meio de cerveja alemã, David disse:
– Parceiro, sabe de uma coisa, tenho um quarto de hóspedes. Pode ficar lá, se precisar.

Glover chegou com Tom, seus pertences mundanos na mala da BMW do gerente do bar. Por acaso o gerente do bar também era primo de Glover. David e ele não foram com a cara um do outro na mesma hora. Tom disse que se lembrava dele do pub, como se isso fosse algo condenatório e bizarro, e andou pelo apartamento com um ar superficial e desdenhoso. Já vira tudo aquilo antes ou, se não era exatamente aquilo, chegava perto. Ele disse: "Vai nos preparar um chá ou o quê?", e enquanto David trazia a bandeja para a sala, ouviu-o cochichar com Glover: "Trate de colocar uma tranca na porta do seu quarto." Depois que Tom foi embora, David deixou claro que ali certamente não era esse tipo de arapuca e achou que Glover gostou de sua franqueza. James tinha seis caixas de vinho com livros, vários sacos de lixo contendo roupas e um loureiro de metro e meio num vaso de cerâmica. O arbusto ostentava um tronco fino e um perfeito afro de folhas grossas e cerosas. O vaso rachou no batente da porta e eles o replantaram no balde de plástico vermelho que David usava para o esfregão. Ainda estava lá agora, na sala de David, em seu lar temporário.

    O arranjo temporário de Glover também evoluiu para permanência. A princípio circunspectos, organizados, batendo nas portas, desculpando-se por terminarem o leite, eles rapidamente desenvolveram a taquigrafia de colegas de apartamento. Glover provinha de Felixstowe, na costa de Suffolk, e sua voz grave tinha um leve traço do sotaque de East Anglia: estendia as vogais e atenuava a segunda sílaba em algumas palavras. Não colocava açúcar no chá. Seus espirros violentos e repentinos pareciam vir aos trios.

    Ele era musculoso e mantinha a forma correndo todo dia junto ao rio e pelas ruas ventosas do Sudeste de Londres, o iPod preso na cintura, os passos marcados pelo ritmo da trilha sonora. Glover alegava que antigamente era *muito maior*, o que significava mais gordo, e no fim do primeiro ano na faculdade em Norwich ele passou a correr, e agora começava cada dia com a consagração de cem flexões de braços e pernas. David detestava, admirava e invejava esse lado disciplinado do colega de apartamento. A mente metódica de Glover era dominada por seu hemisfério esquerdo. Seus artigos de toalete ficavam agrupados numa ponta do peitoril da janela, todos os rótulos virados para frente. Os de David espalhavam-se pelo banheiro, ou encostados de cabeça para baixo em vários cantos, destilando nas tampas o que restava do conteúdo. Enquanto Glover instalava tomadas, trocava fusíveis, consertava os canos com vazamento da máquina de lavar, David fazia xícaras de chá e circulava. Podia perguntar a Glover sobre fusão a frio, sobre o fósforo branco que os americanos estavam usando, sobre uma suspensão de carro, sobre enriquecimento de urânio e Glover explicaria com o entusiasmo de um nerd. A televisão proporcionava alguns de seus maiores triunfos. Um programa sobre recordes de velocidade em terra levou a uma explicação do funcionamento daqueles paraquedas que se abriam na traseira dos veículos. Ele pegou um bloco A4 e uma caneta no quarto, e desenhou alguns diagramas para ilustrar a dinâmica de um drogue (como ele chamava). Seu discurso calculado, com sua cadência mínima, acelerava de excitação e David se sentia como um daqueles paraquedas inchados e vazios, arrastando-se atrás, reduzindo a velocidade.

David gostava do fato de que Glover sabia, ou de que alguém sabia, como tudo funcionava. Era tranquilizador. Essas trocas de informação se intercalavam com as distrações comuns dos homens: anedotas, comparações e listas, as bazófias de um humor em escalada. Um deles dizia algo engraçado e o outro levava o conceito um passo adiante. E quando Glover gargalhava, o giro rouco de seu riso nunca deixava de incitar o de David. Vendo-o instalar as prateleiras que estiveram encostadas no corredor por três anos, David perguntou se ele já havia pensado em voltar e concluir a graduação: abandonara um curso de engenharia mecânica. Glover estava com um parafuso na boca que caiu no piso laminado, batendo em seu pé e deslizando para o capacho.

— É, o caso é que voltei meio diferente depois do primeiro verão. Foi estranho. Tinha perdido muito peso e estava tomando aqueles antibióticos para a pele. E eu não esquecia o fato de que as pessoas de repente mudaram. Gente que não dava a mínima para mim no primeiro ano agora me rodeava feito mosca. Era tudo muito falso. Odiei.

a caixa de reciclagem

A manhã de segunda-feira começou com um período duplo do grupo de alunos de David, onde ele distribuiu os impressos e discutiram o simbolismo de "The Pardoner's Tale". A hora do almoço não lhe deu nenhuma trégua.

Além de deixar que um aluno pegasse seu isqueiro emprestado de vez em quando na escada perto da entrada lateral, a sociedade de debates da PMP era a única atividade extracurricular de David, e como a professora que a ministrava tinha partido em licença-maternidade, agora ele precisava comparecer às reuniões semanalmente. *Esta Casa Acredita que a América Não Lidera Mais o Mundo Livre.*
O gênio local da sociedade era o baixinho Faizul, o egípcio. Ele propôs a moção, a voz palpitando entre o insulto e a argumentação, as mãos frenéticas como figuras de teatro de sombras. A réplica foi dada pela míope e antigramatical Clare, rainha dos Home Counties, e David viu esvaírem-se os cinquenta minutos de ouro do horário de almoço.

Antes da aula da tarde, verificou os e-mails no laboratório de computação e descobriu que Ruth respondera a sua mensagem agradecendo a ida à galeria. Ele também havia perguntado se ela gostaria de ver o mais recente *remake* ridículo de Hollywood – ela falara de sua inexplicável fraqueza pelos sucessos de bilheteria – e ela sugeriu na quarta-feira à noite. E será que não gostaria de convidar Glover, uma vez que ele disse que queria ver também?

O filme era muito ruim, pensou David, e Ruth alegou concordar com o veredito de Glover – "bobo, mas divertido". Enquanto David chegava à calçada na frente deles, já estava escrevendo o post do Damp Review mentalmente: *Jamais façam remakes de filmes de monstro. É sempre um equívoco. Pode-se atualizar algumas coisas – efeitos especiais, cenários, figurinos, até os atores –, mas não se pode levar a melhor sobre a nostalgia. Não se pode melhorar a memória: essa luz sutil e oblíqua.*

Ruth e David almoçaram juntos na semana seguinte e ele a encontrou para um drinque depois de ela ir a uma vernissage. E assim continuou. Ele se sentava de frente para ela e ficava olhando as oscilações internas das emoções de Ruth brincando em seu lindo rosto. Ela vivia na superfície da própria vida. Ainda não tinha acontecido nada entre eles, mas David sentia a intensidade de suas interações obstando seu papel de ser o confidente habitual. Às vezes ela sustentava o olhar dele por um ou dois segundos a mais do que o necessário, e às vezes sorria de um jeito descarado e atrevido em que David pensaria mais tarde. Nesse meio-tempo, ela estava sobrecarregada de muita bagagem emocional – o dançarino chamado Paolo ainda ligando da América.

Numa noite fria de novembro, os três assistiram a *Otelo* no Globe e, depois de chamarem um táxi na ponte de Blackfriars para Ruth, os dois amigos voltaram a pé para Borough. As ruas estavam quase desertas, depenadas pelo frio, e as calçadas geladas cintilavam como quartzo. A peça não foi boa e David improvisava. Depois de uma pausa, ocasionada por sua comparação do diretor com um aborteiro de fundo de quintal, Glover disse:

– O que você sente *realmente* pela Ruth? Sinceramente.

– Eu *realmente* gosto dela – disse David, imitando a ênfase de Glover. – Por quê? Você não gosta?

– Claro que sim, mas estava me perguntando se você vai fazer alguma coisa a respeito disso.

David entendeu de imediato o que ele quis dizer, mas algo no tom de voz – um toque de irritação – o ofendeu. Glover sempre procurava empurrá-lo para o mundo, propondo que marcasse encontros pela internet, sugerindo que ele respondesse aos anúncios pessoais de jornais, dizendo a David para abordar mulheres nos pubs. Ele achava que Glover o considerava inerte, como se só precisasse de um empurrão nas costas para começar a se mexer, mas David estava acostumado com a rejeição. Só conseguia agir em seu próprio ritmo.

– Somos velhos amigos, sabe? Velhos amigos.

Um pacote de fritas raspou pela calçada, importunado pelo vento, e Glover o chutou, fazendo com que virasse sobre o tênis e caísse, de face para baixo.

– Acho que a questão é se você se sente atraído por ela.

David se eriçou de novo e suspirou de impaciência.

– Qualquer um vê que ela é atraente.

– É, acho que sim.

Ele não respondeu. Qual era o problema de Glover? Eles chegaram à escada do prédio e a conversa estacionou ali, perto das lixeiras de rodinhas e da caixa de reciclagem em que alguém largara um kebab pela metade.

feito mapas rodoviários, abandonados

Numa quarta-feira úmida, escura e interminável, um daqueles dias de inverno que carece de tarde, Ruth mandou um e-mail convidando David para jantar. Ele nunca fora convidado ao apartamento dela, ao Barbican, e o endereço de e-mail de Glover não aparecia na seção de destinatários. A mensagem de Ruth era informal e ele imitou-lhe o tom, respondendo com uma frase: *Claro, será ótimo*. Provavelmente nada aconteceria, mas, na noite anterior ao jantar, ele passou a ferro sua camisa azul-clara. O ato trazia certo peso probatório: ele odiava passar a ferro, esse misto peculiar de meticulosidade e tédio, e na escola se safava com pulôveres de gola redonda. Porém, essa camisa em particular, segundo sua mãe, realçava seus olhos. Ele estava animado como uma criança para ver o habitat natural de Ruth. Nunca soube que ela cozinhava e imaginava algo simples, despretensioso. Talvez italiano. Abobrinhas. Manjericão. Queijo pecorino. Frutas para encerrar.

O dia em si foi uma nulidade. A única coisa que aconteceu foi depois do expediente quando David, escalado para supervisionar o grupo de estudo das 16 às 18h, ajudou Susan Chang, que cheirava a sorvete de baunilha, a retirar um papel emperrado na fotocopiadora. Ele ficou deliciado com a pequena vitória e, para comemorar, preparando-se para a noite, decidiu fumar um dos baseados de emergência que escondia na gaveta trancada da escrivaninha. Foi ao banheiro dos funcionários, empoleirou-se na beira da tampa e apertou um. O baseado era pequeno, de um verde denso, e aliviaria o nervosismo. Não estava fora de cogitação que esta seria a noite. Ruth não estava acostumada a ficar só.

Ele pôs o baseado no bolso do casaco e, às seis em ponto, foi para a escada de ripas de linóleo, travando a porta de incêndio com uma lata vazia de Coca. No telhado da escola, o céu de fim de tarde era enorme. A noite de maré rolava pelos telhados e no horizonte amontoavam-se faixas laranjas, vermelhas e rosas.

Às vezes David tinha visões e queria falar com alguém sobre elas, cara a cara, olho no olho. Ele teve uma namorada, Sarah, anos antes. Eles se conheceram no grêmio estudantil no último período na Goldsmiths: ela derrubou a cerveja dele e insistiu que ele comprasse outra para os dois. Nos quatro meses seguintes, aconteceu de nada ser real para ele até ele falar com ela sobre isso. Se não estavam juntos, telefonavam-se à tarde para descrever o que haviam feito pela manhã, depois passavam a noite contando como tinha sido o dia.

Nessa época David ainda tinha cabelo e certa vez, quando estavam doidões, Sarah usou a tosadora de uma colega para raspar a cabeça dele. David viu como ficaria careca: louco e brilhante, uma colher com olhos. Na quitinete dela, acima de um restaurante delivery de frango frito em Turnpike Lane, eles viam muito do Novo Cinema Alemão, acendiam incenso e faziam um sexo desajeitado e veemente. Um dia ele por acidente puxou o brinco em forma de peixe de Sarah e a orelha dela sangrou no lençol. Ela não gritou, mas se encolheu debaixo dele rápido, ofegando, depois lhe deu um forte tapa no ombro, dizendo: "Agora me segura. Agora coloca a mão na minha boca. Agora me machuca, me machuca." Quando ela foi à Índia por seis meses, escreveu para dizer que estava tudo acabado. Ele percebeu que a carta fora postada no dia em que ela foi embora, presumivelmente no Heathrow. Ele só se apaixonou uma vez na vida, e não foi por ela.

Na fila da cantina dos alunos, em sua primeira semana na Goldsmiths, ele ia pagar a conta quando descobriu, num rubor quente de vergonha, que tinha esquecido a carteira. A menina atrás dele na fila lhe deu um tapinha nas costas, e quando ele se virou tinha metido uma nota de cinco libras em sua mão, dizendo: "Pegue, é sério, está tudo bem." Nunca tinha visto alguém tão gentil. Ela não o conhecia. Ele almoçou bem atrás dela e não conseguiu tirar os olhos de seu cabelo. Denso, escuro e brilhante como o de uma esquimó. Natalie era do terceiro ano, pelo que ele descobriu, e quando a encontrou no dia seguinte para pagar a dívida, eles terminaram almoçando juntos e ele fez com que os olhos verde-claros dela se fechassem repetidamente de tanto rir.

David se recostou na chaminé de tijolos vermelhos e acendeu um baseado. Pensou em como estava ficando velho e esquisito, como se tornava refém de rotinas estranhas e calcificadas. A densa fumaça sem filtro começou a espalhar um arrepio anestésico por sua cabeça. Dois pombos empoleiravam-se na tampa de betume da caixa d'água, arrulhando e apaziguando o trânsito lá embaixo. Ele se aproximou dos pombos e eles bateram asas, pousando numa saliência mais baixa. Ao longe, o minarete da British Telecom erguia-se acima do zunido e as parabólicas nos telhados se projetavam como cravos brancos presos em lapelas. Ele apagou o que restava na tampa da caixa d'água e foi parado por um segundo pela presença da lua. Era cinematográfica, escamosa e amarela, e se esgueirara em silêncio por trás dele como se pretendesse lhe fazer algum mal.

Na calçada, zonzo mas relaxado, ele colocou *Sea Pictures* de Elgar e pegou o 38 na Oxford Street, indo para a cidade. As luzes de Natal tinham sido instaladas, mas não acesas. Ele ia chegar cedo demais, então desceu perto da Turnmill Street para caminhar. Faltava uma hora para a noite cair, quando tudo pode acontecer. A hora em que os jornais eram folheados e dobrados de qualquer jeito como mapas rodoviários, abandonados nos bancos vazios do metrô, dos trens e ônibus. A hora em que o cheiro de cominho e curry invadia o jardim dos seus pais em Hendon. Era o paraíso. Era a hora de passear com o cachorro. Hora de um milhão de sistemas de aquecimento estalando e zumbindo de vida, a hora do saco plástico azul chicoteando acima do prédio da Clerkenwell Road em espasmos de desejo. Estaria Ruth neste exato momento imaginando como seria a noite? Estaria olhando Londres em trânsito e pensando que alguma coisa podia acontecer? Antigamente esta hora deve ter sido o reino dos acendedores de lampiões, e sujeita a sua iluminação fragmentada, ponto a ponto, mas agora as luzes de rua se acendiam num único impulso, um piscar de olhos, enquanto David parava perto do mercado de carnes Smithfield para acender seu Marlboro Light, onde o piso tinha sido lavado com mangueira e a água escorria em córregos para a rua, criando pequenos redemoinhos em volta dos seus sensíveis mocassins marrons.

    Natalie se formara algumas semanas depois do incidente na cantina. Encontrara emprego no mercado de design gráfico em Ascot, embora voltasse a Londres nos fins de semana para ficar com o namorado em Clapham. De vez em quando ela falava ao telefone com David, mas estava sempre ocupada demais para um encontro. Assim, nas noites de sexta e manhãs de segunda, David zanzava pela estação Waterloo – pela rota que ela teria de percorrer do trem de superfície de Sunningdale, pegando o subterrâneo para tomar a Linha Norte, e de volta. Fez isso por dois meses e nunca a viu, nem uma vez. Ele a queria tanto que mal conseguia pensar direito. Escreveu-lhe centenas de poemas e cartas que nunca mandou, e algumas que enviou. Ele a queria em seus braços, em seus olhos, em seus rins, baço e coração. Queria desabotoar sua blusa branca e tirar o cinto de pele de cobra das alças de sua Levi's 503. Nervoso de excitação, ficava perto das máquinas de bilhetes e examinava por uma hora os rostos desconhecidos de quem passava pelas catracas até que, por fim, desistia, e se afastava com uma careta e um andar pesado, como se parte dele doesse ao dar um passo.

Enquanto o elevador subia os 23 andares até o apartamento de Ruth, David olhava-se no espelho. Ali estava o rosto oval. O baseado deixara os olhos lacrimejando e a caminhada acabara com ele. A cabeça suada brilhava como uma castanha-da-índia, e as bochechas estavam da cor de uma melancia. Ele pegou um lenço no bolso e se secou. Na segunda batida, ouviu Ruth gritar lá de dentro: "Está aberta." Ele abriu devagar a porta e ali estava ela, andando na direção dele com o jeans apertado e escuro e um casaco preto tipo quimono. O cabelo ainda estava molhado, penteado e elegantemente repartido, e esse jeito imperturbável emprestava a seu rosto uma nova autoridade.

– Oi, oi, oi – disse David, sem saber por quê, erguendo os braços como um tio querido.

– Bom te ver. – Ela ofereceu o rosto para receber dois beijos e mostrou um telefone sem fio, o bocal coberto com a palma da mão. – Estou numa ligação.

– Claro – respondeu.

– A sala fica logo ali – apontou Ruth para o corredor, antes de fechar a porta com um pé descalço.

David percebeu que os dedos dos pés dela não eram bonitos – deformados como seixos –, mas as unhas estavam pintadas de um azul elétrico.

Ele se apoiou no braço de um imenso sofá marrom. Tomava toda a extensão de uma parede de vidro – as paredes externas da sala tinham vidraças do chão ao teto, e um passadiço externo as acompanhava, encerrado por uma barreira na altura do peito de concreto batido. No canto da sala havia uma enorme mala surrada de viagem – o tipo de coisa em que uma criança de sete anos de viseira e uniforme, voltando para as aulas em Michaelmas, podia se sentar numa estação ferroviária nos anos 1950. Havia uma poltrona que combinava com o sofá e funcionava como uma espécie de arquivo – os papéis estavam divididos e enfiados atrás, ou em uma das laterais, da almofada do assento. Ruth estava do outro lado do corredor – no quarto, ele supunha – falando alto.

– Olha, só estou dizendo que você pode fazer todas essas coisas depois de se formar. Não, não, acho que é extremamente importante que você faça isso, você *precisa* fazer, mas depois de se formar. Meu bem, entendo perfeitamente, mas você passou três anos trabalhando nisso. Não me importa *o que* ele diz.

David sacudiu o ombro para que a alça de sua pasta caísse. A pasta pousou no carpete com um tilintar das chaves que continha.

– Ele *não* pagou por sua formação. Ele disse isso? Quem pagou as contas de Wellsprings? Quem paga seu apartamento? Não, só fico preocupada porque não quero que você cometa um erro agora e daqui a dez anos ou dez dias se arrependa.

David entrou na cozinha. Era imaculada e impessoal como numa exposição, exceto pelos convites a eventos de arte que formavam uma colcha de retalhos em um painel de cortiça. Como Ruth já pode ter recebido tantos? Uma porta se fechou no final do corredor, mas não havia passos se aproximando. Ele saiu para a varanda, assim podia pelo menos fingir não ter ouvido. Londres se estendia como um cartão-postal, como sua própria propaganda. A Roda do Milênio, o Big Ben, a Tower Bridge. Uma luz piscava no alto da pirâmide do Canary Wharf alertando aves migratórias e zilionários nos helicópteros para não chegarem perto demais. Ele se sentou em uma cadeira dobrável de plástico que arriou em suas costas. Dali só podia ver o céu, as nuvens esparsas e as estrelas espaçadas. Fechou o casaco e pegou a pasta na sala, apertou outro e fumou, enquanto esperava. Ouviu algumas faixas de Leonard Cohen no iPod, depois um Sinatra em início de carreira para melhorar o astral. Quando entrou de novo para pegar um copo de água, segundo o relógio de sol de madeira pendurado acima da bancada lateral, tinham se passado 22 minutos. O apartamento estava silencioso. No corredor, a porta do quarto estava aberta e dentro dela a cama era imensa e branca, os lençóis emaranhados e edredons puxados, montes de neve, fendas de gelo. Ele fingiu tossir um pouco para avisar de sua aproximação, mas isso desalojou alguma coisa sólida na garganta e quando estendeu a mão para a porta fechada do banheiro, estava tossindo ruidosamente. Ele bateu, agora com uma gentileza desnecessária – uma torneira estava aberta.

– Ruth, está tudo bem?

– Ah, não, tudo bem. Desculpe. Saio em dois minutos. Desculpe.

Ele voltou pelo corredor, mas a tranca estalou e ela apareceu. Tinha tirado o casaco e vestia um colete amarelo que lhe expunha os ombros, sardentos e magros, mas bronzeados, nada ingleses. Seus olhos agora eram apenas fendas em inchaços de marshmallow. Ela esteve chorando e lavara o rosto. Ainda segurava uma pequena toalha preta.

– Mil desculpas, David. É um pouco constrangedor para mim, e provavelmente para você também. Bridget está criando problemas e o pai dela...

Ela começou a chorar de novo e se aproximou dele. O contato real veio como um choque. Ele já a havia beijado no rosto muitas vezes e chegou até a apertar de leve os dedos em seu ombro enquanto se despediam. Mas agora se abraçavam e ele se acomodou nisso, sentindo as omoplatas de Ruth afiadas em seus braços. As coisas estavam mudando. Ele sabia que nunca a veria da mesma forma de novo. Num só instante ela crescera para além do abstrato. O desejo não era mais teórico. O tato é muito mais perigoso do que a visão ou os sorrisos leves ou conversas sinceras ou cochichos sobre quadros numa galeria. É com o tato que as coisas de verdade começam. Ele sentiu um impulso dominador de protegê-la, de entendê-la e mantê-la em segurança. Seu corpo magro tremia enquanto ela soltava um longo suspiro e ele a abraçou com mais força. Ela era tão leve. Seria capaz de levantá-la com facilidade. Um perfume exalou de seu cabelo e David banhou-se nele profundamente, querendo encher cada célula do seu corpo.

Quando ela se endireitou e se afastou, ele ficou quase surpreso ao descobrir que seu próprio corpo não reteve as marcas da forma de Ruth. De imediato ela se ocupou – arrumando a toalha no suporte, apagando a luz do banheiro. Ela andava rápido e ele a seguiu. Quando Ruth pegou uma garrafa de Pinot Grigio na geladeira, ele se encostou na bancada da cozinha, olhando. Parecia-lhe então que se encostar na bancada da cozinha era evidentemente um gesto que denotava estilo. Ele se sentia muito poderoso. Se quisesse, poderia correr uma maratona ou erguer a geladeira e jogá-la longe. Em vez disso, lhe passou o saca-rolhas, o único utensílio visível no cômodo. Um encantamento hipnótico de familiaridade doméstica fora lançado entre os dois, depois ela o quebrou.

– Meu Deus, desculpe, David. Espero que não tenha feito você se sentir... constrangido.

Ele parecia constrangido? Não era assim que se sentia. Ela soltou uma risada triste, pegou uma folha de papel toalha de um rolo pendurado na parede e assoou o nariz. Isso o deprimiu. Não gostava de ouvir um nariz ser assoado, e sempre se preocupava em fazer isso às escondidas. Parte da mística de Ruth desapareceu naquele papel toalha e incomodou-o que ela não se importasse. Ele enfiou a camisa azul no cós da calça de novo, porque o abraço dela a havia puxado para fora. Percebendo que tinha empurrado para dentro da cueca, ajeitou-se novamente.

– Ah, droga, sujei sua camisa de maquiagem. – Ela ergueu a mão para limpar e ele recuou, de repente ciente da maciez do próprio peito.

– Não, não, é caneta, eu acho, tudo bem.

– Vamos pegar umas taças e sentar. Tem cigarro? Ah, coitada da Bridge... Ela é uma menina maravilhosa. Mas às vezes... – Suspirou e apoiou a garrafa na mesa de centro, depois voltou para a cozinha.

– Adolescentes! – disse alto David, mas depois se arrependeu de sua banalidade.

– Deus do céu... Ela tem vinte anos. Acho que é assim que ela vai ser. Cabeça-dura. Como a mãe. – Ela se permitiu um meio sorriso complacente enquanto reaparecia na sala, segurando taças cheias.

– Qual é o problema? – disse David com ar profissional, pegando uma taça e se acomodando no sofá.

– Ela quer abandonar o curso de teatro. Bom, mudar para pedagogia. E não acho que seja a *melhor* ideia que ela teve na vida.

– Sabe de uma coisa, *eu* te procurei uma vez, quando queria mudar de curso. Fiquei na sala depois de uma aula. Tenho certeza de que você não se lembra.

David sempre se perguntava se ela se lembrava da conversa que tiveram e agora viu que não, embora ela não fosse admitir. Ruth foi até a porta da varanda e olhou para fora.

– É claro que me lembro. Você ia trocar de curso.

– Você me deu muito apoio. Disse que eu devia fazer o que achasse o certo para

– Eu sei, David, mas é a minha filha. Você era um... – Ela não conseguiu escolher um substantivo e a indecisão pareceu incitar alguma coisa desagradável nela. – Ah, seja realista! – exclamou, gesticulando para a janela, as paredes, tudo o que pudesse usurpar secretamente sua vida.

David, mortificado, olhou firme para o braço do sofá. Tinha se tornado o substituto de Bridget na discussão. Ruth suspirou, depois acrescentou com brandura, como se fosse de algum conforto:

– Eu não teria me importado com a sua escolha. Eu nem conhecia você.

Ela estava aborrecida. E ele, embora não tivesse pensado por um momento que a versão dela da conversa coincidiria com a sua, sentiu aquela confissão como uma humilhação. Aqui estava o pedigree dele, aqui estava sua cotação. Ele podia ir em frente e esquecer seu talento, podia desistir da arte, ensinar inglês, mas a fraca chama do talento de Bridget devia de algum modo ser protegida de turbulências salariais e dos resultados padronizantes de testes, protegida dos ônibus, das provas e do impiedoso despertador. Um momento de quietude e clareza em sua vida. Uma espécie de vertigem emocional – ficar de repente ciente da verdadeira opinião de alguém. Desequilibrado, baixou a taça no carpete e se levantou. Ruth olhava pela janela enquanto ele foi até a estante repleta de pilhas desarrumadas de livros, impressos e fotografias. Com a maior delicadeza que pôde, disse:

– Eu sei disso, é claro. Só quis dizer que talvez você devesse ouvir os argumentos dela e depois...

– Os *argumentos* dela consistem em me dizer que não sei como é o mundo. Olha, David, não quis dizer que não me importava. Só quis dizer...

– Não, claro, eu entendo. Está tudo bem. – Ele sorriu com entusiasmo, contraindo o queixo.

– Ela tem essa ideia – continuou Ruth, dando uma guinada em sua própria estrada – de querer lecionar para crianças do interior e se formar em pedagogia. Ela passou os últimos três anos no teatro.

– Esta é ela? – Ele levantou uma pequena foto de uma pilha de quatro ou cinco na prateleira de cima. Uma garota magrela com cabelo castanho comprido repartido no meio. Tinha as mãos unidas em oração e estava sentada de pernas cruzadas no tampo de uma mesa de piquenique. Atrás dela, os troncos em coluna de enormes sequoias formavam um pano de fundo sólido.

– Não, imagina! Essa foto tem uns 25 anos. Olha as calças boca de sino, David. Esta é Jessica. Você se lembra. Ela mora em Nova York. A parceira dela, Ginny, edita aquela revista... Você devia enviar umas críticas para lá.

– Ela era muito bonita.

Ele devolveu a foto à pilha. Ela lhe contara uma vez que tinha dividido um apartamento no Latin Quarter com uma garota chamada Jess.

– E ainda é. Bridge também é, só que mais morena, como o pai. Morena e má.

Ela se sentou elegantemente no sofá e puxou as pernas para cima, abraçando os joelhos no peito. David tinha acabado de perceber que não havia sinal de preparação de comida, nenhum forno preaquecendo, nada. Sentiu o estômago se contrair. Estava escutando com muita atenção quando ele perguntou:

– E o jantar?

– Ah, esse é outro problema. Podemos deixar de lado e comer qualquer coisa?

a primeira pessoa do plural

Ruth vira um pequeno restaurante chinês, o Peking Express, não muito longe do apartamento e quis experimentar. Ficou evidente, assim que entraram, que eles eram os únicos clientes. David quis ir embora, mas Ruth já se acomodara em uma mesa no canto, ao lado do aquário. O tanque tinha o comprimento de um caixão e um aspecto um tanto estagnado. Quando os inúmeros peixes viraram os olhos tristes para David, ele teve a nítida impressão de que era ele a diversão dos peixes, não o contrário. Para cumprimentá-los, abriu e fechou os lábios no vidro. Um peixinho dourado escarlate deu uma guinada e se afastou, balançando a saia flamenca.

Quando a garçonete chegou à mesa, Ruth contava a David do plano maluco de Bridget de se casar com o namorado, Rolf, e ergueu a palma da mão para garantir o silêncio até que terminasse. A garçonete, uma chinesa de uns 17 anos, ficou parada ali de forma obediente, com a cabeça baixa, enquanto David tentava lhe lançar um olhar de súplica, desculpando-se. Quando Ruth terminou sua queixa – E eu disse, *querida, eu* lembro *como é ter vinte anos, mas o sentimento* não *dura para sempre* –, a garçonete pegou um pequeno isqueiro dourado do bolso da saia e acendeu o toco de vela, abrindo em seguida um sorriso neutro e letal.

– Acho que precisamos de mais um minuto.

Ruth tinha jeito para tocar em questões que estimulavam o autoexame e, durante o jantar, perguntou sobre a relação de David com os pais. Ele se viu falando de rejeição, decepção e ressentimento. Ruth interrogava com brandura e ele, enquanto falava, percebeu que na verdade estava aprendendo certas coisas sobre a própria vida.

Não achava que o interesse dela era uma compensação por sua resposta peremptória mais cedo. Ao contrário de David, ela não conseguia fingir, pelo menos não por muito tempo. Ela não era *legal*, esse maldito adjetivo, e a curiosidade que demonstrava, quando aparecia, não era diluída pela polidez. Educado desde o nascimento nas virtudes cardeais de uma mãe calvinista e infeliz, David mal sabia o que mais o interessava. Tinha certeza de como devia se comportar, das perguntas que devia fazer, das respostas certas. Mas já estava farto disso. Pelo menos, se Ruth parecesse intrigada por alguma coisa, era simplesmente porque achava intrigante. Podia até ser escrava de seu id, de desejos insistentes, mas não era tediosa. Não havia rituais em sua conversa nem tabus. Tudo era passível de análise e articulação – no jantar, ela disse que achava que a mãe dele provavelmente o odiava em um nível subconsciente porque ele a prendia ao pai. David sentiu que Ruth e ele estavam se aproximando, se alinhando, e o encaixe era extraordinariamente bom.

Era por isso que os homens ficavam loucos por ela. Ruth olhava para David com tamanha intensidade que ele podia acreditar ser o centro do seu universo. Não era carência: isso teria sido incômodo. Mas ela lhe dava a rara crença de que ele era especial. Ele era o milionésimo visitante. Era o único que entendia, o único que ela queria, o único capaz de salvá-la.

O nível de ansiedade sempre baixo de Ruth vinha à tona pelos habituais pontos críticos. O meio ambiente. Seu próprio envelhecimento e morte. A política externa americana. Ela supunha qual era a política dele, é claro, como supunha muitas coisas, mas ele não se importava. A garçonete apareceu com mais vinho e o sorriso de assassina. David viu dois peixes néon dispararem como cortesãos em volta de um peixe-gato preto e grande que virou lentamente o ventre estriado para a mesa dos dois e começou a cavoucar a sujeira que toldava o vidro. Ao saírem do restaurante, os dois garçons e os três chefs estavam em fila como anfitriões de uma festa ("Até logo, vemos vocês em breve"). Ruth insistira em deixar o troco da nota de cinquenta, o que significava que os funcionários receberam uma gorjeta de 14 libras e oitenta. A comida era passável, mas ela, se estivesse no espírito, podia ser loucamente generosa – embora sua desatenção quase sempre deixasse atrás de si uma esteira de ofendidos, os que levavam a porta na cara. A intenção dela podia não ser essa, mas a culpa reside também na omissão: David tinha certeza disso. Ele sentia várias coisas em relação a ela simultaneamente. As preocupações e inquietações de Ruth estavam todas a ponto de transbordar, assim ele descobriu que podia esquecer que era um infeliz, um ansioso, insignificante e confuso. Ela mostrava que ele não era anormal, e com isso queria dizer sozinho. Os dois estavam no mesmo barco juntos. Era sedutor isso, ser apropriado para o lado de alguém. Ele podia imaginar seus interesses inteiramente ligados aos dela. Quanto ao que ela via nele, ele não sabia. Sabia que ela o achava uma distração. Era um dos prazerosamente crucificados e plenamente dedicados a ela. David imaginava que Ruth devia gostar do visível prazer dele quando a conversa se voltava para a arte, os livros, qualquer coisa que pudesse ampliar e alimentar a mente. E talvez ela também fosse solitária.

Na rua, ela passou o braço no dele. Ele endireitou os ombros e as costas, possessivo daquela criatura a seu lado. Uma lápide de sacos pretos se empilhava na calçada perto de uma lixeira transbordante e eles se desviaram para evitá-los. Os últimos metros foram percorridos em silêncio. David estava num pequeno devaneio de felicidade, pensando que conhecera, tardiamente, aos 35 anos, alguém que achava interessante, alguém que *fazia* alguma coisa. Sua vida dobrara uma esquina. Os passos dos dois formavam um ritmo agradável, sobre o qual ele estava prestes a comentar quando ela puxou seu braço com um pouco mais de força e disse:

– Preciso dizer uma coisa. Sei que você vai achar loucura, e eu também acho, juro.

A ternura na voz e as palavras tão ansiadas aceleraram regiões no coração de David. Ele também apertou seu braço enquanto ela sussurrava.

– Você acha... Quer dizer, *eu* acho que pode ser alguma coisa...

Ela parou e David sentiu um crescente tremor por dentro. Ele levou a mão ao peito como se pudesse ser o bastante para manter o sangue bombeando e tudo no lugar.

– Alguma coisa entre mim e James. – Ela parou de andar, detendo-o, e olhou no rosto, examinando sua reação.

Ele arrancou um sorriso forçado de algum lugar. Sentia-se frio, distante de si: o verdadeiro David era uma coisa que fugia com muitas pernas, subindo pelos lados do corpo e agora espiando com um triste desespero através das janelas de seus olhos.

– Caramba, você ficou chocado? É muito chocante? Eu sei que é meio louco, mas...

– O caso é que... – Ele recomeçou a andar, olhando para frente, quase arrastando-a pela rua. – E eu sei, porque conversamos muito, ele acha difícil confiar... – David fez um gesto absurdo de segurar um peso na mão aberta. Podia ser seu coração ejetado.

– Sim. Ele me falou disso, sobre a faculdade.

Ele falou? Quando? Sempre que David saía da sala, eles trocavam a marcha para a intimidade, depois reduziam novamente para a familiaridade informal quando ele voltava? Eram telepatas? E-mail. Conversavam por e-mail. Mas que gentil da parte deles.

– Ele é um doce de homem. É tão... *sincero*.

– Honesto, quer dizer? É... não é como nós.

Ela virou a cabeça e olhou para David de um jeito curioso – era quase uma hesitação de orgulho ferido –, mas depois percebeu a vaidade desse gesto e transformou aquilo numa piada sobre si mesma.

– Não, exatamente, não é como nós. Somos uns velhos cínicos.

David queria se desvencilhar do braço dela, mas pensou que esse gesto pudesse revelar demais. Conseguiu se recuperar, mas tudo o que queria era ficar longe de sua presença, chegar em casa e cair na cama com uma garrafa de vinho e um baseado. As coisas começavam a se esclarecer. Ela fizera perguntas sobre os dois morarem juntos, como David o havia conhecido, de onde era Glover, mas de forma estúpida e vergonhosa, como um idiota, ele pensara em si mesmo como foco. Ela agora jogava conversa fora sobre como tudo aquilo era ridículo, e tinha certeza de que nada transpareceria, mas só queria dizer uma coisa, precisava dizer uma coisa, sentia um clima entre eles, e o que ele achava? Blá-blá-blá. E no fim a conclusão infantil: ele jurou segredo. Depois os dois estavam parados na base da face rochosa do prédio dela e, ansioso demais para provar que não se abalara com a notícia, David se viu convidando-a para jantar na semana seguinte. Quando marcaram para quinta-feira, ele acrescentou: "E eu *vou mesmo* cozinhar para nós."

Ruth riu e houve uma pausa mais longa, enquanto a primeira pessoa do plural pairava no ar e ambos se perguntavam se incluiria Glover.

duas da tarde

o falso sorriso do Buda

David decidiu não contar a James sobre o jantar, mas não fez diferença. Talvez ela lhe enviara um e-mail falando sobre o assunto, ou talvez a Fortuna, no disfarce terreno de escala de serviço do Bell and Crown, decidira dar a ele a noite de folga. David não sabia e nunca perguntou. Quando arrastou as compras para casa no fim da tarde de quinta-feira, estava suado, cansado e deprimido. O chuveiro estava ligado e alguns minutos depois Glover apareceu na porta da cozinha. Relaxado, descalço e de jeans e camiseta, parecia renovado, o cabelo brilhando e espigado, e ele olhou David desempacotar os mantimentos. Ao saber que Ruth viria para jantar, não pareceu surpreso nem especialmente feliz, esfregando a palma da mão no batente da porta como se o lixasse. Ofereceu-se para ajudar a cozinhar, mas David disse não, que estava bem, e a TV foi ligada. Quando o interfone soltou o zumbido estático, David o ignorou e Glover desceu a escada degrau por degrau, sem pressa nenhuma.

    Ele ouvia atentamente enquanto subiam, mas não escutou nada antes de eles entrarem no apartamento. A dinâmica de imediato parecia diferente. Quando ele saiu da cozinha, Glover já estava com o casaco dela nas mãos. O perfume de Ruth parecia mais forte, um cítrico agradável e queimado, o cabelo cortado e recém-tingido, e ele tinha certeza de que a maquiagem estava mais acentuada. Calças de cetim preto e justo destacavam seu traseiro.

Botas de couro de salto plataforma conferiam 2 ou 3 centímetros a mais à sua altura. Um pingente grande de olho de tigre atraía os olhos para o decote em V do suéter de cashmere verde no colo bronzeado. Consumiu tempo. Exigiu dinheiro. Foi premeditado, David pensou, como o pior tipo de crime, mas ela estava bem e tinha um cheiro bom, e quando ele lhe deu um beijo de cumprimento e a abraçou, platonicamente rápido, ela também se sentiu maravilhosa.

Enquanto finalmente encaixava a caçarola na boca quente do fogão, David pensou que aquele era de longe o nadir do seu ano, até então. Tinha mais um mês para piorar, é claro, mas esta noite estava num encontro, como quem segura vela, em sua própria sala de estar. Estava prestes a ver a única mulher por quem ficou vagamente interessado em anos dar em cima de seu colega de apartamento. E preparava o jantar para eles. Ele engoliu uma taça de Qualquer Coisa Blanc e entrou, relutante. A conversa girava em torno de Suffolk. Ruth tendia a falar, David sabia, com uma pessoa só de cada vez. Quando você era o escolhido, tornava-se seu conforto, seu confrade íntimo em uma trama sutil contra o resto do mundo. Ela o olhava e o interpretava, respondendo somente a você. Assim era a natureza exclusiva de sua consciência, operando no dia a dia por uma série de minicasos amorosos. David conhecia o júbilo intenso de ter sido o foco da atenção daquela maneira! Juntos, eles se sentariam e se preocupariam com um assunto até que algo, embora pequeno, se esclarecesse, mas se você não fosse o escolhido, se fosse secundário, significava que tinha de se sentar e esperar, triste, e olhar, lançando observações como pipoca aos protagonistas.

Ele arriou perto do aparelho de som e passou os olhos de um lado ao outro na pilha de CDs. Eles estavam tão envolvidos na conversa que nem mesmo colocaram uma música.

– Mas enquanto você crescia, achava que a cidade estava morrendo?

Glover percebeu David olhando os CDs e disse:

– Meu *Blood on the Tracks* está aí em algum lugar.

– Isso, coloque esse – disse Ruth. – É o melhor dele. – Uma coisa masculina de se dizer, tão definitiva e presunçosa. David viu que ela se incumbia de Glover. O que tivesse que acontecer aconteceria esta noite. Enquanto puxava a costura da almofada vermelha em seu colo, ela examinava o perfil de Glover por trás dos cílios calculados. David achou o CD e o colocou na bandeja ejetada do som, empurrou-a para dentro, apertou play. Os acordes de abertura de "Tangled Up in Blue" saíram pelos alto-falantes.

A noite transcorria lenta. David se viu irritado quando Glover contou uma piada qualquer que a fez rir, e rir excessivamente, ou quando ela lhe fez outra pergunta. Ele era familiarizado demais com a sensação de passar despercebido para não senti-la de forma tão aguda. Quando foi olhar a comida, abriu o casaco de capuz e o tirou, e quis que as emoções fossem como as roupas, que pudesse tirá-las, dobrá-las, guardá-las em algum lugar. Ele pôs a mesa e parou junto à pia, depois colocou a mão na vidraça embaçada de vapor, onde deixou uma impressão perfeita. Voltou à sala, bebeu bastante vinho e sorriu.

Era verdade: Glover era bonito. Seu corpo era todo tendões e músculos, e aquele físico combinava perfeitamente com ele. David não conseguia imaginar a versão patinho feio, gorda e com espinha, embora sem dúvida Glover agora fosse um cisne. Ele mesmo também foi um patinho feio, depois se transformou num pinguim. Ou um dodô. Um simplório. Nunca vira Glover deixar alguma coisa cair, ou se atrapalhar, ou quebrar nada, e essa capacidade podia ser vista em suas mãos: eram grandes, graciosas, ligeiramente venosas. Seus movimentos tinham uma tranquilidade, e como ele não era fisicamente artificial, também não parecia assim *pessoalmente*. Seu corpo era sincero, mostrava seu funcionamento e o deixava interagir "naturalmente" com os outros, pensava David. Já aos seus próprios mecanismos faltava transparência. Seu corpo aumentava como o de um Buda e começava a esconder seus mistérios, e ele devia se contentar com a assexualidade do Buda, o sorriso falso do Buda.

Ele fez uma torta de frango com brócolis e antes que os outros tivessem terminado suas porções, tinha comido dois terços do total. Precisava pegar leve, então colocou no prato uma colherada de batatas, escorregadias de manteiga. Comeu-as deliberadamente, cortando cada uma ao meio, expondo a carne de lua viscosa antes de lancetá-las e mandá-las para dentro. Depois disso, não deixou que o ajudassem a lavar os pratos, e embora reconhecesse o gesto como passivo-agressivo, parte dele ansiava pela solidão. Quem quer ser emaranhado nas teias da tensão sexual dos outros? E essa questão estava em toda parte, zumbia nos ouvidos, e ele não conseguia bloquear.

Depois de lavar os pratos e limpar a pia, ouvindo-os sussurrar e rir, ele voltou à sala e Glover agradeceu pelo jantar. Ruth disse que foi perfeito para uma noite de inverno, depois acrescentou:

– Sabe de uma coisa, David, pensei que poderíamos conversar sobre o projeto. Tive umas ideias sobre a concepção dele.

A contragosto, David sorriu. Na boate do Larry eles conversaram muito tempo, bêbados, sobre um projeto conjunto. E o melhor de tudo, Glover não estava envolvido, embora ela olhasse para ele enquanto explicava:

– Sempre quis fazer alguma coisa baseada em palavras, algo muito *clean* e simples, como placas que não dizem o que se espera delas. Mas não isso.

O problema do projeto, ainda embrionário, já estava na expressão "Mas não isso". Nas poucas vezes em que discutiram o que podiam fazer, as palavras dela pareciam levar para o que ela queria e David pensava que estavam no caminho certo, mas ela sempre terminava com essa desqualificação desconcertante e inequívoca: *Mas não isso.*

Sério, Glover assentiu – o prelúdio de sempre a um chiste – e disse:

– É, com a beleza dele e a sua inteligência vocês podem mesmo bolar alguma coisa incrível.

Ruth riu e lhe deu um tapa de brincadeira no braço – então ela estava em quinta marcha. David sentiu um pequeno tremor de nojo e tomou um gole de vinho para encobri-lo. A qualquer momento ela poderia sacar um leque da manga e começar a agitá-lo sob os olhos. *Ah, senhor, perdão...* Para encurtar a conversa, ele disse:

– Eu ia mesmo procurá-la esta semana. Andei escrevendo umas ideias. Pensando na temperatura da coisa.

Glover voltou os olhos para ele para dizer *A temperatura da coisa?* Ruth, atenta, meneava o queixo, olhando um ponto acima da mesa de centro. David já percebera que, quando ela falava de arte, tendia a perscrutar a meia distância, como para manter a mente imaculada dos objetos sujos deste mundo.

– Acho que deveria ser algo sobre superfícies replicantes que costumam ser grafitadas, mas com a escrita real sendo relevante, contraintuitiva – disse Ruth, recostando-se no sofá e o balançando de leve.

Glover, aquecendo-se para o jogo, estalou os dedos e apontou para o nada.

– Você podia fazer um manual de instruções com um conteúdo completamente diferente.

– Insira o cabo digital em sua raiva – disse David depressa. Ele não podia ser superado por Glover.

– Exatamente – murmurou Ruth. – Mas não isso.

— Ou uma placa de estrada que dissesse: "Desespero 12km, Felicidade 34km."

— Uma vez vi um mendigo com um cartaz pendurado que dizia: "Blá-blá-blá..." Que tal uma pichação de banheiro que, em vez de ser algo sexual, dissesse, hum: "Gostei de verdade do seu novo corte de cabelo"?

David bufou de rir. Glover sempre o fazia rir. Eles eram especialistas nesse tipo de revezamento com bastões e corrida com barreiras. Ruth, não, ela julgava.

— Tudo bem, é engraçado, mas talvez não seja exatamente isso.

David estava à deriva num mar de vinho, da tragédia à comédia, e começava a achar aquilo fascinante. Ali estava uma mulher de 45 anos dando em cima de um homem de 23, e ele não tinha certeza para que lado o vento sopraria. Quando a terceira garrafa, a última, estava quase vazia (um pequeno fosso vermelho cercado pelo forte de vidro no meio), Glover saiu da sala e voltou pronto para escalar o pico de Scafell, metendo um gorro preto sobre as orelhas.

— Vou descer para comprar outra garrafa.

— Talvez duas — disse David, colocando a mão no bolso do jeans.

Glover balançou a cabeça.

— Tem razão, tenho dinheiro.

Quando a porta se fechou à saída de Glover, David tentou ordenar alguns fatos importantes. Todos estavam meio bêbados e passaram a última hora em diferentes posturas de desfalecimento. Ele mesmo estava quase na horizontal no chão perto da poltrona. Glover e Ruth dividiam o sofá.

– Ruth, devo ir dormir? Deixar o casal sozinho? Ele odiava a si mesmo por falar desse jeito, por desistir. Podem não ter percebido, mas aquele ainda era o seu apartamento.
– Não, não seja ridículo. Então, o que você acha?
– De James? Eu não perguntei a ele. Deveria ter dito alguma coisa?

Era como ter dor de dente, pensou David, e não conseguir evitar que a língua futucasse, uma sonda dolorosa no problema. Ele devia ir para a cama.

– Não, de jeito nenhum. Seria muito constrangedor.

Ela pegou um espelhinho prateado no bolso lateral da bolsa e o abriu, depois retraiu o lábio superior de um jeito aflito, como um cavalo. Seus dentes eram compridos e de gengivas altas. Ele não disse nada enquanto ela começava a retocar o batom, depois desviou os olhos, fixando-se no jogo de sombras na janela. Testemunhar a preparação e o esforço era íntimo demais. Alguma coisa branda, como a piedade, surgiu nele, e a experiência deixou-o pouco à vontade. Ele tentou estabilizar o clima.

– Vai ser ótimo trabalharmos juntos nesse projeto. Achei algumas ideias do grafite muito interessantes.

Ruth tombou a cabeça alguns centímetros para trás do espelho e sorriu sem convencer, de boca ainda fechada. Ele percebeu que ela o estava subornando. Tinha suficiente pena dele para lhe dar esta preocupação, este pequeno empreendimento, a fim de ficar em seu apartamento e, sem culpa, transar com Glover. Ele ficou em silêncio e uma calma caiu sobre os dois enquanto ela guardava a maquiagem. David se lembrou de uma pichação que vira na parede de uma cervejaria ao ar livre em Kennington. Dizia: *Dane-se quem estiver lendo isto.*

Glover voltou e David resvalou no pavor melancólico de beber e observar. Ruth e Glover tentaram desviar o foco para ele, mas ele estava cansado demais para o jogo. Depois virou uma daquelas noites em que ele bebia e estava ótimo e bebia e estava ótimo e bebia e fumava um cigarro e de repente não estava nada ótimo. De repente ele estava muito, mas muito distante do ótimo. Esforçou-se para se levantar e sussurrou: "Tenho que ir para a cama." Por cima do edredom, no escuro, totalmente vestido, de costas. Se não ficasse absolutamente imóvel, o quarto seria sugado num redemoinho, no meio do qual estava sua cabeça. Ruth guinchava sobre algo e depois alguém pôs seu CD da Carole King. Ele ouviu o começo de "It's Too Late", depois se atrapalhou para pegar os fones de ouvido na mesa de cabeceira, colocou-os e desmaiou.

Quando o despertador de David tocou na manhã seguinte, ele o tateou, desligou, deixou cair e abriu os olhos muito devagar, testando o vigor da ressaca. Era forte, digamos três estrelas, talvez quatro. A certa altura da noite ele se cobrira com o edredom e tirara as meias, mas fora isso, estava vestido. Ficar na vertical era um processo trabalhoso, semelhante a entrar com um barco numa doca seca. Com cuidado, ele se despiu e conseguiu chegar ao chuveiro da suíte, operando principalmente pelo tato. Sentou-se na água escaldante, encostando-se nos ladrilhos frios, e deixou que a água banhasse sem cessar a cabeça derrubada. A exumação deve ser assim. Ele era um espectro que voltava, com relutância, à luz. Suas ressacas tinham diferentes marcas de angústia mental, e esta, ele já sabia, era especialista em autodepreciação. Ele se abraçou, desesperado. A boca de metal do ralo era segmentada, como se usasse aparelho nos dentes. Absorvia e ingeria; embebedava-se, em grandes goles. Enquanto olhava a poça de água em seus chanfros escorrendo pelas entranhas florescentes, seu peito púbere, ele se perguntou sobre Ruth e Glover. Por vinte minutos ficou sentado ali, a cabeça tombada, os dedos das mãos e dos pés encrespando-se sem parar, querendo que a água o lavasse embora, o dissolvesse e o mandasse pela corrente para o esgoto da cidade, que era o seu lugar. Estariam eles a três metros dali? Nos braços um do outro? Dormindo ou transando? Ele era desprezível, um homem invisível.

acessórios dos anos 1960

David só voltou a ver Glover no domingo, quando ele chegou assoviando da igreja. Iam à casa dos pais de David em Hendon, e James aninhava uns lírios brancos que comprara na High Street. O cheiro das flores, filtrado pela ressaca de David, era enjoativo. Ele disse que elas teriam de ir na mala do carro. Glover riu e recomeçou a assoviar. David reconheceu o hino. Algo a ver com uma pedra. Se era isso que o deixava feliz, talvez ele também precisasse de um pouco daquela religião antiquada. Eles desceram pela escada até a rua, onde dois árabes jovens empurravam um Volvo amassado na frente do prédio. Outro rapaz estava ao volante. Um dos que empurravam soltou um grunhido teatral e o segundo o imitou, mais alto. Eles riram.

– Vamos dar uma ajuda?

– Estamos atrasados, e você sabe como a hora é importante para o assado da minha mãe. A janela de comestibilidade é pequena num dia bom.

Glover jogou os lírios para David e correu.

– Posso ajudar? – Ele não esperou por uma resposta. O Volvo ganhou ímpeto e o motorista girou a ignição. O carro tossiu e acordou para a vida. Ele aumentou a rotação do motor e acenou pela janela, gesticulando para os homens entrarem. Um deles – de bigode e boné – deu um tapinha no ombro de Glover e o carro deu uma longa buzinada ao partir.

– Agora vamos nos atrasar.

– Não seja tão mesquinho.

O aquecedor do Volkswagen Polo de David estava quebrado e não tinha tampa na mala. O cheiro dos lírios era forte, quase corpóreo. David estava com frio e nauseado, mas – a dor de dente de novo, aquele desejo de ter uma nova sensação, mesmo que fosse de dor – não pôde deixar de perguntar sobre Ruth. Tentou falar com eles na sexta e no sábado, mas os celulares dos dois estavam desligados. Glover contou o dia que tiveram de forma jornalística: depois da Tate Modern, eles compraram ingressos para *Caché*, de Haneke, mas no final dispensaram a projeção e foram se sentar num pub da esquina. David tinha feito a crítica no blog e disse que ele perdeu um filme muito bom.

– Então vocês estão mesmo saindo?

– Não sei bem, para ser franco. Mas fui à casa dela ontem à noite, depois do trabalho.

David teve uma imagem chocante de Ruth deitada nua na cama, o corpo esparramado, saciado, depois Glover saindo de seu apartamento, assoviando aquela merda de hino de novo, missão cumprida. Ele ficou falando como o lugar era ótimo, que a vista era incrível e a cozinha tinha "todos os acessórios originais dos anos 1960".

– Isso bate.

– Hein?

– Filha dos anos 1960.

– Duvido. Quarenta?

– Mais perto dos cinquenta.

Glover bufou. David colocou o carro em primeira, esperando para entrar na pista da direita.

– Ela é treze anos mais velha do que eu. Tem 47, talvez até 48.

– De jeito nenhum.

Glover ficou em silêncio. David podia ter buzinado de triunfo. Ele riu e olhou para James, que disse "Hum".

– Mais do que o dobro de sua idade. Conservada, é claro. Quantos anos tem a sua mãe?

– Ah, não enche o saco, ela tem 52.

– Bom, é alguma coisa. A Ruth disse que tinha quarenta?

– Não, eu só... Ela disse que era como todas as mulheres, que queria ficar nos quarenta para sempre ou coisa assim. Pensei que quisesse dizer que *tinha* quarenta... – Glover também riu, mas não foi muito verdadeiro. – Sei lá, tanto faz.

Ele ficou calado por alguns quilômetros e depois, enquanto o Polo rinchava pela Staples Corner, David desligou o rádio.

– E como foi?

– Não vou discutir isso – disse Glover de pronto, sem humor nenhum. Parecia que aquele refinado avaliador da forma feminina só falava das mulheres no abstrato.

– Não tenho culpa se ela é velha.

– Não me importa a idade que ela tenha. São só números. É totalmente irrelevante.

– Ah, tenha dó. Não é *totalmente* irrelevante. E eu preciso de detalhes, cara. Somos amigos.

O rosto de Glover se contorceu de desprazer, depois ele se acalmou. Decidiu ser sincero.

– Não trepamos, se é o que quer saber.

David manteve os olhos nas narinas cavernosas da modelo da Benetton no vidro traseiro do ônibus à frente: a cabeça da mulher estava jogada para trás e ela ria da hilaridade infindável da vida. Ele se sentia, estranhamente, meio envergonhado. A atitude de Glover lhe pareceu puritana e tola, mas também o expunha – injustamente – como um voyeurista. Ainda assim, ele estava acostumado com a vergonha. Desde que Ruth lhe dissera que estava a fim de Glover, uma onda de vergonha quebrava sem parar sobre ele, vinda do nada, como um fogacho de menopausa, deixando-o tonto e quente, de um jeito desagradável.

Outra imagem dos dois veio à sua mente. Ela sentada nele de pernas abertas, nua da cintura para cima, e a boca de Glover avançando em um seio redondo e caído, em um mamilo escuro e enrugado como uma passa. Ele sentiu um comichão de suor entre as omoplatas e se encostou com força no banco do carro para que não escorresse pelas costas. Não era só vergonha. Também havia espaço para a raiva. Eles o fizeram de bobo. Dane-se a propriedade recém-descoberta de Glover, ele insistiria.

– É mesmo? Mas como?

– É meio esquisito, para falar a verdade. Você é amigo de nós dois. Eu não sei se deveria falar essas coisas com você.

David suspirou, depois girou o volante e bateu o carro em uma carreta que vinha. Não, ele não bateu. Mas estava irritado. Glover ditava os termos de sua amizade. Tudo era feito para adequar-se a *ele*. Ruth seria mais acessível. David deixou o silêncio crescer. Londres subia, descia e chafurdava. Não o insultavam com frequência, mas podia reconhecer quando isso acontecia. Glover devia se desculpar. Ele não seria tratado desse jeito.

Quando Glover falou novamente, porém, alguns minutos depois, vagou para longe da conversa dos dois.

– Ela é diferente, não é? A Ruth.

Era uma dessas declarações irrespondíveis com que não se pode fazer nada – só tentar sobreviver a ela. David percebeu que alguém tinha batido no retrovisor. Ele só conseguia ver o reflexo da porta do carro, o verde-abacate estagnado.

– Ela vai voltar para Nova York, é claro.

– Ah, não, eu sei disso. Não estou pensando nisso como um grande romance. E não importa, mas eu não sabia que ela era tão... que havia essa grande diferença de idade. Só estou dizendo que ela é muito diferente da maioria das pessoas que conheci. Quando demos uma volta na Tate, ela sabia de tudo e ficava *animada* com tudo. Ela tem toda uma *outra* vida.

David ficou em silêncio e Glover perseguiu o próprio pensamento toca do coelho adentro.

– Cerca de um mês atrás, um cara começou a frequentar o Bell quase toda noite. Nunca falava com ninguém. Mais ou menos da sua idade, mas bem-vestido, terno, gravata, aliança de casado. Ele entrava às seis em ponto e ficava no balcão, pedia uma dose grande de vinho branco, bebia de um gole só e ia embora. Nada mais. Levava um minuto, noventa segundos.

Havia um filhote de Border Collie na mala do carro da frente. Sempre que o trânsito parava, ele aparecia, colocando duas patinhas enormes no vidro traseiro e olhando para fora, pesaroso.

– Não entendi.

– É só que... esse cara obviamente estava criando coragem para ir para casa, ficar perto de alguém com quem ele não queria morar. Acho que não pode haver nada pior do que isso.

– É... – O trânsito andou: as patas do filhote escorregaram do vidro.

– Acho que eu só estava pensando que não imagino conhecer outra pessoa como a Ruth. Ela jamais seria opressiva. Tem muita coisa acontecendo na vida dela. Ela é tão legal.

– Nossa, James, você acabou de conhecê-la.

– É, eu sei disso.

A seta para a esquerda foi ligada. O cachorro na frente olhava-os atentamente com os olhos tristes e úmidos e David virou a cara, achando aquilo enervante. O imenso outdoor à direita era um anúncio de chocolate ou sabão em pó. Ou talvez aquela brancura ofuscante fosse o *teaser* sutil de uma campanha. E então, com um pequeno choque de embaraço, David percebeu que o outdoor não era branco, mas estava em branco.

o que todas aquelas pessoas faziam

Ele enfim soube de Ruth na manhã de segunda-feira, durante a aula no curso avançado sobre *Troilus e Cressida*, de Chaucer. Em setembro, no início do período, cometeu o erro de recitar parte do prólogo e agora tinha de fingir fluência em inglês medieval. Isso envolvia ler algumas frases em uma espécie de ceceio estrangulado de Glasgow no começo de cada aula. Tinha acabado de começar essa farsa quando o celular bipou. Ninguém percebeu, pensou, até que terminou de declamar e Clare cochichou algo sobre *incoerência na política de uso do telefone*. Ele suspirou de tristeza e disse que estava esperando notícias de seu agente da condicional, o que provocou risos suficientes para que ela calasse a boca. Depois de dar a eles um trecho para parafrasear e analisar, ele abriu o torpedo de Ruth. Podia sentir a varredura de doze pares de olhos nele e ajeitou a expressão numa máscara mortuária, respirando pelas narinas e mordendo as bochechas. A mensagem, em sua totalidade, dizia:

> Obrigada pela quinta-feira! Precisamos conversar. Bjs

Grande coisa. Grandes merdas. Ele era seu Pândaro, seu cafetão, e sua utilidade chegava ao fim. Quando a aula terminou, ligou para ela e descobriu que havia novas formas de servir a Ruth. Ela queria detalhes: o que James e David conversaram?, o que James estava fazendo? Ele sabia que as respostas pareciam um tanto curtas e explicou que estava com pressa, que começaria outra aula. Se conseguiu disfarçar bem os verdadeiros sentimentos, não sabia, mas ela devia estar efervescente demais para perceber.

Quando David e Ruth se encontraram na noite seguinte em um bar de vinhos na Old Street, Glover tinha ligado para ela e Ruth fingia indiferença. Quando ele perguntou se ela achava que os dois realmente teriam um relacionamento, ela arqueou uma sobrancelha e disse: "Ah, David, não seja bobo, ele é uma criança. Tem praticamente a mesma idade de Bridge! É só *curtição*. Eu tenho esse direito, não tenho? Todo mundo tem."

Depois um riso forçado se precipitou por seu rosto como se ela se lembrasse de algo, e então bebericou o vinho. David secou duas taças para cada uma que ela bebeu e eles saíram para uma exposição ali perto.

Era um artista alemão que morava em Londres. Havia fotografado transeuntes na rua e os seguira, sem que eles soubessem, até suas casas. Os retratos eram exibidos junto com as fotos das moradias. Um monte desses pares cobria as paredes da pequena galeria.

– Isso é *muito* interessante – disse David enquanto eles olhavam a foto de um jovem asiático de uniforme escolar emparelhada com a de uma porta azul pichada ao lado de uma lavanderia. Ruth não comentou.

Quando David era garoto e sua família passeava de carro para todo canto, ele ficava assombrado com a quantidade de gente em Londres. Perguntava aos pais o que todas aquelas pessoas faziam, todas aquelas pessoas que viviam em todos aqueles apartamentos e casas, todas aquelas pessoas na calçada, todas aquelas pessoas nos carros e ônibus. O pai olhava para a mãe e declarava, sucinto, que as pessoas faziam as coisas mais variadas, que eram professores, donos de lanchonetes e dentistas, ou trabalhavam em lojas ou viviam de esmolas. Isso não respondia às perguntas que a consciência emergente de David realmente fazia: *como essas pessoas, que não sou eu, podem existir? Quem são elas? Para que servem?* A exposição o lembrou desse assombro que sentia. Ali estavam vidas herméticas reveladas, ali estava a prova da existência de outras pessoas. Ele olhou por um longo tempo a foto de uma dona de pensão jamaicana com um chapelão de feltro verde, e a placa na entrada de sua propriedade, Brookville Gardens. Ruth se juntou a ele, olhando a foto com hesitação.

– Teatral demais. Um truque batido.

David levou-a de volta ao Barbican depois disso, decepcionado por ela não ter achado as fotos tão comoventes quanto ele. Passavam por uma loja de departamentos fechada e ele ficou chocado com a disparidade dos reflexos dos dois. Ele era volumoso, um amorfo acolchoado, enquanto Ruth parecia uma corça, as pernas elegantes e delineadas por calças pretas e apertadas, os saltos das botas até o tornozelo forçando uma marcha graciosa, as costas retas.

– Sabia que James é um doce? Ele é como algo anterior à TV em cores.

Ela era uma criança, uma criança que ganhara um presente, e David se perguntava se logo ficaria entediada dele.

– Eu diria que ele é doce como... doce como um daqueles *mai tais*. – Serviram três coquetéis diferentes na exposição, todos tremendamente açucarados.

– Ah, muito, muito mais doce. Ele me disse que quer *esperar* antes de fazermos sexo. Disse: "É importante a gente se conhecer primeiro." Por que você não me contou que ele é virgem? – Ela segurou a mão de David e balançou. Depois ficou olhando para ele e percebeu o choque em seu rosto e o erro que cometera.

De imediato David a liberou de qualquer obrigação, fazendo a mímica idiota de silêncio com os lábios franzidos e a chave invisível.

– Por favor... claro. Eu não tinha percebido que ele... Ele passou por dificuldades. O pai era muito religioso e frio, eu acho. E ele foi uma criança infeliz e muito gorda. Ele não sabe como é bonito agora. Quando descobrir, será... Bom, talvez menos romântico.

David se perguntava como não percebera isso antes. Glover era tão dissimulado quanto eles. Nunca conversou de fato sobre ex-namoradas, mas sempre deu a impressão de possuir pelo menos um conhecimento mínimo. Atenção era o que não lhe faltava. Eles estavam num cruzamento onde a lâmpada do poste bruxuleava e estalava, e Ruth, como para deixar que David comungasse de sua alegria, disse:

– Olha, meu ateliê fica logo ali. Quer ver? Vamos dar um pulo lá?

Depois de entrarem por uma rua estreita, eles chegaram a um largo portão de aço com cadeado. Ruth sacou uma única chave do bolso do jeans e, após algumas torções habilidosas, a mandíbula do cadeado se escancarou. O portão abriu raspando no chão – David baixou os olhos e viu um arco fundo e perfeito na calçada, gravado ao longo do tempo pelo ferrolho de baixo –, e eles entraram em um inesperado pátio de paralelepípedos, com várias portas envidraçadas dando para ele. A visita parecia um tanto ilícita e David esperava que um archote brilhasse, uma voz trovejasse. Ruth foi até uma das portas e destrancou-a. A porta abriu-se para dentro e ela tateou a parede até que lâmpadas fluorescentes, ressentidas por ser tão tarde, acenderam-se com um gemido. O pé-direito tinha pelo menos cinco metros e três claraboias mostravam o céu da cidade num negro sem forma, manchado por nuvens num canto da janela. Engradados e caixas estavam empilhados por toda parte. Havia três mesas de armar abertas encostadas nas paredes do outro lado e no meio do salão via-se um cavalete amarelo.

Quando duas pessoas estão num espaço grande, há alguma coisa que torna a experiência singularmente íntima. Funciona numa escala reversa ao tamanho do lugar: em um elevador, duas pessoas, mesmo que estejam conversando, olham para a frente e evitam o contato visual; numa sala, tendem a permanecer relativamente paradas, só de vez em quando olhando uma nos olhos da outra, mas ainda concentradas em outra questão, a televisão, por exemplo, ou o cachorro. Em um depósito vazio, porém, ou um ateliê, duas pessoas giram uma em torno da outra.

– Quase vesti isto. – Ela ergueu um jaleco, originalmente branco mas respingado de cores, e pendurou-o pela gola num prego perto do interruptor. – Passei os últimos três dias organizando essas peças por tamanho... – Ruth gesticulou para uma das mesas, onde centenas de cacos de vidro se espalhavam sobre um plástico. O que David supôs ser uma máquina de polimento – dois discos de polir, escudo de proteção – estava junto deles.

– Um lugar incrível – disse, e ficou irritado com o falso tom que sua voz assumiu. Ele *estava* interessado. Tentou de novo. – Para que serve isso?

– Um coração de vidro. Fiz um no ano passado em verde-garrafa, mas esse será de vidro transparente e muito maior. – Ela passou os dedos pelas pedras, deixando um rastro de polietileno.

– Encontrei nas margens do Hudson. Foram alisadas pela água. Há algo de harmonioso em objetos encontrados. Olha.

De uma caixa de sapatos forrada de jornal, Ruth tirou um monturo desfigurado e crestado que, enquanto ela virava gentilmente, revelou-se metade de um coração de vidro. Era uma peça bonita, longe do clichê. Construída com dezenas de pedaços mínimos e polidos, soldados em emendas finas como veias. Tinha a forma exata, bojudo e irregular como os corações de porco e boi que o pai de David comprava no açougue. Mas embora a forma fosse real, o material era uma metáfora. Este coração gritava: *Eu sou frágil, vou me quebrar.* Fui colado carinhosamente, com o maior cuidado. Ela o recolocou na caixa. David ficou estranhamente sem fôlego. Ruth viu que ele ainda olhava o coração e disse, traçando uma abertura no objeto cristalino:

– E bem aqui vai entrar a aorta. Sairá por alguns centímetros e descerá por aqui. – Ela tentou pegar uma partícula de algo no painel do coração, depois se curvou e soprou. Sua franja loura ondulou com o sopro e se separou em mechas. Quando o casaco levantou, uma sarda em relevo apareceu na pele clara, acima do cinto vermelho da calça. David formigava. Teve o impulso de estender a mão e colocar a ponta do dedo ali. Ele era Aladim na caverna. *Olhe o que quiser, mas não toque em nada.*

Havia uma pia no canto e uma chaleira no peitoril de um dos janelões que davam para o pátio. Quando ele estava prestes a sugerir uma xícara de chá ali, enquanto a via trabalhar, talvez até conversando sobre o projeto, Ruth olhou para o antigo Casio preto e deu um tapinha no relógio.

– Ah, temos que correr. Não quero que James chegue antes de nós.

Então a rotina seria essa? Ele passaria a tarde toda entretendo-a, como um eunuco, e depois Glover, o sultão, chegaria para assumir o controle e levaria Ruth e seu corpo para a cama. Meia hora mais tarde a campainha do apartamento dela tocou e ele apareceu na sala de estar, cansado, com a barba por fazer, balançando uma garrafa de vinho pelo gargalo. Ele olhou-a de lado lentamente e depois beijou-a no rosto. David viu quando ela ofereceu a outra face, mas ele se afastou. Os colegas de apartamento trocaram um aperto de mãos com uma formalidade estranha enquanto Glover coçava a barba timidamente. Ruth continuou falando de uma exposição que vira em Amsterdã no ano anterior.

– E eu fui apesar de já conhecer a maior parte das telas e ser apaixonada por Rembrandt a minha vida toda, mas sinceramente saí convencida de que Caravaggio foi um artista maior. Comparativamente, suas telas pareciam tão vibrantes, tão contundentes e inconfundíveis.

– James pode não concordar com você nisso. Ele ainda é muito um homem de Rembrandt, acha meio óbvio o uso da luz em Caravaggio. – David abriu um sorriso largo e Glover lhe lançou o olhar que ele merecia.

– Não enche, David. Eu sei quem é Rembrandt.

– Não é só uma marca de chocolate.

Ruth assumiu uma expressão magoada.

– Que maldade, David. James tem muito tempo para descobrir sobre...

– Mas que inferno – disse Glover –, eu *sei* quem é Rembrandt. Todos aqueles autorretratos. A cara de batata.

– Que bom, então todos nós sabemos. Quer abrir isso para mim? Temos uma garrafa de Chianti esperando.

Glover fingiu um sorriso e assentiu para a garrafa de vinho branco em sua mão.

David os deixou meia hora depois. Ruth disse que tinha de acordar cedo, então ele pegou a pasta, o casaco e tomou o metrô. Eles não estavam exatamente terminando as frases um do outro, mas David ainda se surpreendia ao ver como ficavam relaxados juntos. A certa altura Glover falou de sua mãe quebrando o pulso e Ruth o interrompeu.

– Isto foi antes de você ter se mudado para Felixstowe.

– É, pouco antes.

Ruth assentiu, séria, arquivando a informação em algum lugar. Enquanto David esperava que o elevador suspirasse até o térreo, imaginou que eles já deviam estar tirando a roupa e transando no carpete, no sofá ou na mesa de jantar. Por que eles iam esperar, sentindo o que sentiam?

tudo a ver com frustração

Glover estava no sofá em sua posição padrão, na horizontal. O sol de inverno do meio-dia entrava pela janela, cobrindo-o em seu sono. Uma das mãos estava enfiada por baixo da camiseta, atravessando o peito, expondo a barriga e uma linha de pelos pretos em cedilha corria da cintura ao umbigo. Suplementos de jornais se espalhavam pela sala, cobrindo as superfícies disponíveis de modo que ele poderia preparar o cômodo para uma reforma. Glover parecia tão à vontade no mundo, tão *adaptado*, que David sentiu que tinha invadido o próprio apartamento. Depois o corpo adormecido se mexeu, dando um passo imaginário, e semicerrou os olhos para ele.

– Oi.
– Olá.
David ficou um tanto sem jeito perto dele.
– Tudo legal? Não vejo você há alguns dias.
Uma revista escorregou de sua perna e caiu no chão.
– Desde segunda. Sim, tudo bem. – David suspendeu uma sacola. – Trouxe algumas coisas para a casa. Papel higiênico, papel-alumínio, desinfetante.
– Beleza – disse Glover, sem fazer um gesto para ajudá-lo.
– E aí, como vão as coisas? Como está Ruth?
– Está ótima. Disse para falar que talvez vocês dois pudessem trabalhar juntos esta semana.
– Claro. Vou mandar um torpedo para ela ou algo assim.

Ele foi para a cozinha e Glover gritou a suas costas.

– Vou me encontrar com ela mais tarde, então posso dizer quando dá para você.

– Não, tudo bem. Vou ter de dar uma olhada.

No quê? No Nasdaq? Na previsão do tempo? David não queria que Glover fosse um intermediário. Ele mesmo telefonaria para ela. James arrastou-se pela cozinha, esfregando a pálpebra com tanta força que chegava a estalar. Ficou parado ali, vendo David guardar os mantimentos.

– E sua mãe ligou. Queria saber se eu ainda ia aparecer. Ela disse – ele imitou o enrolado sotaque escocês – "Você ainda nos agraciará com sua presença no Natal, Jamesss?" Eu disse que *sem dúvida* iria, mesmo que você estivesse ocupado demais. Ela adorou. "E, James, é claro que você será *mais* do que bem-vindo se vier sozinho."

– Só quero ver a sua cara se eu não...

– Do que está falando? Eu adoraria. Posso ouvir de novo toda aquela história da sua adolescência complicada.

David o contornou e colocou um novo rolo de papel toalha no suporte.

– E isso pode te ajudar a superar a sua.

* * *

David se concentrava. Era canto de pássaros ao amanhecer, seguido de uma porta batendo na sua cara. Era o retinir do chá na porcelana, e depois um motor dando a partida, um grito de lavrador. O padrão se repetia *ad infinitum*: cócegas de notas agudas tilintadas pela mão direita, e então uma série de teclas marteladas no registro mais grave. Pelo programa, ele notou que a peça se intitulava *Desabitado*. Glover e Ruth estavam de olhos fechados, então ele também os fechou, a tempo para a conclusão da peça. O compositor, um sino-americano de smoking com um moicano preto feito uma serra circular, andou lentamente para a frente para fazer uma mesura profunda e acabrunhada. David estava em seu primeiro recital de piano, a noite da véspera de Ruth partir para o Natal.

Os três se sentaram numa sala gasta de pé-direito alto na embaixada canadense, na terceira fila de cadeiras de plástico laranja. Ninguém dissera a David que não era música clássica que ouviriam, e quando um nórdico musculoso de camisa preta sem gola cambaleou até o reluzente piano de cauda sentou-se e começou a martelar as teclas de marfim ao acaso, ele quase riu, era engraçado. Ele mesmo podia fazer aquilo. Com um pé de pato e uma colher de pau. Olhou para trás para ver se alguém tinha chamado a segurança, mas o resto da plateia fingia estar em êxtase. *Isto* era o recital. David olhou o queixo de bigorna do pianista dar solavancos pelas teclas nos quarenta minutos seguintes, e ele tentou. Tentou de verdade. Até gostou de uma parte, particularmente uma espécie de derivação que não teria sido possível antes da revolução industrial. Esta foi seguida por *Seis prelúdios* – e cada um deles pareceu a David os estertores espasmódicos e demorados da morte de um animal preso numa armadilha. O problema era que cada peça empenhava-se para ter profundidade, mas no máximo trazia à mente a música incidental de um filme de Hitchcock. Um guarda-roupa se abrindo lentamente. Uma cena de perseguição. Um crescente de tensão e revelação arrepiante.

Ainda assim, a emoção deve ir a algum lugar, deve assumir *alguma* cor, e David conhecia o argumento de que a música falava da tensão desarmônica, de disjunção, de mecanização. As repetitivas idas e vindas do trabalho, o tom de discagem e as portas automáticas. No fim, para mostrar que podia, o lenhador nazista tocou o "Maple Leaf Rag" e o caráter dos aplausos mudou, tornou-se mais alegre e relaxado. Acabou-se. Embora David pensasse que uma parte mínima de cada um deles tinha mudado, *foi* mudada, não conseguiu se reprimir. Era fácil demais desmerecer.

Assim que saíram, na calçada do Westminster Council, ele se virou para Glover e piscou, cochichando:

– Foi uma hora bem longa.

Ele devia ter imaginado. Os dias de solidariedade pertenciam ao passado. A expressão de Glover era alegremente apologética.

– Tenho que dizer que adorei, mesmo.

– Ah, você *tem* que dizer isso, não é?

– Não estou tentando te irritar, David. Realmente achei ótimo.

Ruth apareceu ao lado dos dois, enrolando um cachecol de seda cinza-pedra pelo pescoço.

– Eu amei *Ease*, de David Jermann. Não foi lindo?

– Também gostei dessa – disse Glover.

– É tão bom que tenhamos vindo. Eu não sabia que música podia ser tão interessante.

– Que você sempre ouça música interessante. É como uma maldição chinesa.

– Ah, David, não gostou de nada?

– Gostei, gostei. Só senti falta de melodia.

– Mas a música moderna... Quer dizer, o Glass... Certamente você tem uma reação afetiva a ele. Deve sentir *alguma coisa*.

David não ia encarar uma discussão.

– Sinto que poderia comer uma coisa grande e morta. Alguma ideia sobre o jantar? Estou cansado demais para ir a pé até...

Ruth pegou seu pulso. Ele sentiu a pulsação passar sob o polegar dela.

– Não, é sério. Diga o que sentiu com a música.

David se permitiu um suspiro profundo.

– Acho que senti falta de progressão. Achei frustrante.

– Mas tem tudo a ver com frustração. Era esse o sentido – disse, sorrindo com tristeza.

– *Você* devia ter entendido isso – intrometeu-se Glover.

Ruth lhe lançou um olhar incisivo.

No último mês, David sentira que os dois se afastavam dele. Os torpedos e as mensagens mal suscitavam respostas. Glover ficava na casa de Ruth a maior parte do tempo. David deixava bilhetes na mesa da cozinha e eles ainda estavam lá quando chegava do trabalho. Era evidente: ele não tinha mais nenhuma utilidade. E as maneiras de Glover eram muito bruscas se ele parecesse estar perguntando alguma coisa dele. Além de tudo, David ouvia um tom de superioridade em tudo o que Glover dizia, e se ele sorrisse ou risse, era o código para *Ah, meu amigo, você realmente... você achou mesmo que tinha alguma chance?*

É claro que foi ele que se convidou para o recital. Mandara um e-mail aos dois para assistirem a um filme que por acaso eles já haviam visto, sem ele, e depois perguntou a Ruth se podia ir com os dois. Ele se sentiu no direito. Era normal que eles quisessem ficar a sós: estavam no começo do relacionamento, apaixonados, amando, com tesão, o que fosse, mas poderiam lidar melhor com a situação. Ele tinha suas próprias coisas para fazer, claro, dar aulas, ler, blogar. O Damp Review chegava a dezenas de acessos por dia e ele começara a bater papo com uma blogueira que deixava comentários. "Singleton" morava em SW9. Ela usava muitos *lol* e recentemente postara uma crítica em seu próprio site do mesmo filme de Wong Kar-Wai sobre o qual David escrevera. Como David, ela não exibia fotos de si, mas tinha um provocante avatar de cartoon, que usava uma minissaia preta, tinha uma massa de cabelos cacheados e enormes olhos violeta.

O Damp Review era anônimo, embora David assinasse os posts como "The Dampener". Seu alter ego era destemido, calejado, radical. O blog de David era seu contragolpe e tudo era digno de crítica e desagravo. Se visse TV ou lesse um livro, era atrasado por obras na rua ou comprava um sanduíche, blogava sobre isso. Depois os comentários dos outros podiam aparecer. Era curioso o que levava as pessoas a seu site. Pelos mais variados motivos. E quando elas chegavam para dar uma olhada, acabavam participando. As pessoas engoliam tanto sapo que se agarravam à primeira chance de devolver algum. E o rancor de David era aplaudido. Ele era autorizado. Sentia-se bem. Não precisava se justificar, mas numa ocasião, de madrugada, cheio de adrenalina, algum recesso diáfano dentro de si mesmo quase compreendeu o problema: procurava não por coisas para amar, mas um lugar onde despejar sua fúria.

Depois da embaixada, Glover os conduziu pelas ruas estranhas de Victoria. O Natal havia chegado, como diziam as propagandas. As ruas estavam repletas de colegas de trabalho em bandos, bêbados e consumidores. Eles iam a um tailandês, Luxuriance, que Tom aparentemente recomendara. David não estava realmente falando com seu colega de apartamento. Agora Glover aproveitava qualquer oportunidade para se diferenciar dele, e a reação ao recital de piano era um bom exemplo. David encarou o cardápio. Durante semanas só o que ele fez foi comer, acumulando reservas para uma hibernação iminente, e agora achava quase impossível escolher um prato principal. Cada opção era carregada demais de perda decorrente.

Quando Ruth escapuliu para ir ao banheiro, os homens ficaram frente a frente mediados por um castiçal em formato de elefante. O cabelo de Glover fora cortado de um jeito diferente, mais

curto nas laterais, e ele se barbeara, então o rosto parecia muito macio. Podia ter 17 anos, prestes a ser mandado para a guerra. Ele se curvou para frente e apoiou os cotovelos na mesa. Duas leves marcas apareceram em sua testa, acima do nariz perfeito.
– Eu irritei você por quê? O que foi que eu *fiz*?
– Não, não é nada. Está tudo bem. – David baixou os olhos para a toalha de mesa.
– O que está bem? Está me perdoando pelo *quê*?
– Não entendo por que você precisava ficar tão puto com o concerto. Sempre que digo alguma coisa, você tem que discordar, nós nem nos vemos mais.
Glover soltou um suspiro paciente, tentando sorrir.
– Eu gostei *genuinamente*. Não sei por que isso aborrece você. Desculpe se você se sente meio rejeitado.
David se serviu de outra dose caprichada de Sauvignon Blanc e baixou a garrafa sem completar a taça de Glover.
– Bom, é um dos efeitos colaterais desagradáveis do esquecimento.
– Você quer que todo relacionamento na vida seja totalmente absorvente. E às vezes acho que você não consegue entender que é meu *colega de apartamento* e não meu namorado.
– Ah, vai se ferrar.
– OK, OK – disse Glover rispidamente. – Desculpe, vamos pegar mais leve. – Ele havia exaurido sua competência verbal e agora dava um soco de brincadeira no ombro de David.
– Está tudo bem, sério.
– Ah, relaxa. Tenho o dia de Natal de folga. Ainda vou almoçar na casa dos seus pais. Esta semana vamos tomar umas cervejas e dar umas tacadas.
– É inverno. O campo de golfe vai estar fechado.
– Vamos pular a cerca.

– De gorro escocês.

– E calções pelos joelhos. – Glover abriu um sorriso largo e deu de ombros. – Eu não pretendia ser um mala. É tudo muito estranho para mim, porra.

– Para mim também.

Glover se levantou então para ir ao banheiro e fingiu ensaiar uma tacada na bolsa de Ruth.

David detestava ficar sentado em público sozinho e pegou o celular para ver se tinha mensagens. Quando Ruth voltou, ele estava no meio de uma tentativa de morder uma flor de cenoura que decorava o prato de espetinhos. Parecia ter sido vulcanizada. Ruth o viu baixá-la no prato.

– Sinto muito se esta noite foi complicada.

– Ah, não é culpa sua. Acho que James esteve realmente ocupado no trabalho. Ele só está cansado.

O fato de David defender Glover pareceu irritar Ruth, e ele não sabia por que devia se incomodar com isso. Ela passou a língua nos dentes superiores, como se procurasse um dos dois camarões que ele a vira comer naquela noite, depois acrescentou com uma certa brutalidade triunfante:

– Hum, sei que não é *minha* culpa. Ele está puto porque *você* está aqui.

De algum modo ela o estava desafiando. Ficou encarando o olhar pasmo dele por um instante, com atrevimento. David sentiu a humilhação o destacar como um holofote.

– Eu não tinha percebido, não devia ter vindo.

Ela piscou e sorriu com simpatia, embora os poços escuros de seus olhos ainda exibissem uma maliciosa luz de fundo.

– Ah, não, ele não está com raiva *de verdade*. É minha culpa. Eu devia ter perguntado a ele antes de dizer a você que podia vir esta noite. Acho que ele queria que ficássemos só nós dois. Ele diz que vai sentir minha falta esta semana – ela ergueu as sobrancelhas diante de uma meiguice tão absurda – e queria se despedir de forma decente.

Conseguiram se despedir de forma decente cerca de uma hora depois. Ele certamente não era mais virgem e David não pôde deixar de pensar que Glover fazia aquilo de propósito. Depois do jantar, ele deu um show insistindo que passassem a noite em Borough e David sentia que era por ele, para demonstrar o poder que agora exercia sobre Ruth. Para ser condescendente, David foi direto para a cama, alegando uma dor de cabeça e exaustão geral, embora eles não tenham pressionado para ouvir seus motivos. Ele os deixou no sofá, os pés descalços dela no colo dele, as unhas dos pés ainda de um azul elétrico, Joni Mitchell no aparelho de som. Quando os ouviu entrando no quarto de Glover, ele escutava a previsão do tempo e as condições do mar, sentindo-se tão distante quanto um barco pesqueiro contornando Cromarty, Malin Head ou FitzRoy. Desligou o rádio, mas ficou de antena ligada. Após alguns minutos, podia discernir o mais leve ranger da cama. Quando se acelerou, alguém pareceu reduzir de novo. Algumas vezes a cabeceira batia suavemente na parede.

    David ficou deitado, imóvel, de olhos fechados, e viu a máquina sem rosto, branca e inteira balançando e seguindo para além do limite, em queda livre. Sua cabeça devia estar apenas à distância de um braço deles. Quando acordou, Ruth já havia partido para Nova York.

reconciliação de tudo

Dois dias depois, Glover ainda estava dormindo quando David enviesou para a sala às oito horas da manhã. Era Natal. O relógio biológico dele estava ajustado para o horário escolar. Glover deixara o aquecedor ligado à noite e todo o apartamento tinha a atmosfera abafada de uma secadora de roupas. Ele abriu as cortinas da sala e deixou que a luz cinzenta caísse em uma cena clássica natalina: latas de Stella amassadas na mesa de centro, um cinzeiro apinhado de guimbas e o *Radio Times* dobrado como uma capa no encosto da poltrona. Lá fora, a rua estava igualmente morta. Para-brisas e capôs cintilavam de gelo. Todas as casas estavam cerradas em cortinas, persianas ou venezianas. David viu o gato branco e sinistro dos vizinhos aparecer a trote na calçada oposta e sair de vista de novo. Bem-vindo ao desolador solstício de inverno.

    Os pais de Glover viajaram no feriado, para ficar com o irmão do pai, Geoff, um aposentado que morava em Málaga para pregar aos turistas, jogar golfe e de vez em quando voltar a Suffolk com um bronzeado, segundo Glover, de manteiga de amendoim. Sua irmã era assistente social em Durham, casada e com dois filhos, e o convidara para passar o Natal com eles. David o ouvira ao telefone, alegando compromissos anteriores, dos quais o principal, ele agora via, era beber cerveja belga.

    Quando David saiu do banho, Glover tinha limpado a mesa de centro e estava escarrapachado na poltrona de roupão, beben-

do chá e vendo um desenho animado. Dois ursos de gravata-borboleta dirigiam um carro feito de três toras e pedregulhos.
– Feliz Natal, então – disse ele de forma monótona, levantando a caneca em saudação, mas sem erguer os olhos.
– Para você também. – David se jogou no sofá. – E aí? Pronto para o Natal dos Pinner?
– O que eu *quero* mesmo é uma refeição decente. Comi torrada com queijo no almoço de ontem.
– Só isso? – O estômago de David, seu órgão mais compassivo, contraiu-se involuntariamente de solidariedade.
– Com um borrifo de molho inglês.
– Coitadinho, pobre desnutrido. Falou com a Ruth? Como está Nova York?
– Debaixo de um metro de neve, mas ela está bem. Com saudade de mim, ao que parece. – Ele levantou a cabeça e ergueu as sobrancelhas, como se dissesse *Mulheres! O que se pode fazer?* – Ela ia jantar na casa da amiga Jess, e ver Bridget e o namorado de manhã.
– Que meigo. Vamos sair lá pelo meio-dia?
– Tenho igreja às dez e preciso de um banho.
– Não faça disso um épico.

O Polo tinha congelado. David escreveu suas iniciais nos vidros temperados com spray anticongelante e eles entraram e esperaram, vendo em silêncio o líquido arar riachos transparentes pelo gelo, revelando a rua em faixas.

Em Hendon, o pai de David estava sentado em um banco de vime na varanda, com um cachecol amarelo e um novo casaco acolchoado azul-marinho muito parecido com o do filho. A varanda agora era o único lugar onde Hilda permitia que ele fumasse e ele ficava sentado ali horas, enchendo diligentemente a caixa de vidro com nuvens delgadas e filamentos sedosos. Ao avançarem pela neve até ele, David lembrou-se de uma experiência de física na escola que procurava demonstrar a teoria atômica pelo movimento browniano: observavam-se partículas de fumaça, depois se deduzia que seu movimento aleatório era causado por petelecos das moléculas invisíveis do ar. Ken se levantou com dificuldade e David teve de expulsar o pensamento de que um dia seu pai morreria.

– David, James, bem-vindos. Feliz Natal.
– Feliz Natal, Ken.
– Feliz Natal, pai.

Glover entregou duas garrafas de vinho compradas na loja da esquina.

– Feliz Natal mesmo – declarou Ken com um risinho desagradável. David baixou os olhos para a mesinha de vime e viu uma garrafa de porto Sandemans pela metade, um copo suado e várias pontas de cigarro. Ele estava escondido e, à uma da tarde, já meio embriagado.

– Gostei do estilo Paddington Bear – disse Glover, dando um leve puxão no capuz do casaco.

– Presente de Natal da Hilda. Assim posso ficar mais tempo aqui fora.

O almoço era um bufê. Ken não gostava de peru e Hilda supunha erroneamente que variedade significava qualidade. Ela havia posto perfume, uma saia roxa pregueada e uma blusa de seda creme. No rosto, uma expressão de loucura radiante. A mãe adorava o Natal. Tanta coisa podia dar errado! Em geral, quando alguém entrava na casa deles, os três se comportavam como se fosse uma apresentação de gala, mas hoje David não conseguia se animar. Ao se encostar na lareira de mármore branco, onde uma pirâmide de combustível sem fumaça produzia um fogo sem chamas e sem calor, ele quis deitar no tapete e dormir.

Do outro lado da sala, de frente para a veneziana fechada, a mãe havia montado a pequena árvore de plástico num floco de neve gigante, uma toalhinha de renda que cobria a mais alta das três mesas moduladas. Como alguns galhos tinham sido mal encaixados no tronco de metal e agora estavam emperrados, a árvore perdera a forma cônica e parecia uma moita, sem enfeites, a não ser por um único ouropel prateado que serpenteava pelos galhos e um anjo que David fizera na escola com papel cartão amarelo e limpador de cachimbo, com uma bola de poliestireno à guisa de cabeça. O anjo já teve uma varinha de condão de cartolina que, com o passar dos anos, Hilda substituiu por um palito de dentes, um clipe de papel e agora, sinistramente, por um fósforo de cabeça vermelha. Ken, Glover e David sentaram-se obedientemente à mesa com toalha bordada de renas de desenho animado. No bufê, garfos e facas se projetavam de um copo e David achou que parecia um ramalhete modernista. A arte viciava, percebeu ele, porque a analogia era uma técnica de integração, proporcionando assim esperanças infindáveis e inverídicas para a reconciliação de tudo.

Mas o dia passou sem discussões. David procurava na lata bombons de chocolate com núcleo duro. Parentes telefonavam e o aparelho era passado com pantomimas de recusa seguidas por palavras entusiasmadas de saudações. Glover ria a cada mímica, outorgando aos Pinner a afiliação à sua própria família.

Ken lavou os pratos, Glover enxugou e David fez chá. Hilda ficara exilada na sala e eles a ouviam socando as almofadas para remodelá-las, depois alinhar os descansos de copo com a beira da mesa de centro. Ken perguntou a Glover o que ele achava do novo gerente do QPR. Lá fora um chapim azul grotesco grudou e bicou o alimentador pendurado em um prego na estaca da cerca.

Ken ficou de pé, imóvel, olhando a ave, deixando que só as mãos se mexessem abaixo da linha-d'água com sabão.
— Onde guardo?
Glover segurava uma pilha de quatro pratos. David apontou para o armário de madeira acima da cabeça dele.
— Pode aproveitar e pegar as xícaras?
Enquanto David servia leite de caixa no bule Royal Doulton e colocava na bandeja florida, Glover pôs as xícaras ao lado com estardalhaço. David viu o pai olhar os dois e esperou que falasse. Como o pai ficou mudo, disse:
— Não, a vermelha não.
— Qual é o problema dela?
Ken olhava bem para frente, pela janela. O pássaro tinha voado. De repente David sentiu o calor do cansaço do pai, e disse:
— É a xícara do empregado.
— Que empregado? — Glover sorria de incredulidade, com uma sobrancelha erguida.
— Qualquer um. Mamãe reserva para eles, não deve ser usada pela família. Mania dela.
— Então devo usá-la? Sou um empregado também, não sou da família.
David pegou a xícara vermelha e recolocou-a no armário. Ken, preferindo a surdez, continuava olhando o jardim, a mão passando uma esponja dentro de uma panela com um movimento circular e meditativo.

Glover e Ken se sentaram nas extremidades de um novo e gigantesco sofá de couro, dedicaram-se a uma caixa de chocolates importado e um pacote de cerveja e se revezaram amigavelmente para pegar latas geladas na garagem. O sofá tinha chegado duas semanas antes e era todo branco, de encosto fundo que arriava contra a parede como um banco de neve. Glover o chamou de muito *bling-bling*, depois teve de explicar o que aquilo significava. Hilda sorriu, mas deu uma fungadela discreta e magoada, então ele começou a afagar o couro, dizendo:

– É que este sofá é *realmente* macio.

Quanto a David, estava velho demais para zombar de alguma coisa da casa dos pais. Gosto, afinal, era apenas gosto. O refinamento nessas questões nada significava além de um ajuste de aspirações. Todo mundo precisa se encostar em algum lugar. Ele se sentou à mesa de jantar e folheou uma das revistas da mãe. Na verdade, não a lia, mas descobriu que olhar as photoshopadas e colagenadas, as de bronzeado permanente e siliconadas o deixava estranhamente com raiva, e ele pegou uma esferográfica no bufê e começou a desenhar nelas as obscenidades da vida real: papadas e dentuças, óculos e marcas de nascença, pelos faciais e carrancas. Hilda anunciou-se com um suspiro e se acomodou do outro lado. Entre mãe e filho as renas bordadas corriam em meio aos farelos e borrifos. Hilda fizera o cabelo para o Natal, e agora dava umas batidas nele com a mão para se certificar de que estava tudo no lugar.

– Está tendo um bom Natal, querido?
– Claro. Está ótimo.

Ela se mexeu um pouco na cadeira e ergueu a taça de vinho. O batom tinha impresso uma meia-lua cereja na borda e ela pegou um guardanapo branco na pilha da mesa e limpou. Ele se lembrou do dia da Comunhão, ajoelhado entre os pais no banco, vendo o insípido sacristão limpar a taça de prata antes de levá-la, enojado, aos próprios lábios.

– Uma pena que o presunto ficou duro. Nunca se sabe antes que esteja cozido. Nem seu pai sabe escolher um que...
– Estava ótimo. Estava maravilhoso.

– E então, vai me contar sobre a sua nova amiga, a tal de Ruth?

Ele fora burro o bastante para falar no nome dela ao telefone com a mãe uma vez, embora já fizesse tanto tempo que achou que ela teria esquecido. Em geral a mãe não era boa ouvinte, parecendo contar os segundos até poder falar de novo.

– Ah, ela está bem, pelo que sei. Foi passar o Natal em Nova York.

Hilda abriu um sorrisinho cauteloso e tirou incisivamente um fio marrom solto no chifre de Rudolph.

– Porque seu pai e eu não ficaríamos... não nos oporíamos a conhecê-la um dia desses, sabe?

– Bom, ela é *só* uma amiga.

Hilda assentiu solenemente, incumbida de uma responsabilidade vasta e confidencial. David sabia que Glover talvez pudesse ouvi-la, embora Ken tivesse achado um programa sobre os gols do ano no canal de esportes e contestasse com agitação os vereditos. Ele baixou a voz.

– Na verdade, ela começou a sair com James.

A mãe murchou. Tirou as mãos da mesa e as colocou no colo, parecendo de repente muito menor, e velha.

– Ah, é? Não tinha percebido que James e... eu não sabia.

David queria que ela fingisse que estava tudo bem, que não ficou aborrecida, mas ela não conseguia ou não tentou. O rosto da mãe congelou numa expressão magoada, o semblante muito particular que aparecia quando ela via o noticiário ou olhava o jardim dos vizinhos do quarto dos fundos – o quarto dele quando se hospedava ali. Seu queixo frágil sumiu no pescoço, os olhos pareciam se retrair: cada pedaço dela tentava ao máximo se distanciar dali. David voltou a olhar uma matéria sobre casamento na revista e concentrou-se nas fotos. O gosto do feliz casal era tão refinado quanto um conto de fadas de uma criança de três anos.

Tudo em seu dia especial era ouro, rosa e branco. David queria que a mãe se levantasse e fosse para o outro lado da sala, que voltasse à cozinha, mas ela recomeçou a falar, agora lentamente, em sua voz néscia e terna.

– Só pensamos que... quando você falou dela ao telefone...

Ele pegou a caneta de novo e começou a desenhar um bigode na noiva, pelos no queixinho pontudo, no biquinho de peixe. A caneta atravessou a página e a rasgou. Ele sabia que Hilda olhava para ele com uma compaixão deslocada e embaraçosa, e disse com severidade:

– Não há o que dizer. Está tudo ótimo. Eles são muito felizes juntos. E *eu* estou muito feliz por eles.

A expressão no rosto surgiu novamente.

– Tudo bem, querido, tudo bem. Será que faço um chá? Vou preparar um chá.

jeroboão ou coisa assim

David ficou on-line quase toda a semana seguinte ao Natal. Singleton revelou-se sutilmente sarcástica, com bom gosto para filmes e livros, além de ser, como o próprio David, de falar a verdade. Via o que era mera badalação. As coisas entre eles ainda estavam no abstrato. Ainda não levantaram o tema de se encontrarem nem forneceram nenhum fato real sobre si mesmos. Conheciam-se apenas pelos frouxos detalhes individualizantes de suas vidas, suas preferências, referências e sagacidade. Ele se viu pensando em como seria o visual de Singleton. Ela mencionara seu "cabelo indomável", mas só mandaria uma foto se David mandasse a dele primeiro, e até agora ele não mandara. Ela até começara a assinar com Bj, às vezes Bjs.

O celular de Glover tocou de repente enquanto *Zulu* rolava na televisão depois do almoço de quarta-feira, e os colegas de apartamento estavam jogando Scrabble. Ele ergueu os olhos do celular para anunciar que Ruth daria um jantar de Ano-Novo e David estava sendo convidado. O modo como disse isso foi particularmente irritante, como se sua própria presença fosse um fato, enquanto a de David era uma dádiva. Em vez de sorrir, David apenas assentiu, sem tirar os olhos de sua pilha de peças.

– É, pode ser, vou ter de falar com umas pessoas.

A relação dele com festas de Ano-Novo era profundamente perniciosa. Maltratavam-no, humilhavam-no, e ele voltava pedindo mais. Passaria a noite encostado na porta da cozinha de algum estranho, se sentindo esnobado e bêbado, depois numa fila de horas para usar o banheiro, que normalmente estaria interditado. A outra opção era pior. Ele fez uma vez: passou o Ano-Novo sozinho.

David ficou o resto da semana lendo *The King's English*, de Fowler, depois de lhe fazerem uma pergunta na semana anterior sobre tempos verbais que o deixou confuso. Ele estava no quadro relacionando orações subordinadas em um monólogo de Browning quando Clare, a rainha dos Home Counties, levantou a mão e perguntou se determinada frase estava no mais-que-perfeito. David ficou aturdido e evitou responder diretamente – dizendo, "Bom, o que *você* acha?" –, e ela deu uma respostinha cretina sobre não ser paga para saber. Com a intervenção dela, toda a turma se empertigou, testemunhando David se ruborizar, depois baixando os olhos constrangidos, junto com as expectativas deles.

Na sexta-feira, véspera de Ano-Novo, ele encarou o guarda-roupa. Primeiro, rejeitou o que usava para a escola – calças de veludo cotelê e de algodão, casacos de gola redonda – e examinou o resto. Se a gente é o que veste, David concluiu que ou era um lenhador (três camisas de estampa xadrez) ou um coveiro desmazelado (um terno preto com uma crosta na manga). Ficou na frente do espelho do guarda-roupa com um cuecão xadrez, depois no banheiro subiu inseguro na balança. O ponteiro balançou e vacilou com seu coração. Noventa e dois quilos. Ele pesava – quando começou na Goldsmiths – setenta e sete. Segundo sua mãe, veio ao mundo com três quilos e meio de bênçãos e problemas.

Mulheres entravam e saíam tropeçando do trem, apoiando-se umas nas outras e rindo, enquanto os homens faziam caretas de riso e soltavam piadas tilintando seus sacos com garrafas de bebida. Havia uma determinação a se divertir e até David sucumbiu ao microclima, detectando uma vivacidade em seu andar enquanto ia da estação para a torre de Ruth, chegando exatamente às oito. Em sua pasta, o peso escuro e molhado de champanhe gelado e uma caixa de chocolates de embrulho amassado esperavam, e ele ficou parado no saguão, vendo a contagem regressiva iluminada do elevador descendo a ele, e tomou uma decisão: esta noite iria se divertir.

Glover abriu a porta do apartamento com uma camisa caramelo justa e nova, e uma gravata listrada de café e creme. Seu cabelo estava todo emplumado, despenteado ou algo assim. Ele parecia o líder de uma *boy band* e David lhe disse isso.

– Feliz Ano-Novo para você também.

Na brancura cintilante da cozinha, Ruth correu para David, o cabelo recém-tingido e cortado em Nova York, além de olhos de panda feitos com delineador. Ela vestia uma espécie de túnica roxa. Todos pareciam reluzentes e novos, pensou David, menos ele. Enquanto cumprimentava Ruth com um beijo, Larry apareceu atrás dela.

– Estamos comemorando. Além desse negócio cansativo de véspera de Ano-Novo, soubemos ontem que a Tate vai ficar com duas peças de Ruth para sua coleção permanente.

– A única razão para o Larry comemorar é porque ele acha que vai ganhar algum dinheiro.

O dono de galeria fez uma careta e piscou para David, e David sorriu, obediente. Sentiu um ódio irracional pela camisa branca e sem colarinho de Larry, pelo modo como suas calças azul-marinho foram talhadas com precisão para cair com um só vinco acima dos bicos de seus sapatos marrons e lustrosos.

– Tome um espumante. Larry apareceu com um nabucodonosor ou um jeroboão ou coisa assim.

Ruth lhe passou uma taça de champanhe, depois o beijou inesperadamente no rosto. David pegou o chocolate e sua garrafa e os colocou na bancada, ao lado da garrafa gigante de Larry. Ruth passou os olhos por seus presentes.
– Ah, que adorável, obrigada. Vamos para a sala. Você precisa conhecer Walter e Jess.

* * *

O pequeno lustre de folhas de ferro batido emitia uma luz baixa e as três lâmpadas brilhavam como peras Bartlett, prontas para a colheita. Com elegância, doçura e sem emoção, Ella Fitzgerald tocava suavemente ao fundo. David certa vez escreveu uma crítica no Damp sobre a mansa e presunçosa Ella, a mais superestimada cantora do fracassado século passado. Glover estava ajoelhado perto do som no canto, falando com um homem atarracado de sessenta e poucos anos e terno azul-marinho bem cortado. Ruth apresentou David a Jess, uma mulher magra que não saiu do sofá, embora seus olhos se movessem rapidamente por ele, de cima a baixo. Ele se sentiu processado, examinado, avaliado. Seu aperto de mão era brusco, serrilhado de anéis grossos.
– Jess veio fazer umas fotos. Vai trabalhar *amanhã*, no primeiro dia do ano. Não é uma loucura? E tão injusto com Ginny.
David balançou a cabeça para essa nova indignação.
– Você é fotógrafa?
– Às vezes, mas amanhã vou fazer um ensaio de moda para um amigo.
Jess tinha uma voz fraca e anasalada, com um sotaque de elasticidade sulista. David se abaixou ao lado dela. Houve uma pausa. Era a primeira *lésbica* oficial que ele conhecia. Olhou-a de novo, sorriu e tomou um gole da bebida.
– É meio complicado localizar você todo assim de preto.

David olhou a camisa, o casaco e o paletó, como se não tivesse percebido o que vestia, depois lançou a Jess um olhar muito sério.
– Uso preto por fora porque é como me sinto por dentro. Ela riu – David estava citando, mas ela não sabia – e, como uma menina, meteu uma mecha de seu cabelo grisalho atrás da orelha, para deixar livres os olhos castanhos e desconfiados. David intuiu de imediato que ali, finalmente, estava uma aliada.

Ruth voltou e passou uma taça a Walter, dizendo:
– É uma pena que você não possa ficar para o jantar. Especialmente depois de eu ter coagido Larry a fazer risoto.
Walter deu uma gargalhada de escárnio.
– Eu adoraria ver Larry sendo coagido. Não, meu motorista está esperando. Está ouvindo as fitas de um curso de italiano. – Depois, parecendo pensar melhor, rosnou: – A nova namorada dele é milane-sa!
O sotaque era estranho, deslocado, e havia algo de imperial e expectante no modo como ele se sentava ali. Esperava que o divertissem.

Jess se levantou do sofá e farfalhou atrás de Glover e Ruth, e David viu que ela era alta, de seios pequenos e elegante. A bata creme era bordada com continhas pretas mínimas, como se uma nuvem de insetos tivesse pousado nela. No pescoço amarrara um cachecol fino e enrugado de cor clara: ela podia estar sentada sob um ventilador de teto numa varanda dando para o Nilo, esperando que o marido voltasse das escavações. David ficou sozinho com o colecionador. Walter ergueu a taça em reconhecimento e ele imitou o movimento, sorrindo, depois se levantou e puxou uma cadeira da mesa de jantar. Era assim que parecia um homem que era dono de banco? Careca, sólido e reservado, com uma cara curtida de velho jogador de rúgbi.

– Você mora longe?

– Não muito. Borough. Ao sul do rio. Eu vim de metrô.

– É londrino?

– Na verdade eu era da Goldsmiths e Ruth foi minha professora, foi assim que a conheci. Estamos trabalhando juntos num projeto, ou conversando sobre isso.

– Um projeto... – Walter tombou a cabeça para trás lentamente, entornando a ideia em seu cérebro. Larry ria de novo. Ouviu-se um silvo da cozinha e um cheiro repentino de frutos do mar.

– Sim, um projeto de arte – disse David, com paciência.

– E o que você espera *projetar*?

Antes que David pudesse responder, ele colocou a mão em sua coxa e apertou, com força, dizendo:

– Com licença... O banheiro?

David o apontou com a cabeça.

Jess apareceu com uma bolsa de mão prateada metida debaixo do braço.

– Você fuma? Acho que vou precisar de meu casaco ali fora. Lembrou de trazer algo quente?

Embrulhados em suas camadas, eles fumaram na varanda, 23 andares acima de Londres. Jess abriu o isqueiro Zippo num gesto hábil de prostituta de salão de sinuca e ofereceu a chama a ele. Sua aliança de casada era volumosa, de prata e quadrada.

Embora tivesse consciência do ridículo, David ainda esperava um pouco que ela fosse agressiva e colérica e se vestisse como Annie Hall. Mas Jess tinha uma espécie de exaustão glamourosa. Tinha as pálpebras semicerradas e pesadas de uma Garbo ou Dietrich, embora a pele não fosse tão macia quanto parecia. Ela afirmou, com um toque levemente abrupto e autodepreciativo, que tinha parado de se incomodar com a própria aparência e se sentia feliz por ter deixado tudo isso para trás. Enquanto David se aproximava com o cigarro, ela disse:

– Então você divide apartamento com James? Tem um belo romance surgindo dali.

– Na realidade Ruth foi minha professora na Goldsmiths. Era o que eu estava dizendo a Walter. E estamos trabalhando num projeto sobre o texto em ambientes urbanos. Pichações, apelos a testemunhas, bilhetes encontrados, esse tipo de coisa.

– A Ruth trabalha em um monte de projetos.

Com ternura, assim pareceu a David, Jess passou o braço pelo dele e o conduziu ao concreto enrugado da mureta da varanda. Elas não tinham medo do contato físico, essas pessoas. Diante delas Londres era um mundo submerso e bioluminescente. Um táxi preto deslizava lá embaixo, na Moorgate, como um tubarão, alimentando-se. O trevo da Old Street rodopiava. Faróis reuniam-se às margens do Tâmisa e do outro lado da ponte de Blackfriars. Jess fechou a bolsa com um clique impecável e disse:

– Ele é muito novo, não é? Quer dizer, sei que as musas em geral...

David deu um longo trago do cigarro.

– *Musa*... É mesmo?

– Claro. Eu antigamente posava para Ruth, sabe como é. Há muito tempo. Faz parte do acordo.

David percebeu seu coraçãozinho duro se animar com a ideia dessas duas mulheres, amantes. Não deixou transparecer nada, mas sentiu – a ideia era desesperadamente exótica para ele.

– Ela me usou para um dos retratos ancestrais da série Demanda.

David levantou a cabeça. Jess o olhava, esperando alguma coisa.

– Você conhece os primeiros trabalhos, não conhece? *A República das mulheres, Gineconauta...*

– Bom, li um pouco sobre eles, mas... Lembro da louça, com as escravas e donas de casa gregas.

– Eu estava em quatro bandeiras. Ou pelo menos meu rosto estava em duas e meu corpo em duas. – Jess gesticulou com o cigarro para os ombros e depois as coxas, denotando os pontos de corte. – E eu tinha acabado de fazer 21 anos. Meus pais, bom, dá para imaginar como ficaram. Cidade pequena...

David sabia um pouco sobre *A República das mulheres*. Quando Ruth chegou à Goldsmiths, houve uma aula especial sobre a tela, ministrada pelo diretor de estudos, o obeso sr. Lawrence Booth, que evidentemente odiava a coisa toda e também todas as mulheres, republicanas ou não. Jess ainda falava.

– Acho que não tratava tanto de gênero, era mais uma brincadeira com a memória cultural, as tradições, a historicidade, a domesticidade.

Se Glover estivesse com eles, David teria acrescentado *eletricidade, Kendal, Felicity, Summer in the City do Lovin' Spoonful*, mas naquelas circunstâncias, ele assentiu com uma seriedade renovada. Estava ficando com frio. Havia uma cadeira de plástico na varanda e se perguntou se seria descortês de sua parte sentar-se nela agora.

– Lembro vagamente de uma espécie de nave espacial enorme na forma de um bule de chá – disse sorrindo. Jess não retribuiu, então parou. Ela balançou o cabelo grisalho.

– Isso foi bem depois. Oitenta e seis, oitenta e sete. Achei a maior parte dessa coleção meio mal concebida, na verdade. Eu disse a Ruth na época. Mas lembra daquela mulher tecendo uma elegante manta de lã? Imageando Penélope em vez de Ulisses.

David se perguntava sobre as outras janelas iluminadas em Barbican. Isso e o fato de que agora *imagem* era verbo e ninguém lhe contara. As torres distantes e baixas desta cidadela com acesso para deficientes eram aleatoriamente entremeadas por aqueles quadrados cintilantes, os distintivos amarelos da habitação. Ali estavam mil variações sobre o tema da véspera de Ano-Novo, ocorrendo pouco além das venezianas e cortinas. David jogou o cigarro na noite aberta, que saiu de vista no mesmo instante, sem faíscas nem significado.

– Então o James contou?
– Me contou?
– Ruth disse que haveria um anúncio.
– Ah, meu Deus, ela não...
– Acho que ela é meio velha para isso.

Admirado, David virou-se para a origem de sua surpresa e viu os dois na sala, separados dele pela porta de vidro. Glover, sorrindo feito um idiota, tinha agarrado Ruth por trás e agora a beijava no pescoço. Ela segurava um utensílio complexo de vidro contendo vinagre balsâmico e azeite, mas inclinou o rosto para frente num movimento letárgico e sua cabeça ficou bem embaixo das três lâmpadas acesas: David percebeu que o cabelo estava rareando.

Eles se sentaram à mesa enquanto Larry baixava um imenso prato de risoto no meio e dava uma última mexida, arrumando-o em bancos e dunas granuladas. Inexplicavelmente, ele miou para David e todos riram. David teve de dizer a si mesmo para desviar os olhos da cara de Glover, depois de Ruth. Os dois tinham o mesmo sorrisinho dissimulado, os dois davam outra dimensão de esforço a seus olhares e sua conversa.

O quórum estava completo e nesse momento Larry, como David havia previsto, ergueu a taça para um brinde. As abotoaduras de pérola e prata pairaram a quinze centímetros da cara de David. Ele usava um anel de ouro grande no dedo mínimo e as unhas pareciam feitas, regulares e limpas. Seu vício, seu oxigênio, era dinheiro. Ele se refinara até onde queria ir e com isso encontrara uma quantidade estável e sólida de alegria no mundo. Mantinha tudo ao alcance do braço, onde pudesse ver bem. Jess, percebendo a taça erguida, de repente parou de falar.

– Só queria propor um brinde a Ruth por me deixar usar as instalações da cozinha esta noite – Larry virou-se de Ruth para aquiescer com sua franja prateada a Walter – e ao filantropo Walter Testa por garantir a ela o aluguel dessa linda cozinha por seis meses para trazer um pouco mais de arte ao mundo e, não posso esquecer, um brinde a mim por convencer Walter a deixar Ruth fugir de Nova York e da aflição geral – ele parou e voltou a taça para Glover –, e a James, por colocar um sorriso nesse lindo rosto de novo, vários sorrisos – Ruth disse "Larry!" e soltou um riso cheio de dentes e nada atraente –, a Jess por sua saia maravilhosa – toda a mesa riu e David se sentiu estupidamente nervoso, como se fosse escolhido por último para o time – e suas fotos inspiradoras e seu corpo maravilhosamente trabalhado, devo dizer que é, na verdade, uma façanha para alguém agora na mesma década que eu – sorrindo, Jess disse: "Vou jogar esse champanhe na sua camisa se você não..." – e por fim a David, nosso líder de torcida.

– Glover sorria para a mesa, quase incapaz de suportar a empolgação. Começou a empurrar a cadeira para trás, levantando-se.

pirotecnia

David lembrou do pequeno choque que teve ao saber que as outras pessoas não dormiam na mesma posição dele. Foi o primeiro ano de um reality show na TV e ele adquiriu o hábito de ligar o aparelho portátil quando ia para a cama. Era uma companhia, as filas de adormecidos dispostos naquele cinza de visão noturna. Alguns se deitavam como santos em seus pedestais, de costas, banhando-se na lua. Outros dormiam de lado, na posição restaurativa, ou paralisados num salto como personagens de contos de fadas, e outros ainda caíam achatados de barriga, com uma orelha pressionada para o mundo, ouvindo. Só um ou dois, como David, se enroscavam num C, um agachar fetal, protegendo-se do que aparecia nos sonhos.

Assim, ao acordar em um ano novo em folha, enroscado em seu camarão de sempre, ele já estava fisicamente adaptado para a sensação imediata de vergonha. Essa sensação se aguçou minuto a minuto enquanto a noite anterior voltava aos cacos. Ele de repente lembrou que disse a Jess, enquanto esperava pelo táxi, que ela era a pessoa mais legal que já havia conhecido. Ela acariciou seu rosto como se ele tivesse cinco anos e o chamou de gracinha. Ele lembrou que Glover e Ruth anunciaram o noivado. Ainda não conseguia processar bem isso e guardou para depois, para quando estivesse menos... moribundo.

A luz no quarto refletia nas cortinas dando um tom rosa de atum enlatado. Cauteloso, ele se apoiou nos travesseiros, como um artefato precioso em exposição, ligou o laptop e verificou os e-mails, com o cuidado de só mover os dedos. O bloqueador de pop-ups estava desativado e três janelas apareceram de repente, dizendo que ele era o milionésimo visitante do site e UM GRANDE PRÊMIO EM DINHEIRO esperava por ele. David as fechou e conferiu os acessos de seu blog. Duas visitas desde a manhã do dia anterior. David viu os endereços de IP e verificou de onde eram. Singleton aparecera, mas não deixou votos de feliz Ano-Novo. Ele relaxou, centímetro por centímetro, de volta à cama. Sentia a cabeça esvaziada e preenchida com lixa, alergias, dor, tudo de que são feitos os menininhos.

Seu estômago, esse ditador, por fim o impeliu a vestir o roupão e ir à cozinha, onde ele preparou torrada e chá e ferveu quatro ovos beges idênticos. Enquanto estavam em fila diante de David, em xícaras de porcelana amarela idênticas, ele pensou em formas ovais. Reconhecer o formato das coisas era só o que conseguia fazer. O prato era um círculo; a faca, uma tangente. Sua ressaca começara decidida, com acidez, náusea e uma dor distinta nos lobos frontais, cada um deles competindo por partes discordantes. Na sala, o telefone tocou melancolicamente e ele resolveu ignorar, o que foi bom e meio arriscado.

Assim que ouviu a chave de Glover na porta, ele se levantou da mesa num salto e derramou o que restava da xícara fria de chá. Deixou-a onde estava e foi em direção ao quarto. Achou que não veria ninguém o dia todo e pretendia passar a tarde atualizando o Damp Review, vendo pornografia, fumando um baseado e lendo *Dream Songs,* de Berryman. Estava no meio do corredor quando a porta da frente abriu, prendendo-o por trás, e ele ficou parado ali, impotente. Ruth passou pela porta primeiro, com um chapeuzinho marrom e uma pashmina preta dobrada e enrolada no pescoço. O gorro preto de Glover boiava atrás dela. Eles chegavam de uma caminhada e brilhavam de vigor e determinação. Glover aninhava um saco de croissants e uma pilha de jornais.

Quando viu David, Ruth se assustou, mas logo se recuperou, exclamando:

– Querido, feliz Ano-Novo!

David fechou a porta da frente para passar por eles e continuou sua ida para o quarto, gritando por sobre o ombro que voltaria num minuto.

Ele se vestiu e foi para a sala, onde Ruth, ainda de pé, lhe entregou a seção de artes de um jornal. Era uma retrospectiva do ano.

– Debaixo da foto de Lucian Freud – disse ela, e se sentou enquanto ele passava os olhos pelo texto:

O ano de 2005 também viu a chegada da artista americana Ruth Marks a estas plagas. Sua obra orientada para o gênero e altamente sexualizada tenta reescrever a ortodoxia masculina, e embora às vezes pareça de conteúdo estereotipado, a variedade formal sempre é de interesse. Sua residência no Barbican traz um acréscimo bem-vindo à cena artística de Londres. Uma retrospectiva acontecerá de 20 de janeiro a 18 de março.

Um maço de Marlboro Light de David estava na mesa de centro e ela tirou um da caixa, partindo-o pela metade.

– Caramba – disse David.

Ela fez uma careta e acendeu o meio cigarro. De imediato a fumaça triplicou a náusea de David.

– É só besteira, nem vale a pena ler – acrescentou, batendo no jornal com as costas da mão.

– Orientada para o gênero? O que isso significa? – David atravessou a sala para abrir a janela enquanto ela tragava fundo o cigarro. Uma lufada de clima ártico invadiu a sala. Náusea ou hipotermia, pensou ele, você decide.

– Ruth, essa pessoa escreveu *a estas plagas*. Escreveram um acréscimo bem-vindo. Nem é literário. É encheção de linguiça.

Ela assentiu e começou a roer uma unha. O chapéu caiu do sofá ao carpete e ela o olhou, sem fazer esforço nenhum para pegá-lo. Devia estar nas nuvens hoje. Toda uma nova vida pela frente, mas ainda era uma neurótica. Graças a Deus existem os neuróticos. Sem eles, pensou David, não haveria arte nenhuma. Ele se lembrou da vez em que, no corredor cheio de ecos da Goldsmiths, tranquilizou-a com palavras de incentivo, lembrou de como Ruth parecia doce e vulnerável.

– Mas ser repudiada em uma só linha por alguém que nem me conhece, que nem tentou conhecer metade da minha obra...

– É verdade – disse David, gostando de atravessar aquele córrego de autopiedade. – Vamos queimar isso. Já.

– Queimar?

– *Temos* que queimar – respondeu David com firmeza. – Se não, vai ficar aqui na mesa irritando você pelo resto do dia.

Glover entrou, trazendo uma bandeja com café e a lata de docinhos natalinos que a mãe de David dera a eles.

– Vamos queimar esse paragrafozinho lamentável.

Glover baixou a bandeja com tanta precisão que não fez qualquer ruído.

– Devíamos é queimar o idiota que escreveu isso.

David dobrou a página e rasgou o parágrafo, deixando um buraco no formato de um rim abaixo do olhar fixo de Freud. Ruth murmurou:

– Eu vos consagro às chamas. Ah, cuidado com isso.

O broto de papel amassado queimou devagar antes de florescer, de repente, e em um instante definhou. David o futucou com o isqueiro, rompendo o endoesqueleto acetinado. Glover largou outra seção do jornal na mesa de centro – soltando algumas franjas ardentes de cinza no ar – e pressionou o botão da garrafa térmica com uma deliberação imponente, como se detonasse algum prédio histórico. David decidiu encarar o inevitável confronto.

– Meu Deus, quase me esqueci. Meus parabéns! Já contaram a todo mundo? Como Bridget recebeu a notícia?

Ruth riu, rápida na defensiva.

– David! Pelo modo como fala, parece que tenho uma doença terminal!

– Não era essa a minha intenção.

– Acabamos de falar com ela, na verdade. Ela ficou contente.

– Bom, talvez não muito contente – acrescentou Glover.

– Ela ficou contente porque virá a Londres para o casamento e trará Rolf.

Rolf era o namorado dela. Ele era "inadequado", sendo cinco anos mais velho, mas estava se tornando "uma realidade com a qual vamos ter de lidar". David pretendia apontar a ironia em breve. Glover ligou a televisão. Futebol.

– Perdemos dez minutos. Sabe de uma coisa, você estava num porre tremendo na festa ontem à noite.

– É, me desculpem.

Glover contou que ele tinha tentado, de brincadeira porém insistentemente, socar-lhe a barriga. Depois disso baixou a cabeça com um baque audível na mesa de jantar. Glover devia estar exagerando, mas, enquanto ele falava, David teve uma leve sensação de lembrança vindo à superfície, como se ouvisse a trama de um livro que adorava quando criança. Por fim eles o colocaram num táxi. Ele não se lembrava de como chegara em casa. Não se lembrava de entrar no apartamento nem de se despir nem de preparar e comer um sanduíche de presunto, cuja prova, um prato de farelos endurecidos, estava na mesa de cabeceira quando acordou.

Ruth foi se deitar um pouco e quando David passou pela porta de Glover, levando o prato vazio e um copo de seu quarto para a cozinha, ela chamou "James". Ele empurrou delicadamente a porta do quarto.

– Sou eu.

– Ah, oi, tudo bem? Você e Jess se entenderam muito bem.

Ela estava deitada de lado na cama, lendo. A calça de veludo e o suéter de lã cinza com decote em V fizeram David pensar nas mulheres, as liberadas por acaso, que assumiram os empregos nas fábricas depois que os homens foram para a guerra. Uma das pernas dela estava flexionada e o tecido embolava no joelho em dobras macias. David colocou o copo e o prato sobre uma caixa de vinho encostada na parede e se sentou na cadeira de diretor, onde as roupas de Glover costumavam ser estendidas. Percebeu de repente, sem nenhum propósito, que nunca sentara ali antes.

– Ela é ótima. Ruth, talvez não caiba a mim perguntar, mas você contou a James sobre Jess? Ela me falou que vocês duas tiveram um relacionamento e talvez James tenha o direito de saber.

Ruth suspirou.

– Ah, o assunto surgiu ontem à noite. Acho que você mesmo pode ter levantado, na realidade.

É mesmo? Nossa, eu nem me lembro.

– Não, tudo bem, sinceramente. É só uma pena que todo mundo estivesse bêbado. James disse que eu devia ter contado a ele.

– Sobre Jess?

– Que me relacionei *com mulheres*. – Ela arregalou os olhos escuros e ágeis como se isso fosse hilariante. – Mas está tudo bem. Ele gosta da Jess. E então, dá para acreditar que vamos nos casar? Isso evidentemente encerrava o assunto. David se remexeu na cadeira. O quarto parecia estranho desse novo ângulo, como se o teto fosse mais baixo.

– Pra ser sincero, não. O que aconteceu?

– Estávamos nos dando tão bem e falando de ele voltar comigo para Nova York, que simplesmente fez sentido. Eu não esperava, mas na noite passada estávamos no quarto e ele de repente se ajoelhou. Pensei que estivesse brincando. – Ela sorria só de lembrar. David sabia que a história já se cristalizava em mito. Sem dúvida a ouviria muitas outras vezes. A ideia o deixou bastante cansado. – Ele não tinha aliança, então tirou isto e colocou no meu pescoço.

Ela puxou uma corrente de prata de baixo da camiseta branca, passando o dedo por cima.

– Hum. É uma decisão e tanto.

Ruth deu de ombros sem compromisso.

– Ah, não é para racionalizar demais agora. Estou numa fase em que só o que quero é alguém que seja legal comigo, que goste de mim. Já tive minha cota de artistas atormentados. Quero alguém *bom*. – Ela bateu em alguma coisa na cama. – Já *leu* isso alguma vez?

Era a Bíblia de Glover, aberta em uma passagem sublinhada.

– Bom, partes dela, é claro. Na escola, e eu costumava ir à igreja com meus pais.

Ela fechou o livro com um baque.

– A gente podia queimar esse também – sugeriu David.

– Que o James não te ouça.

Eles estavam numa conspiração de novo. Ela esticou as pernas, dissolvendo as dobras, e as ergueu alguns centímetros, como se pudesse começar a se exercitar, depois deixou-as cair na cama.

– Acho que ele pode estar superando isso.
– É mesmo? E como?
– Você vai rir.
– Não vou. – David ergueu a mão direita, fazendo um juramento.
– Bom, ele parou de fazer suas orações à noite. Nas primeiras vezes em que dormimos juntos, eu dizia alguma coisa e ele respondia: "Pode me dar um minuto, que estou rezando?"

David fingiu segurar um telefone no ouvido, depois afastou a cabeça e imitou a voz mais lenta e mais grave de Glover:
– Será que pode me dar um minuto? Deus está na outra linha.

Ela riu, subindo uns tons.
– Não, nós não deveríamos debochar. Mas tudo isso parece ter fracassado. Fico quase triste com isso. E me vejo admirando os que *conseguem* rezar. Entro em igrejas no Barbican às vezes, à tarde, e sempre tem uma ou duas mulheres de joelhos.
– Servilmente?

Ruth colocou a mão na Bíblia, protegendo-a de David, e disse:
– Você sabe que fui criada no luteranismo e *acho mesmo* que a fé pode ser maravilhosa, se você conseguir sustentá-la. – Era típico de Ruth ser tão ambivalente sem necessidade, pensou ele.
– Ah, tenha dó, agora não existem mais desculpas para acreditar no sobrenatural.
– Você faz a fé parecer ridícula.
– Porque é.

Ela já estava farta e se sentou, girando as pernas para fora da cama. Espreguiçou os braços no alto e respirou ruidosamente. David via a forma de seus seios com muita clareza. Virou a cara, mas meio tarde demais: de repente ela baixou os braços, cruzando-os.

– E desculpe por ontem à noite. Eu estava meio bêbado, não queria...

Ela ergueu a mão.

– Chega de se desculpar. Todo mundo *adora* você. – Depois ela olhou nos olhos de David. – Eu sei que a princípio as pessoas podem torcer o nariz, podem dizer que a diferença de idade é um problema e, caramba, como vou conhecer os *pais* dele? Mas na verdade acho que James e eu... Eu *amo* este homem. Fiquei tão surpresa como qualquer pessoa quando ele me pediu em casamento ontem. Eu nem tinha pensado...

Ela passou a mão num travesseiro. David se levantou e o movimento incitou outras revelações da parte dela.

– Quer dizer, talvez seja precipitado, mas por que não? Fico pensando comigo mesma, por que não?

David resistiu ao impulso de dar uma lista de motivos. Examinou o quarto como se ali contivesse pistas da vida interior de Glover. Era uma pequena caixa branca, arrumada e impessoal. Parecia alugado. Era como se estivesse acampado ali. Nada pregado nas paredes. Tudo portátil, dobrável, embalável. As caixas de vinho guardavam os livros e alguns DVDs. Uma velha mala de couro no canto armazenava seus CDs. Ele nem tinha muitos. Ruth ainda falava.

– Só me preocupa que nessa idade ele talvez nem conheça a própria mente. Mas ele parece tão *seguro* das coisas, tão íntegro. Muito mais íntegro do que eu aos 23 anos. Sei lá, nossa geração não era assim, era?

Nossa geração? Ele estava mais próximo da idade de Glover do que da de Ruth. Será que ela achava que o estava enganando? Tinha sido *professora* dele. David simplesmente assentiu e entreabriu um pouco a porta.

– E há outra coisa que James quer falar com você hoje. Então Glover ia se mudar, para a América, com Ruth. David teria mais um mês, ano ou década morando sozinho e depois, quando estivesse entediado o bastante para sofrer com isso, organizaria uma rodada de entrevistas dos classificados. Os góticos, os australianos, os recém-divorciados. Um bando de sapos. Uma revoada de falcões. Uma manada de hipopótamos.

Na sala, recurvado na beira do sofá, com os cotovelos nos joelhos, Glover estava absorto no futebol. David olhou-o com expectativa mas ele ignorou, e batia de leve o controle remoto na lata de doces que Hilda lhes dera no Natal. O ruído de fundo da torcida diminuiu. Um apito soprou. Quando Ruth se acomodou ao lado dele e afagou seu pescoço, ele se afastou, como se até essa distração mínima fosse demasiada. Ela retirou a mão, arrumando a pashmina preta em torno de si em duas voltas frouxas. David folheava os jornais, procurando a seção de imóveis, e percebeu.

– Quer que aumente o termostato? Está com frio?

– Você *está* com frio? – repetiu Glover, num tom que sugeria a recusa dela para responder.

– Não, não, estou bem. Isto é tão macio que fico me enrolando nele. – Glover estendeu a mão e passou os dedos no tecido. De onde David estava sentado, parecia que o dorso da mão de Glover estava esfregando o peito de Ruth.

– É mesmo macio. É novo? – perguntou, sorrindo, de sobrancelhas arqueadas.

– Não é minha. Jess esqueceu ontem à noite. – Glover baixou a mão. – Quase insuportavelmente macia como uma *pelúcia*. – Ela alongou a palavra, parecendo lhe conferir um contexto sexual oculto. David olhou os homens de brinquedo se perseguindo na tela.

– Não deveria usar o xale dela. Você pode sujar ou coisa assim – disse Glover.

– É uma pashmina e é da Jess. Ela não se importaria. Os *guarda-roupas* que ela roubou de...
– Tira isso. – O ruído da torcida na TV começou a crescer de novo, mas Glover nem se virou para a tela. Ocorria ali um pequeno impasse. David baixou os olhos para o jornal no colo e fingiu estar envolvido num artigo sobre as taxas de juros.
– Ah, não seja bobo. Se eu quiser usar...
– Não estou sendo bobo. Não é seu. E se você esquecesse um casaco na casa de alguém e a pessoa saísse com ele por aí? Seria legal?
– Não é um *casaco*, querido. É uma pash...
– Ah, tanto faz. Você *gostaria*?
Ruth não disse nada. O palavrão de Glover temperara a atmosfera, de repente conferindo a tudo uma cor diferente. David leu que alguns especialistas previam uma alta de mais vinte e cinco por cento, enquanto outros achavam que as taxas se manteriam estáveis. O comentarista da TV falava no silêncio sobre um lançamento longo e soberbo. O preto da pashmina deixava o corpo de Ruth em silhueta. David podia ver a magreza de seus ombros, a curva de seus seios, depois o ângulo do braço erguido que levava um copo d'água a sua boca cerrada, silenciosa e adorável.

Quando a partida de futebol terminou, Glover se deitou como uma criança doente no sofá, com a cabeça no colo de Ruth. Ela brincava com o cabelo dele, separando-o em mechas com os dedos. O xale estava nas costas da poltrona. Glover descera a mão pela frente do jeans, até os nós dos dedos, e a outra estava no joelho de Ruth.
– Ele queria esperar o final do jogo.
Glover bateu a cabeça na coxa de Ruth, censurando-a, e se sentou.

– O caso é que será um casamento pequeno, e como nem nos conheceríamos se não fosse por você, estávamos nos perguntando se você gostaria de ser o padrinho.

Ele fez vários gestos com a mão durante esta pequena declaração e terminou, estranhamente, apontando para David. *Se gostaria de ser* – parecia que Glover achava estar fazendo um favor a *ele*. Ainda assim, David achou que estava satisfeito.

– É claro, eu adoraria. Vai ser uma honra.

uma joia vermelha cintilou em seu umbigo

Na PMP, os alunos do curso avançado faziam os exames simulados logo depois do Natal, no início do período de janeiro, e passou a ser uma tradição que organizassem uma festa para comemorar a conclusão das provas, a que – como a PMP pagava por isso – os professores deviam comparecer. Os alunos levavam namoradas e namorados, os professores apresentavam os cônjuges para inspeção e todos eram solicitados, como tantas Rapunzels, a soltar os cabelos. Nunca foi discutido o fato de alguns alunos do sétimo ano estarem sempre tecnicamente abaixo da idade permitida para beber. Todo ano a festa dos simulados acontecia e a cada ano David, meio chapado, com uma mágoa hipócrita, comparecia.

O comitê social do sétimo ano era chefiado por Kimberley, uma aluna australiana com um piercing no nariz e um monte de cachos louros que lhe conferiam uma satisfação infindável. Se David lhe fizesse uma pergunta, ela dava uma sacudida de cabelo rápida antes de responder. E ela falava como escrevia, tagarelando nervosamente sobre um tema. Às vezes os trabalhos dela terminavam com um ponto de exclamação – *o que serve para mostrar por que Shakespeare é sem dúvida o maior escritor do mundo!* Ela conseguira aumentar o horror geral da noite dando a festa num barco. Eles seriam transportados, sem destino, de um lado ao outro do Tâmisa e David percebeu que isso impediria quaisquer escapulidas precoces.

Kimberley distribuiu os convites na primeira manhã do período e David passou o dia todo preocupado. A ideia louca de convidar Singleton o corroía. Eles se correspondiam todos os dias, e embora a conversa ainda fosse abstrata e ele nem soubesse o nome ou a idade dela, eles, na realidade, pareciam se entender. Havia sem dúvida alguma coisa ali. Mesmo assim, um barco cheio de alunos olhando não era o pano de fundo ideal para um primeiro encontro. Teria de ser adiado.

Naquela noite Glover, atrasado para o trabalho, abriu a porta da frente e encontrou David curvado, de chave a postos, a cara de lua sobressaltada. David puxou os fones de ouvido e perguntou de imediato se Glover iria com ele à festa. Ele relutou, disse que soube de muitas histórias horrorosas, mas David insistiu, sendo a insistência seu ativo mais importante. Ele prometeu que seria interessante para Glover ver o rosto de quem ele só conhecia o nome e lembrou a ele que agia como seu padrinho, que seria só por uma noite, qual era o problema? Provavelmente três horas, quatro no máximo. Glover odiava ser retratado como um homem que decepcionava as pessoas e por fim concordou, dizendo a David que eles podiam até levar dois colchões de ar malocados para escapar de lá.

* * *

Na noite em questão, levaram algum tempo para localizar a "maior discoteca flutuante de Londres", o SS *Carolina*, perambulando por vielas em Vauxhall antes de achá-lo. Atracado perto da margem, estava tomado de luzes e fazia sons molhados e energizantes de tapas, respondendo aos movimentos do rio. Uma ponte de ripas de madeira os levou a bordo e a Kimberley, a anfitriã oficial, que apertava mãos, sacudia o cabelo e relinchava. David apresentou Glover e depois Kimberley presenteou o professor com um cartão da turma, agradecendo-lhe por seus esforços. Trazia uma citação de James Joyce na frente enfatizando que nossos erros são os portais da descoberta. David achou que era otimismo exagerado da parte deles. Os erros daquela classe, aquela classe *de* erros, eram simplesmente equívocos, babaquices motivadas por arrogância e preguiça, e uma fé enganosa em suas próprias capacidades. Seus alunos pensavam que era bom acreditar em si mesmos. Ainda não entendiam que essa era a ilusão mais perigosa de todas. Podia estragar sua vida. Ainda assim, era bom receber um símbolo do apreço deles. Ele mostrou o cartão a Glover e viu seu olhar passear rapidamente pelo texto.

    David fumou um cigarro antes de entrar e os colegas de apartamento apoiaram os cotovelos na balaustrada do convés, lado a lado, hipnotizados pela água veloz e escura. Suas maquinações – turbulentas, tubulares – deixaram David tonto. Uma lancha da polícia passou na outra margem, iluminada, barulhenta e acelerada. O barco fez um ruído de sucção enquanto o rastro da lancha os erguia para os enormes prédios comerciais.

    A música começara lá dentro e David foi encurralado na frente de um alto-falante por Marissa, a professora que normalmente dirigia a sociedade de debates. Ele viu que sua boca, desenhada sem habilidade nenhuma com batom roxo, assumia uma variedade de formas. O pop ruim dos anos 1990 estava alto demais para que David ouvisse o que ela dizia e ele simplesmente assentiu. Ela devia estar de licença-maternidade, mas ainda assim apareceu na festa, orgulhosamente inchada em uma abóbada florida. De mãos dadas com ela estava o marido, Benny, natural de Manchester, um baixinho careca e barbudo. Tinha uma daquelas caras que também é uma cara se você a virasse de cabeça para baixo, e ficava olhando esperançosamente em volta como se pudesse acordar a qualquer momento. Faizul pavoneava-se perto deles e David escapuliu com Glover até o bar. Parado ali, esperando uma bebida, começou a sentir as vibrações dos motores sob os pés. Depois o barco desgrudou da margem e Londres começou a rolar pela escotilha. Glover fitava as garotas com olhares curtos e dissimulados, seguindo seus passos enquanto elas atravessavam a pista vazia ou paravam no bar. Elas pegaram cervejas e foram até uma mesa. Por alguns segundos David tentou puxar a mesa para poder contorná-la, antes de perceber que estava rebitada no chão. Glover sorriu com malícia e ele se sentiu irracionalmente humilhado, quase às lágrimas.

David passou a maior parte da noite falando de literatura americana com um aluno muito sério de nome Michael. O rapaz queria "ser um escritor", algo bem diferente, lembrava David, de querer escrever. Ele tinha trancinhas brancas e sujas e a camisa estampada era curta demais nas mangas. Glover se divertia, dançando com Kimberley e um grupo de amigas dela. Não se sabia o que Ruth dera a ele, mas o dotara com um novo tipo de confiança. David nunca o vira tão feliz e destemido. Ele só fazia dois movimentos – uma espécie de *shimmy* e batia palmas –, mas eram bons. Ao contrário dos outros homens na pista, ele nem se esfalfava nem se constrangia, apenas sorrindo. A cara dos demais era de uma agonia concentrada ou paralisada no gesto caucasiano de morder o lábio inferior. Quando o grupo de Kimberley foi se sentar, Glover o seguiu. David se aproximou deles e pairou por ali até abrirem espaço na mesa. Ele se instalou ao lado de Rosie, irmã de Kimberley, e do outro lado dela sentava-se Glover. Ela era bonita, concluiu David, mas principalmente porque era nova e animada do mesmo jeito irritante e jovial de Kimberley. David examinou a lourice de porcelana de Rosie. A pele acima dos seios levemente pontudos exibia uma rede de veias azuis submersas, um mapa fluvial desbotado. Um top preto cortado mostrava uma cintura sarada e curva, onde uma joia vermelha cintilava em seu umbigo. David teve de fazer um esforço para não ficar olhando e fixou os olhos na borda do caneco. Havia seis garotas à mesa, todas meio embriagadas, maquiadas e incrivelmente barulhentas, e ele não sabia bem o que dizer, ou para onde olhar, ou exatamente por que estava ali. Inclinou-se sobre a mesa e perguntou a Clare sobre o trabalho de inglês. Ela se limitou a sorrir e fingiu não ter ouvido. Apareceram copos de tequila, que todos bateram na mesa enquanto David segurava a cerveja para não derramar. Mais tarde, quando Rosie disse que fazia relações internacionais na UCL e David teve de se conter para não responder *E aposto que você já fez quase todas elas*, percebeu que estava bêbado de novo. Espremeu-se para fora da mesa para pegar um copo de água. No bar, Alistair, uma nova professora de história com uma halitose monumental, queria discutir o subsídio às passagens. Depois os dois foram encurralados de novo por Michael. Quando David escapou para fumar, Glover e Rosie estavam no convés, conversando atentamente junto a uma porta. Ele estava prestes a se juntar aos dois quando percebeu que as cabeças se inclinavam uma para a outra e ela havia colocado a mão no peito de Glover.

Quando atracaram de novo, as luzes se acenderam, repentinas e severas, e todos de repente estavam suados, desarrumados e cinzentos. Animado, Glover reapareceu e anunciou que iria a uma festa com Rosie e Kim. David disse que ia embora, que estava acabado, e Glover concordou com a cabeça. Vagou por um tempo pela noite fria, à trilha sonora de Maria Callas em *Aida* no iPod, e finalmente encontrou um ponto de minitáxi na Vauxhall Bridge Road. Sentou-se ali e ficou esperando, ouvindo o telefonista caribenho xingar com criatividade os motoristas. David pensava que ao nomeá-lo padrinho, Glover formalizara sua ideia do relacionamento dos dois: David era seu vassalo, seu suplente, seu gandula e sua nota de rodapé, seu Sancho Pança, seu Mercúcio, a postos para servir-lhe, mais nada.

Às quatro da manhã ele ainda estava acordado – na internet – e Glover não tinha chegado. E na manhã seguinte a cama dele ainda não fora desfeita. Às dez e meia David ouviu a chave de Glover raspar na porta e o encontrou na cozinha, perto da pia, descabelado, engolindo um copo de água. O rádio estava na estação pirata de reggae e tocava baixinho uma versão mixada de "I Want to Know What Love Is", do Foreigner. Ele estava com pressa, disse. Precisava tomar um banho correndo e voltar ao Soho para pegar seu turno. David continuou na porta. Ninguém ia a lugar nenhum.

– Mas como foi a festa?

– Ah, ótima, ótima. Nada empolgante demais. Apaguei no sofá de alguém.

Ele mentia. A resposta foi rápida demais, a informação dada não foi a informação pedida. Ele tinha preparado antes, e mal. Agora olhava pela janela, interessado de repente em como estava o céu, que formas as nuvens assumiam.

– E Rosie?

Glover sorriu então, a contragosto, e disse:

– Nada. Nada mesmo.

David riu com malícia – uma resposta tão infantil. Glover olhou para ele, culpado, meio temeroso. As duas fendas verticais em sua testa apareceram e ele as esfregou com os dedos e o polegar.

– A gente não transou. Não rolou nada, só um beijo e uns amassos.

David ficou calado. Glover recuou, encostando-se na bancada, e o movimento físico provocou um colapso interno. Sua cabeça tombou para frente como se uma corda tivesse sido cortada.

– Ruth me ligou de manhã quando eu estava entrando no metrô e nem consegui atender. Não sei o que dizer.

– Vai contar a ela?

Ele levantou a cabeça, aterrorizado, e esfregou a testa de novo. Não estava acostumado a pecar.

– Meu Deus... – disse David. Ele se curvou como alguém que pode ajudar e perguntou, em voz baixa: – Você está chateado com ela? Por causa da Jess?

Glover meneou a cabeça, abriu a boca, mas não saiu som algum. Com as mãos unidas, feito um pregador, implorando, virou-se para a pia e olhou a cidade recém-desordenada. David sentiu o impulso obsceno de rir, mas em vez disso meteu duas fatias de pão branco na torradeira, observando os filamentos curvos se avermelharem com uma fúria localizada.

presenças invisíveis

No domingo, a mente de David ficou girando em círculos. À meia-noite ele tomou dois calmantes fitoterápicos com uma caneca de Pinot Grigio e teve pesadelos violentos com enguias agressivas e falantes, buracos de fechadura e o gato de um olho só de sua tia Yvonne. Na manhã seguinte, depois de passar, meio grogue, um trecho de Chaucer aos alunos do curso para análise, ele se trancou no banheiro de deficientes e telefonou para Ruth. Ela estava distraída, concentrada em alguma coisa, e disse: "Claro, passa no ateliê lá pelas seis."

Quando ele entrou no pátio de paralelepípedos, o céu estava escuro, e embora ela tivesse dito que nunca acendia as luzes brancas, achando essa fluorescência clínica e fria demais para pintar, seu brilho polar era visível pela vidraça acima da porta. Ele bateu timidamente, um pretendente à mão de uma mulher.

Ela estava de pé no centro do ateliê, trabalhando. Em meio à bagunça, às caixas de papelão, aos caixotes de chá e pilhas de telas, às tintas, potes e pranchas; o cavalete junto a Ruth parecia a David um ruminante de pernas compridas entrando numa clareira, que ela afagava e podia, a qualquer segundo, fugir. Ela sussurrou um oi e voltou-se para a tela, então ele andou em silêncio pela bagunça até a pia e encheu a cafeteira. A concentração dela lhe deu uma sensação de privilégio. Junto com Ruth ele entreouvia presenças grandes e invisíveis. Ao procurar por canecas nas superfícies abarrotadas, David viu o coração de vidro na caixa de sapato, cristalino e bojudo num leito de jornal amassado. Parecia terminado e era tão delicado – descobriu David ao passar a ponta do dedo pela borda calafetada – que ele prendeu a respiração.

O velho radiorrelógio no escorredor de pratos piscava 00:00. Sintonizado numa emissora sem música, ficava ligado o dia todo, mas com o volume baixo demais para pegar as conversas. Quando era pequena, Ruth deitava na cama no prédio de tijolinhos sem elevador na rua 67 e ficava ouvindo os sons abafados dos pais e dos amigos conversando por horas do outro lado do papel de parede de flores de pêssego. Ainda lhe dava uma sensação de segurança saber que em algum lugar as pessoas se comunicavam, disse ela, ou seja, que não estava sozinha no mundo. Quando contou essas coisas a David, mesmo depois do noivado, ele não conseguiu evitar aquele velho arrebatamento de calor e proteção. E o sentia agora.

A tela não estava de frente para ele, mas Ruth posicionava-se em um ângulo que permitia a David vê-la em sua totalidade. Ela ficava bem com as roupas de trabalho, o cabelo embaraçado e preso atrás por uma bandana preta, que num exame mais atento revelou-se a perna de uma meia-calça, amarrada. Nas mãos e nos pulsos finos havia manchas de tinta. O jaleco, pensou David, era estranhamente insinuante, destacando as curvas de seus seios, cintura e quadris. Ao ouvir David mexendo o café, ela se aproximou e pegou a caneca com as duas mãos, soprando por cima e desviando o vapor até ele num hálito de inverno. Ele queria sentá-la e abraçá-la, deixar que ela se derretesse nele de novo. Queria lhe dizer tudo.

– Hoje estou uma nulidade. Uma completa perda de tempo.
– Sei que não é verdade.

– Não sei quando deixar que a tela se conclua. Sempre tenho de... – Ela olhou para David de repente. – Não posso falar do projeto agora, sabe? Preciso finalizar a exposição e antes disso...
– Ah, não, tudo bem. Era outra coisa, na verdade.
– Hum? – Ela deixou o café na mesa e ergueu a tela, virou-a e a encostou na parede, sobre a mesa de armar do outro lado. Pela primeira vez, David viu no que ela trabalhava e colocou o café no escorredor para que não derramasse. Glover.

A faixa intermediária da pintura, das coxas aos lábios, era exata e fotográfica. Ali estavam seus ombros quadrados e o peito magro, as suaves definições da barriga. Ali estavam as pintas na pele, o fecho rude da cicatriz de apendicite. Pelos claros e enroscados nos peitorais, uma linha mais grossa de pelos descendo ao enxame pubiano, e ali os quadris estreitos levavam em um V ao pênis, substancial, lividamente luminoso, com uma veia gorda correndo inclinada por ele. Ali estavam seus braços erguidos e voltados para fora, com mãos magnificamente reduzidas em súplica ao observador. Mas com que fim? Para seduzir ou lutar? Para fugir? Havia uma ambiguidade na pose: a nudez era sexual; a postura, antagônica; tudo aquilo era inquietante. O tronco era dividido de forma irregular, como que por dois trópicos imaginários. Acima dos lábios grossos com seu arco de cupido, uma linha latitudinal invisível marcava uma mudança do foco, e a pintura clareava e se toldava a mais ou menos três centímetros para cima, fundindo-se com a tela branca. Só havia um borrão de nariz e nenhum olho para ver, sem orelhas. Nas coxas começava o trópico de Capricórnio e ocorria o mesmo fluxo e borrão. As pernas desbotavam, nebulosas. A figura estava presa à tela como em areia movediça.

David sentiu-se tonto de constrangimento. Virou a cara, depois voltou a olhar. O fundo da pintura era a sala de estar de Ruth no Barbican. Deve ter trabalhado com uma fotografia. Ela estivera pensando naquelas telas inacabadas de Michelangelo que eles viram na National. Usou as linhas fortes, os deslocamentos, as lacunas espectrais e fez de Glover seu Cristo mórbido, sem cabeça, sem pernas, uma paródia.

– Ah, não olhe. Não está terminada – disse, apagando as luzes principais.

Gentilmente, sem comentar nada, David sentou num caixote de chá, de costas para a tela, e bebeu o café. Ruth foi para o pátio e ele ouviu as solas de seu All Star batendo nas pedras. Havia uma lente de aumento do tamanho de um prato, inclinada em um suporte, e David examinou o indicador sob a lente, vendo as espiras ampliadas em três círculos e meias-luas. Era impossível não achar conexões quando se olhava uma coisa de perto, pensou ele. A arte em si era uma espécie de lente, confundindo a perspectiva, e podia focalizar a luz em um só ponto, capaz de pegar fogo ou não. A arte era como uma oração, que era como concentração, que era como paciência, e a paciência, pensou David, era a palavra mais bela do mundo. Calma, disse ele em voz alta. Calma.

Ele estava parado na porta do ateliê, fumando, quando Ruth voltou do banheiro e começou a lavar alguns pincéis na pia, refratando o feixe transparente de água em cores díspares do espectro.

– O que você queria me dizer antes?

As pequenas saliências dos ombros de Ruth na camiseta de algodão branco se uniram enquanto ela falava. David olhou a face derretida de Glover.

– Ah, não é nada.

– James disse que você anda conversando com alguém on-line. Já a encontrou cara a cara? A gente deveria sair para jantar.

– Não, não, não aconteceu nada. Só estamos conversando. Quer dizer, é só uma coisa de internet. Não sei se vai dar em...

Ruth se virou e colocou um dedo nos lábios. Trabalhar o dia todo sozinha a deixou infantil, solícita e exausta.

– Shh, não diga isso. Nunca se sabe o que vai acontecer. Ela se aproximou e estendeu a mão. No dedo anular estava o menor diamante que David já vira. Era um pontinho de diamante, um grão, um neutrino.

– Não é lindo? Glover me deu ontem à noite. Ele até embrulhou a caixa para presente.

exatamente o que uma imagem faz

Ruth era a única pessoa conhecida de David que ainda brandia um talão de cheques. Tinha cartões de crédito e débito, mas alegava nunca conseguir lembrar-se das senhas. E na noite da vernissage dela, depois de Jess pegar um Campari com soda, Larry um gim-tônica, Walter um uísque e os rapazes as cervejas, ela sacou o talão da bolsa e agora o agitava no bar da ICA, esperando uma taça de Petit Chablis. Quando a garçonete percebeu o método de pagamento antigo, estremeceu e disse que Ruth devia esperar até que Orlando estivesse livre. Orlando, o gerente baixinho e ligeiro de camisa amarrotada, cabelo com gel e um bigode de aprendiz, lançou-lhes um olhar de superioridade ensaiada e David se lembrou de Proust. Ele se sentiu, como achava que deveria, intimidado e inferior, e insistiu em pagar em dinheiro. Antes de sair com a taça de vinho, Ruth vasculhou a bolsa e pegou a grossa carteira preta. Meteu-a na mão de David e disse: "Não, por favor, pegue aqui. Acho que tem dinheiro aí dentro."

E havia: três libras e 63 pences, entre os cartões de apresentação e cartões de embarque.

A noite se arrastava para David. Quando Larry empurrou Glover para frente para apresentá-lo como "parceiro de Ruth", David recuou e vagou pelas salas, tomando notas para o caso de decidir escrever alguma coisa sobre o assunto. Meia hora depois ele se aproximou do colega de apartamento de novo. Glover estava sentado numa cadeira de plástico, perto da placa de saída, jogando Snake escondido no celular. Disse a David que ouviu uma mulher perguntar se a artista "ainda estava entre nós".

Quando David saiu para a calçada para fumar, encontrou Jess fechando o celular, após ter falado com Ginny. A noite estava fria e seca. A lua varria as nuvens pançudas e enquanto o vento mudava de rumo, a batida fraca de uma música ganhou força em algum lugar. O shopping estava rígido diante deles, o parque mais além, imerso na escuridão.

– Ruth vive uma fase inspiradora, não acha?

Um andar acima, o braço de alguém se projetou por uma janela, um charuto gordo pendendo dele, depois desapareceu.

– Não achou a exposição meio confusa? Deviam ter colocado menos peças e deixado... – respondeu Jess.

– Eu me refiro ao noivado.

– Ah, sim. Isso. – Jess pescou um cigarro do maço. Ele o acendeu e ela recuou um passo, parada numa pose de Katharine Hepburn: um pé para fora e a mão no quadril. – Me diga: isso é para conseguir um visto?

Foi uma surpresa agradável para David o quão pouco ela compreendia.

– Não, ele está apaixonado. James é muito sincero, um temente a Deus, na realidade. A Bíblia na cama. Ruth a folheava outro dia, então quem sabe...

David riu, mas Jess só levantou a cabeça incisivamente, depois mordeu o lábio inferior.

– A última vez que li uma Bíblia... – Ela olhou as botas de couro e parou. David fez sua parte e ficou em silêncio para a pausa dramática. – Foi com Ruth – disse por fim. – No gramado do Central Park. Ela havia comprado um exemplar na Strand para me mostrar uma coisa. Estávamos hospedadas no apartamento de Richard em Williamsburg, *bem* antes de o lugar virar moda. Era quase inteiramente polonês na época. Ruth ficou me chamando de Noemi por alguns dias e quando perguntei por quê, ela apenas disse: "Aonde fores, eu irei..."

O riso de Larry interrompeu.

– Ah, eu sabia que estariam aqui fora. O que vocês dois estão tramando? Conversas de alto nível ou um bobalhão pode participar?

Jess ajeitou uma ponta do cachecol cinza de Larry que estava saindo da gola do sobretudo e David pensou no quanto eles eram próximos, no quanto ele era distante.

– Só uma fofoquinha de noivado.

– Ah, eles serão muito felizes juntos... por um ou dois anos, pelo menos. – Ele deu uma piscadela incisiva.

Jess o ignorou e voltou-se para David.

– Ele não quer ir a boates, fazer paraquedismo ou algo assim? Ele não quer ter filhos?

– A Ruth é uma das últimas estetas genuínas. – Larry meneou a cabeça para a porta. – Ela sempre foi meio sem noção. Ainda valoriza as coisas *belas*.

– Mas por que *se casar* com elas? – perguntou Jess.

– Talvez ela goste disso. Talvez *isso* goste dela. – Larry propôs o sentimento de forma sensata, tombando a cabeça de lado de um jeito que até David podia dizer que pretendia irritar a velha amiga.

– Ah, sem dúvida – suspirou ela, pegando os cigarros de novo de um bolso oculto nas dobras. – Ele é bonito o bastante para amar.

Que diabos David fazia ali no meio daquelas pessoas, com seus modos informais e linguajar irônico, suas insinuações de que o superficial era profundo, de que aparência era conteúdo? E o que era Glover? Não era do gênero deles. Walter não tinha o monopólio da coleção de objetos. Aquelas pessoas escolhiam as outras, examinavam, colocavam no lugar e riam.

Ele voltou pelos corredores e encontrou a área de recepção de novo. A ranhura na porta do banheiro dizia OCUPADO, em caracteres vermelhos sobre branco, e sua consciência, associativa e bêbada, pensou em Glover oferecendo o colar de prata adolescente, ajoelhado, divinamente inspirado, depois suplementando-o com o discreto anel de diamante. David pensou nele nu, posando, exposto na sala de estar para exame dela e suas polaroides. Um quadro vivo de contrição, um catálogo de automortificação. David o conjurara. A voz baixa e urgente de Glover podia ser ouvida de trás da porta.

– Como eu não poderia? Você é maravilhosa. *Maravilhosa.*

As costas de alguém bateram na madeira. Houve silêncio. Depois o som solitário de outras pessoas se beijando. David deixou que seus olhos seguissem um caminho da pia ao teto pelos rejuntes horizontais e verticais dos ladrilhos brancos e retangulares. Depois começou a refazer o traçado. Como somos banais, como somos repetitivos, pensou ele, quando tentamos falar de amor. O ódio sim é outra coisa. Isso posso dizer.

Ruth soltou um gemido carente como o de um cachorrinho, depois disse:

– Mas você não está nem um pouco preocupado?

– Por que eu me preocuparia em ir embora? – Glover baixou o tom, perguntando com seriedade: – Ou está falando de nossa noite de núpcias?

Ruth deu um gritinho. Houve um alvoroço do outro lado da porta, do outro lado do universo. Ele fazia cócegas nela ou a havia erguido, algo físico e íntimo. David foi procurar os banheiros públicos, onde era o seu lugar.

– Agora tenho toda a série. Os dois últimos comprei, com as estrelas e sem as listras, e com as listras mas sem as estrelas. – Walter parou e virou seu nariz achatado para Ruth. – Sabia disso? Que eu comprei as duas últimas bandeiras na Bonhams há dez, talvez doze anos?

Ela não respondeu de pronto. Primeiro pegou um copo de água da mão de Larry e tomou um gole. Larry agiu como se não tivesse percebido, não parou de falar nem baixou os olhos. Depois ela sorriu, pouco à vontade, focalizando os olhos em algum lugar perto do celular na mão de Walter. Ela genuinamente parecia não gostar de falar de seu trabalho. Ela *genuinamente parecia*, pensou David. Era isso. Duas palavras. Cantilena do paradoxo de Ruth.

– Eu sabia, sim. Acompanho minhas peças pelo mundo.

Jess cochichou para David: "Larry manda atualizações para ela."

Do ângulo dele, pouco atrás, uma linha clara de pelos no rosto de Jess pegava a luz da luminária de alumínio que pendia baixa sobre a mesa do bar. As maçãs do rosto eram altas, pronunciadas e insinuavam o crânio por baixo. David sentia uma enorme boa vontade em relação a ela, mas não sabia por quê. Pensou que talvez se identificasse com sua dor particular.

Ela continuou, só para ele.

– Ela diz que suas primeiras peças são como amigos de faculdade: ela quer saber onde estão e quanto estão ganhando, mas não quer ter de vê-los.

Ao se curvar para mais perto dele, para levantar a bolsa do chão, acrescentou:

– Nós nos conhecemos logo depois da faculdade.

Eles levaram uns petiscos para a mesa e David foi devidamente instruído. Ele aprendeu: os ingredientes de um mojito; que *A República das mulheres* baseou-se numa compreensão de que o símbolo subjacente da natureza era o infinito, um círculo, um ovo; que isso se opõe à cultura masculina, fundamentada em uma visão de mundo necessariamente linear; que isso tem a ver com a flecha, o pênis e a caneta; que criar um gigantesco bule de chá em papel machê com uma porta, depois cobrir de papel alumínio, leva dois meses e meio e exige três assistentes; que isso era a espaçonave de *Gineconauta*; que Ruth e Jess tinham feito juntas um cenotáfio de bronze com os nomes de todas as mulheres da cidade natal de Jess que deram queixa de incidentes de violência doméstica em 1983; que Ruth remontara uma das mais famosas imagens de publicidade de *Guerra nas estrelas* com manequins femininos, substituindo os sabres de luz por bambolês de néon; que Carrie Fisher, segundo Jess, tem uma das risadas mais obscenas do show business; que Ruth começara a *República* numa tentativa de criar uma história alternativa, e não apresentar algum tipo de Utopia contemporânea para Andrea Dworkin; que Ruth pensava que o trabalho sofrera com a atenção da mídia; que Jess discordava disso; que a mãe de Walter era macedônia; que Susan Sontag era fã do trabalho de Ruth, e que se Sontag foi uma fã, Jess não entendia *exatamente* como a arte de Ruth pôde perder a sutileza.

Ruth insistiu que a festa continuasse em sua casa e como Walter, para variar, desaparecera horas antes, os cinco couberam num táxi preto, apesar de espremidos. Depois que todos se acomodaram – com Glover e Jess nos bancos dobráveis –, David se curvou por cima de Larry e disse a Ruth:
– Não sabia que você conheceu Susan Sontag.
– Ah, só um pouco. Todo mundo a conheceu um pouco. A gente se esbarrou algumas vezes.
– Onde foi isso? – perguntou Larry.

– Ah, num bar de Nova York.

– Que bar? – pressionou Larry. Ele resistia muito à ideia de que duas pessoas pudessem se encontrar em algum lugar no mundo onde ele, de certa maneira, não estivesse presente.

– O Henrietta Hudson? Acho que... Jess, você estava lá?

– Estava. – Jess foi incapaz de disfarçar o tom de satisfação.

– Exclusivo para mulheres – disse Larry, dirigindo o comentário a Glover, que desviou o olhar da calçada e o direcionou ao táxi.

David viu, pela cara de Glover, que ele não apreciava muito o gosto das palavras que se formavam em sua boca. Ele disse, meio tímido, meio infantil:

– É um bar de lésbicas?

David teve vontade de rir. Ruth lançou um micro-olhar a Glover, mas comentava alguma coisa com Jess sobre Sontag e a fotografia. Larry respondeu alegremente:

– Ah, sim, um templo às lésbicas. Fica no Village. Jess deve saber se ainda existe. – Ele a olhou, mas ela respondia a Ruth.

– ... porque é isso exatamente o que uma imagem faz, ou pelo menos a reprodução em massa de uma imagem.

Glover recostou no banco e apoiou a cabeça no vidro da divisória. Ele sabia do gosto de Ruth – aquela acomodação mínima e involuntária – e sabia que Ruth e Jess já haviam se relacionado, mas seu rosto ainda assim endureceu. David via que ele nem começara a aceitar os fatos, as anedotas, os haveres e deveres do passado sentimental da Ruth pré-Glover. Ele sabia que todos sabiam, mas não acreditava que falassem tão à vontade sobre isso. David queria dar um tapinha no joelho do pobre coitado e cochichar, *Todo mundo quer um lugar onde se encostar. Não faz diferença de quem é o sofá. Gosto não tem a ver com moral.*

A conversa recomeçou. Larry contou uma história sobre a segurança do aeroporto JFK e como ele teve de ser levado ao portão em "um desses carrinhos de golfe para velhos" porque estava prestes a perder o voo. David fez ruídos que denotavam diversão, já Glover não fez ruído algum. Seu retraimento agora era completo. Virou-se para a janela e olhou na rua o tráfego humano voltando para casa, os de vinte e qualquer coisa jorrando dos pubs e bares, fazendo piada com mulheres e futebol e aonde iriam a seguir. No Barbican, ele atravessou o saguão a passos duros e não disse nada enquanto o grupo subia no elevador. Jess e Larry ainda conversavam, mas todos estavam cientes da tensão. Quando as portas se abriram no vigésimo terceiro andar, Glover passou à frente de todos e, entrando no apartamento, desapareceu no quarto de Ruth. Sem olhar nos olhos de ninguém, Ruth murmurou: "Volto em cinco minutos", e o seguiu.

De pé sob as peras luminosas, Larry cochichou:
– Mas o que foi isso?
– Na verdade – respondeu David –, acho que pode ter sido você, falando naquele bar de lésbicas.
– Nãããããão – disse Jess do sofá, as pálpebras caídas dos olhos batendo como as de uma boneca. – Achei que seria por isso, depois pensei que não poderia ser. Por que ele se importa? Ruth disse que ele sabe de tudo e levou numa boa. Meu Deus, ele deve me odiar. – Ela saboreou a palavra e deslizou um anel gordo como uma conta de ábaco pelo indicador.
– Não, claro que não odeia. – David passou para o lado dela e lhe afagou o ombro, sem jeito. – Acho que talvez seja porque ele pensa que levou numa boa, mas quando surge o assunto, ele surta. Ele é muito novo.
– Olha, nós estamos aqui agora – disse Larry. – Não tem sentido deixar que isso estrague a noite de todos. Vamos nos animar? Alguém quer uma carreirinha?

Jess olhou para David, que assentiu, fazendo uma cara de *Por que não?*, embora seu estômago enrijecesse. Aquilo era território não mapeado. Depois de pegar um prato na cozinha, Larry se sentou à mesa de jantar e sacou como mágica uma trouxinha de um bolso interno, que abriu com carinho e colocou na porcelana. David viu-a desdobrar-se como uma flor exótica ao anoitecer. Tinha deixado a carteira na mesa e Larry a pegou, retirando seu cartão Visa e habilidosamente batendo três carreiras de uns três centímetros. Depois pegou a única e derradeira cédula de dez que estava lá dentro, enrolou e ofereceu o prato a David.

Era nojento: uma substância viscosa deslizou pelo fundo da garganta. Mas a onda foi quase imediata. Ele sentiu, sim, alegria, embora talvez certa bobeira. Depois foi a vez dos outros dois. Ele se ouviu falando alto e muito acelerado. As pupilas de Jess se dilataram tanto a ponto de quase eclipsarem as íris, que David percebeu agora serem do mesmo azul intenso do Microsoft Word. Ela mordia o lábio inferior e tentava falar aos dois sobre alugar uma casa de verão na Toscana com Ginny, mas eles ficavam interrompendo. De repente David ficou feliz por ser David. Era uma sensação incomum. Ele estava feliz por Larry ser Larry e Jess ser Jess, mas principalmente estava feliz por ser David.

Ruth voltou um tempo depois trazendo champanhe, duas garrafas embaçadas da geladeira. Tinha reaplicado o perfume cítrico e colocou a bebida na mesa, com um "pronto" casual, como se só tivesse ficado alguns segundos ausente, e não vinte minutos.

Larry, motivado agora a arrumar a toalha de mesa, pegou a carteira de David e ela se abriu. Algo pulou lá de dentro e Jess pegou.

– Ruth, quem avacalhou com você? Você parece tão deprimida.

Era a foto da *Time Out* que David enfiara na carteira antes de ir à exposição "Us and the US" na Hayward. Ruth olhava para a foto sob as luzes da sala enquanto David tentava explicar que aquilo tinha séculos e ele guardara pretendendo mostrar a ela, mas Ruth estava muito mais preocupada com a foto em si.

– Eu pareço tão mais *nova*.

Larry retirou com facilidade o lacre da garrafa de champanhe e enrolou a cobertura metálica numa bola que deixou sobre a toalha. Disse em voz baixa:

– O passado costuma fazer isso.

David também ficou para baixo, e percebeu que aquele era seu primeiro declínio: uma queda hipnótica, desespero geral, tudo soava numa escala menor.

Glover apareceu, apresentando, aos olhos de David, o sorriso encabulado e vermelho de um homem que acabou de ter um orgasmo.

– Quem é essa? – disse, unindo-se a Ruth sob as luzes.

– Eu queria ter certeza de que reconheceria a Ruth antes daquela mostra na Hayward no ano passado. Saiu na *Time Out*.

Ruth tirou a foto da mão de Glover.

– A luz é muito impiedosa. Eu pareço uma puta.

– Uma puta no necrotério – ronronou Jess, afagando a nuca de David. Ele não sentia os dedos de outra pessoa em seu corpo há tanto tempo que gemeu involuntariamente e sua cabeça tombou um pouco para frente. Ruth se retirou para as profundezas do sofá e puxou as pernas para baixo do corpo.

– Deixei um pouco para vocês no quarto. Larry insistiu nos presentes.

– Devia mesmo ser dedutível nos impostos – observou Larry, colocando-se de pé.

– Eu levo você lá – disse Glover, que pareceu a David quase comicamente territorialista. O quarto ficava a uns oito metros. Ele não precisava de guia. Jess se levantou e se enrolou com a pashmina em dois gestos teatrais – um morcego arrumando as asas para dormir – e se sentou perto de Ruth. Logo elas começaram a falar do divórcio da irmã de Jess, de novo, e de uma maneira tão familiar que David se sentiu perdido. Ele seguiu pelo corredor atrás dos homens e se sentou meio desajeitado ao lado de Larry na cama, enquanto na mesa Glover batia umas carreiras. David nem acreditava no que via. Nunca soube de Glover enrolar um baseado que fosse, embora já tivesse fumado alguns. Mas com Ruth como sua Eva, ele evidentemente estava feliz em comer qualquer fruta que a Árvore do Conhecimento proporcionasse.

– Você nunca foi?

– Nunca. Estou louco para ir.

– Ah, vai ter um choque. O apartamento dela tem vista para o Hudson e para Nova Jersey. Eu invejo você, por ver tudo isso pela primeira vez.

Larry acelerou um pouco quando falou no Hudson, com medo, pensou David, de que pudesse lembrar a Glover da conversa no táxi.

– Quer dizer, vi pela TV, é claro, e nos filmes. Tenho uma ideia.

– Quando acha que deve ir? – perguntou David.

– No verão, provavelmente, e para sempre. Não há muito que nos prenda aqui.

– Tem os seus amigos. Tem eu.

– Apoiado. – Larry balançou um longo dedo branco, mas Glover não sorriu.

– Mas você fica indo e voltando, não é, Larry? Então vou ver você. E você, David, pode ficar com as fotografias. Vou deixar algumas com você para levar na carteira pelos próximos dez anos, talvez roube uma de nossas fotos de casamento.

Larry rapidamente cheirou sua carreira e foi ao banheiro, enquanto David, furioso, fingiu ler as lombadas dos livros empilhados na mesa de cabeceira de Ruth. Já explicara as circunstâncias das fotos. Não pediria desculpas. Glover se olhou no espelho da porta, torceu algumas mechas do cabelo com gel, parecendo aprovar, e virou-se para David.

– Desculpe, mas isso precisava ser dito.

Depois que Glover saiu, David se sentou numa cadeira à mesa e respirou, simplesmente respirou. Estava com muita raiva. Seu couro cabeludo parecia pequeno demais para o crânio e com as duas mãos ele o massageou, tentando acalmá-lo. James fez o máximo para que ele se sentisse o mais diminuído possível, e na frente de Larry. Vagamente, com a cara ardendo, deixou o olhar percorrer as prateleiras à sua frente, querendo que sua atenção se prendesse a um detalhe, um objeto, um fato, uma palavra. Ruth transferira as pilhas de livros e fotos da sala para ali. Havia uma torre inclinada de DVDs na prateleira de cima – Truffaut, Fellini, Hitchcock, alguns musicais dos anos 1940 – e ali estavam os álbuns de fotos: como os de uma criança, as capas em diferentes cores primárias, e todos com folhas roxas e grossas. E havia também algumas fotos soltas, e no alto delas a foto de Jess com a cabeleira escura, as mechas californianas. Era pequena e laminada.

Larry e Glover conversavam no corredor. David espiou pelo batente da porta. Larry estava numa postura defensiva, encostado na parede. Tinha os braços cruzados e virava-se de lado para Glover, que falava com ele com franqueza, embora baixo o bastante para que Jess e Ruth não ouvissem da sala.

– Eu não tenho problema nenhum com o passado dela.
Larry, muito agoniado, meneava a cabeça sem parar.
– Não, claro que não.
– O passado dela é o passado. Eu sei disso. Ela me contou. Todos temos alguns esqueletos no armário, não é? Não é? Até você, pensou David, especialmente você.
– É claro – garantiu Larry, estendendo a mão para apertar o ombro de Glover. – Bom, fico feliz por termos resolvido isso.
Glover não deixaria passar. A coca tinha deixado sua mente desesperada para roer alguma coisa. Ocorreu a David que o colega de apartamento realmente não era muito inteligente.
– Quer dizer, é exatamente isso. Passado.
– Como você disse.

A estufada bolsa de couro de Ruth estava na mesa e ao lado dela o cartão de crédito do San Francisco Savings Bank. Exibia a ponte Golden Gate contra o céu e, pela borda superior, como se acumulasse cirros pairando sobre Bay Area, estava suja de cocaína. David pegou a foto de Jess e colocou-a em um dos bolsos internos da bolsa, entre o canhoto de um cartão de embarque e um cartão de fidelidade da Starbucks.

Quando David enfim chegou em casa naquela noite, sozinho, decidiu postar no blog um elogio sincero à retrospectiva de Ruth. Mesmo que ela o achasse no Google ao pesquisar sobre si, o que alegava não fazer, não havia nada no site que identificasse The Dampener e ela nunca o associaria a ele. Ele abriu uma nova seção, intitulada Crítica de Arte, e tentou ser o mais justo possível. Algumas peças, em particular as primeiras, tinham seus méritos, e um certo interesse contemporâneo. No entanto, havia muita *fetichização*. E o retrato acabado de Glover exemplificava isso. Era a visão de uma criança, uma visão egoísta e egocentrada do mundo. Eu quero. Eu quero. Eu quero. Da mesma forma, o tratamento do corpo feminino nas obras parecia a David postular uma visão muito gasta da sexualidade. As fotos de vaginas não estavam longe da pornografia, embora a pornografia apresentasse uma luz melhor, e as imagens dela não tivessem a graça de Mapplethorpe. Também havia uma espécie de lesbianismo triunfante na exposição que, pelo menos para este observador, fazia com que desejássemos as analogias mais brandas de Oppenheim. Ele concluiu observando que as obras recentes, com uma menção especial a *O coração quase transparente*, eram sentimentais, feias e mostravam uma triste reversão à dialética exaurida. Embora não dissesse isso, sua primeira reação ao conhecer quase todas as peças foi a de que ele mesmo podia ter feito aquilo, facilmente. O fato de não ter feito era inteiramente irrelevante.

a república de ninguém

Glover estava distante e sua frieza se devia em parte, pensava David, ao fato de que o próprio David devia ser um lembrete de sua indiscrição. Ruth parecia muito ocupada e inspirada, trabalhando à noite. Na ausência de interação genuína com ela, David se tornara um verdadeiro estudioso de Ruth Marks. Procurava seu nome no Google repetidamente, envolvendo-se numa sala de bate-papo dedicada à arte feminina internacional e atualizando a página dela no Wikipédia. A internet também era útil para saber dos fatos fundamentais, do tipo que as pessoas normais simplesmente *contam* a você. O consenso on-line era de que Ruth nascera em Syracuse, no estado de Nova York, em 1960, o que fazia dela, como ele sempre pensou, uma mulher de 45 anos.

Em 1979, quando estava na New York Fine Arts School, ela começou o projeto *República das mulheres*. Foi de pronto proclamado a vanguarda da arte feminista e Ruth ficou famosa. David localizou JPEGs de alguns artefatos – ela alegava tê-los encontrado enterrados dentro de baús numa fazenda em Vermont. A civilização perdida era composta apenas de mulheres. Ali estavam a louça, os diários, os uniformes e as condecorações militares. Ali estava um boletim noticioso. Ali uma espécie de raquete com duas cabeças. Ali uma touca desenhada para celebrar os dias da menstruação que coincidiam com o advento da lua cheia. Era uma maluquice em certo sentido maravilhosa. Ruth havia escrito um ensaio desconexo sobre as circunstâncias da descoberta (a coleta de cogumelos, a topada no dedo) e anexou uma carta assinada pelo fazendeiro proprietário das terras, Hart Skrum, garantindo ao mundo sua impecável procedência.

David encontrou na rede uma foto de Ruth aos 21 anos, quando seu cabelo passava da cintura. Parecia uma Ali MacGraw loura, embora as sobrancelhas fossem mais grossas e a cara um pouco menos magra. *A República das mulheres* alçou voo, mas não apenas por causa de Ruth. O título foi tomado por empréstimo de uma peça, um seriado de TV, um retiro de artistas no Oregon, exposições onde nenhuma obra era de Ruth, mas em igual medida havia plágio e referências. Ela teve um caso com Bathsheba, uma dramaturga, depois se mudou para Paris, e em seguida Barcelona. O adjetivo comum para descrevê-la era "consciente".

Algumas vezes por semana, se o tempo ajudasse, David voltava a pé todo o trajeto da Oxford Street até o apartamento. Isso o deixava suarento e cansado, e consumia uma hora, mas pela primeira vez em anos ele sentia que não estava engordando. Não seria visível do espaço e a mãe ficaria satisfeita.

Na noite seguinte ao Dia dos Namorados, em que passou sozinho com o computador, ele chegou em casa e achou um recado num Post-it amarelo no meio da porta da cozinha. Dizia, na caligrafia esforçada de Glover:

Sábado, 23 de abril, 13 horas?
Cartório de Notas de Islington?
DAVID, DÁ PARA VOCÊ?

Aquilo confirmava de novo algo em sua mente: o que passa por amor é conhecimento imperfeito. Não saber, a princípio, permite que a incredulidade passe por seu oposto; o inarticulado por enigmático, o egoísta por negligente, o colérico por apaixonado. Todo mundo que você encontra está usando algum disfarce e o amante é o maior mentiroso de todos. É claro que havia a informação que eles não podiam evitar. Ruth deve ter percebido que não tinha nenhum gênio na cama, e quanto a ela mesma, ora, nenhum neurótico é capaz de esconder totalmente sua neurose. Glover achava as inseguranças dela atraentes. Faziam com que se sentisse necessário, mas isso logo se tornaria cansativo. David já podia ver a coisa toda enfraquecendo. A interação de Ruth era tão exclusiva e completa que quando ela voltava a atenção para outro lugar, como tinha de fazer, Glover ficava frio e irritado na repentina sombra. Certa vez Ruth disse a David que nenhum sentimento era para sempre, e Glover nada tinha do caráter paciente que ele possuía.

David arrancou o Post-it da porta e o olhou, como um jogador estudando suas apostas. Havia esperança ainda nesses pontos de interrogação que se agarravam pela lateral do bilhete, que pendiam ali. O ar de pressa do empreendimento sugeria blefe dos dois lados, como se cada um deles esperasse que o outro desistisse e voltasse atrás. Glover tinha um sorriso peculiar e distante que aparecia sempre que Ruth era mencionada, e quando David telefonou na sexta-feira anterior querendo marcar uma hora para conversar sobre o projeto, ela mal deu ouvidos, depois respondeu dizendo-lhe que James tinha esquecido o cachecol naquela manhã, aquele vermelho-tijolo.

Naquela noite, David decidiu que iria trabalhar no projeto sozinho. Para suscitar de novo o interesse dela em seu empreendimento colaborativo, ele sabia que teria de pressioná-la um pouco, e uma semana depois apareceu, sem se fazer anunciar, no ateliê.

Tinha reunido uma pasta com impressos de fotos digitais que tirara naquele fim de semana (pichações, placas de rua, cartazes), alguns poemas, frases e anotações dele, e uma planilha relacionando ponto por ponto algumas ideias de como podiam casar as imagens com as palavras, o estilo apropriado, que tom poderia ter. O interesse dela não poderia deixar de ser arrebatado.

A porta estava entreaberta e Ruth de pé no meio do ateliê, olhando fixamente uma tela – uma das telas – do tronco de Glover. A sala tinha cheiro de álcool. Enquanto ele batia, ela girou o corpo, assustada, depois sorriu e ergueu uma caneca de café alguns centímetros numa saudação. O jaleco dela estava duro de tinta. Devia ter sido branco e imaculado como qualquer outro usado pelo pai dele, e lhe pareceu estranho, depois não tão estranho, que as vestes da destruição devessem ser imaculadas.

– Essa coisa podia tomar um banho. – Ele apontou para o estranho impasto na frente dela.

– Não posso fazer isso. – Ela levantou os cantos inferiores do jaleco como se carregasse maçãs. – São cicatrizes de batalha. É preferível jogar no lixo a lavar.

– Então vocês marcaram a data.

Ruth ficou radiante, largou as pontas da roupa e girou um pouco o corpo. O jaleco, rígido, girou para fora.

– James ia verificar se estava tudo bem para você.

– Ah, ele já verificou. Está tudo bem. Está ótimo.

David colocou suas coisas em uma das mesas e pegou as pastas do projeto. Em silêncio, entregou-lhe uma cópia, depois se sentou na beira de um engradado. Ruth deu um sorriso confuso e abriu a pasta, depois se sentou perto da mesa de armar, ajeitando o Anglepoise para que a luz caísse longe dela. David começou a explicar e quando tinha passado por todas as sugestões, disse:

– E pensei num título: *A República de ninguém* ou *Cenas da República de ninguém*. Como uma atualização.

Ruth assentiu de forma prolongada.
– É, não gosto muito de voltar ao passado. – Ela se levantou, deixando a pasta aberta na mesa, e se abraçou. Sob o jaleco só vestia uma camiseta branca e um músculo reflexo em seu braço palpitou enquanto falava. A pele estava tomada de arrepios. – Muitos artistas fazem uma só coisa, têm sucesso e terminam fazendo isso o resto da vida, sabe. – Ela falava devagar, David percebeu, explicando tudo a um cérebro pouco sofisticado e comum.
– E eu simplesmente não estou interessada nisso. – Ela baixou os olhos, enquanto David olhava a própria pasta, e seu tom se abrandou. – Mas eu... você sabe, eu *adoro* algumas dessas ideias e as fotos são incríveis. Há uma consciência real do enquadramento.
Ele assentiu, prendendo parte da carne de seu rosto entre os dentes e mordendo. Ela pegou alguns cacos de vidro nos discos de lixa perto da máquina de polimento e, como se estivesse prestes a lançar dados, balançou-os na palma da mão.
– O que me move são coisas novas.
David sentiu o desespero surgir. Era como ser abandonado por alguém, sabendo que tudo o que disser a partir daí só fará esse alguém querer ainda mais abandoná-lo. Era como Sarah indo para a Índia. Como Natalie deixando a faculdade.
– Não precisamos nos prender ao que está escrito aqui. E podemos muito bem mudar o título. Só pensei que poderia fazer referência à sua obra de maior sucesso.
Saiu de sua boca antes que pudesse impedir, e ele ainda piorou o erro, caindo em silêncio. David levantou os olhos da pasta, mas Ruth agora tinha lhe dado as costas. Com estrondo, ela largou os cacos redondos na mesa e disse:
– Eu sei que você pode achar isso difícil, David, mas acho equivocado confundir fama com sucesso. – Ela se virou. Seu rosto tinha endurecido e as curvas de sua boca generosa ficaram retas. – E certamente é um erro julgar o sucesso pela fama.

Outro quiasma pseudoprofundo. – David não tinha certeza se havia uma diferença entre as duas coisas de que ela disse, mas concordou, pensativo, seu rosto aparentando empatia. Ela começou a encher a cafeteira e, para ser ouvida junto com a água corrente, elevou o tom de voz.

– E para sua informação, meu sucesso também foi muito estranho e principalmente desagradável e me trouxe muito pesar, inveja, todo tipo errado de atenção. Quase me matou. Foi quando acabei na Europa pela primeira vez.

Ela baixou a cafeteira na base plástica e ligou. Ele fechou a pasta e a abraçou junto ao peito, levando o queixo a pousar em sua borda afiada.

– Deve ter sido difícil. – Difícil foi David dizer a frase sem sarcasmo. – Só pensei que *A República das mulheres* foi tão impressionante, sabe como é, tão ricamente imaginado...

Ruth torceu o nariz de desprazer. Ele mudou de abordagem.

– E com tudo o que está acontecendo nos Estados Unidos, poderia ser *A República de ninguém* porque muitos americanos simplesmente não estão sendo representados. E isso poderia ser... Se olhar na pasta, verá que fiz algumas placas políticas. Achei uma num ponto de ônibus. – Ele abriu a pasta de novo, mas Ruth, encostando-se na pia, não se mexeu para pegar a dela. – Dá para ver aqui, na página doze. Onde alguém acrescentou um H à placa que dizia "BusH Stop". Teria sido melhor como um imperativo, pensei, "Stop Bush", em vez de um pedido, mas... – Ruth ergueu a mão salpicada de tinta e David parou de falar. Ele estava sem fôlego. Ela fechara os olhos a certa altura de sua fala e agora os abria, lentamente, como se o esforço fosse imenso e desconhecido e nunca, jamais pudesse ser explicado.

– Agradeço pelo trabalho que teve com isso, David, mas não é algo... Não é assim que minha arte funciona. Não é tão abertamente política, e até falar dessa maneira me deixa um tanto nauseada.

Ele fechou novamente a pasta e olhou o timbre da PMP na capa. Era amarelo, ultrapassado e ridículo. O lema em letras góticas dizia: *Stet Fortuna Domus*.

– Ruth, não precisa ofender.

– Ah, David, eu não pretendia fazer isso. – Ela atravessou o ateliê, abrindo o jaleco e passando o cordão elegantemente sobre a cabeça. Estava prestes a tocar no ombro dele, mas pareceu decidir pelo contrário, desviando-se para a pia. – Só que nossas ideias são muito diferentes. É claro que podemos trabalhar nisso. Podemos fazer alguma coisa. Mas não isso. Só não quero passar mais tempo fazendo artefatos ou imagens para uma república inexistente. Você tem uma visão clara das coisas. Não pode... É tudo uma confusão, David, no que diz respeito à arte. As coisas simplesmente aparecem.

David viu uma salva de vapor subir de baixo da cafeteira, depois ela estalou, desligando-se por completo.

* * *

Às 2:17 da manhã ele tomou uma decisão. O que era melhor para Ruth e Glover se resumia a uma coisa. Glover dissera que ele não era católico, que a confissão não estava em jogo ali. Apagara o número de Rosie do celular no dia seguinte e, junto com ele, o acontecimento em si. E Ruth estava obcecada, destemida, pintando-o, elogiando-o. Dali a oito semanas, o casamento.

Stet fortuna domus. A situação precisava do *disegno* de Michelangelo, a mais sublime solução de problemas, e a solução seria uma obra de arte que refletisse os apelos continuamente conflitantes de função, lugar, material e tema, verossimilhança, expressividade e beleza formal. Para não falar de liberdade e moderação.

Assim ele passou duas horas da noite de quarta-feira, no apartamento vazio, abrindo uma conta no nome de Kimber1986@

hotmail.com e preparando uma mensagem de Kimberley para Ruth. O e-mail de Larry estava no site do Barbican como representante dela, e David decidiu mandar a ele. Por que não? As pessoas são estranhas. E fazem coisas estranhas.

Para: larryfrobisher@thefrobishergallery.com
De: Kimber1986@hotmail.com

PARA LEITURA SOMENTE DE RUTH MARKS

Perdoe-me, por favor, se escrevo a você. É uma coisa muito difícil de escrever. Encontrei seu endereço de e-mail no site do Barbican, onde deduzo que você tenha residência.

Queria alertá-la sobre o que está prestes a fazer se metendo com certo homem. Em janeiro demos nossa festa do simulado num barco no Tâmisa, e nosso professor de inglês, o sr. Pinner, levou um amigo dele chamado James. Minha irmã Rosie, que ainda não se formou, teve um lance com James e terminou realmente apaixonada. Ela me pediu o número do telefone dele e descobri desde então, pelo sr. Pinner, que ele está noivo, e de você, a amiga artista do nosso professor. James pegou pesado com a minha irmã. Disse que era solteiro e que ligaria para ela, mas isso era só com o intuito de levá-la para a cama. Eu tive um namorado, Simon Moffet, que me traiu durante dois anos, e eu queria ter sido avisada. Acabei descobrindo que todo mundo sabia o que estava acontecendo e ninguém me contou nada. O sr. Pinner nos falou de sua exposição e alguns alunos da turma foram ao ICA para conferir, e eu sei que você é uma boa pessoa, além de ser uma ótima artista. Eu sabia que o certo a fazer era lhe contar o que aconteceu naquela noite no barco.

Sinceramente e com minha amizade,
Kimberley

Ele o enviou às 8:27 da noite de sexta-feira. Sabia que Larry não trabalhava nos fins de semana, mas ainda assim ficou decepcionado quando acordou na manhã seguinte e nada tinha mudado. Não havia torpedos nem ligações não atendidas ou e-mails. Nenhuma consequência. Depois de passar os olhos pelos sites de jornais, ele comeu algumas torradas empapadas de manteiga e uma tigela de mingau com mel. Depois voltou para a cama de roupão. Ansioso demais para fazer qualquer coisa, fumou um cigarro e ouviu uma sinfonia de Sibelius subir e descer em seu iPod, depois pegou a antologia que morava ao lado do travesseiro. Queria um poema que combinasse com a desolação de seu estado de espírito. Começou por "Frost at Midnight", de Coleridge, e caiu no sono quase imediatamente.

No sonho, ele se deitava no assoalho em zigue-zague no fundo da sala de aula na PMP, paralisado como Gulliver, quando Sarah apareceu a seus pés. Parecia a mesma de 14 anos atrás, de olhos loucos com aqueles brincos de peixe, só que vestia um quepe branco de açougueiro e um jaleco sujo de tinta. Ela o contornou sem dizer nada, depois caiu subitamente de joelhos e começou a apertar uma corda de piano no pescoço dele, cortando toda a carne. Ela gritava. Ele acordou com um sobressalto como se tivesse caído da cama. A quarta de Sibelius explodia em um dos ouvidos. Pôs a mão no pescoço e em seu pomo de adão. Um dos fones do iPod tinha saído e o fio se enrolara em seu pescoço.

Já começava a escurecer, o que significava que ele conseguira embromar o dia todo. Sua boca estava seca, todo o líquido do corpo havia transpirado pelas costas. Ele tirou a camiseta. Não tinha um cheiro muito bom. Precisava de um copo de água.

O jeans de Glover estava jogado no chão do corredor, apontando para o quarto dele. Deve ter largado ali quando ia para o banho. Enquanto David se curvava para pegá-los, um movimento em sua visão periférica o fez olhar pela porta de Glover. Eles estavam ali, no apartamento. Entre a porta e o batente havia um espaço de alguns centímetros e, de costas para David, Glover estava de pé, nu, na beira da cama. Ruth estava de quatro diante dele, com apenas uma tornozeleira de prata. Ele viu o traseiro gordo de Glover crescer e depois se enrugar e encolher a cada estocada. A pele era branca como papel e os quadris pareciam muito estreitos. As partes de Ruth que ele podia distinguir eram mais morenas, porém macias. Uma das mãos a segurava pela cintura e a outra estava curvada sob seu corpo, apertando um seio. David mal conseguia ver. Podia ser qualquer pessoa. O cabelo louro de Ruth entrava e saía do campo de visão, como seu traseiro, que subia no ar, recebendo, estocando contra Glover – era uma imagem pornô padrão, que carecia de imaginação. Foi quase um alívio. David ficou ali, ele mesmo despido, só com a cueca preta de seda. Podia ouvir a própria respiração.

O tempo do voyeur – como o tempo de sua vítima – é lento. Cada movimento se estendia diante dele, *para* ele. Havia algo de automático na ação, o esforço hidráulico daqueles ignorantes letárgicos que perfuram petróleo no Texas. Ele voltou de mansinho para o quarto e se deitou na cama. Pensou nas mulheres da internet, em suas expressões enquanto eram possuídas como cadelas: como fechavam os olhos e faziam beicinho, e ofegavam e gemiam e imploravam e suspiravam. Às vezes podiam gritar, berrar e morder o travesseiro, gozando. Ele ouviu os sons propulsivos do quarto ao lado e masturbou-se rapidamente, gozando na camiseta suada que tinha deixado no travesseiro. Depois disso vestiu o roupão e abriu com ruído a porta do quarto. Ouviu Ruth soltar um lamento de surpresa, e não de prazer, não de prazer. A porta do quarto de Glover foi fechada. David andou pelo apartamento, batendo as portas dos armários e, em seguida, ligou o rádio da cozinha. Depois entrou na água da banheira que, quando ele se sentou, subiu até a borda.

por volta de uma

eu te carreguei

Quando David acordou no domingo, Ruth e Glover já haviam saído. Ele circulou com indiferença pelo mercado de Borough, parando em alguns quiosques para experimentar guloseimas, mas não comprou nada. O lugar estava cheio de casais de mãos dadas usando cachecóis e pagando 20 pratas por nacos geométricos de queijo. Ele voltou para casa e blogou que o mercado tinha virado uma merda. Estava envolvido em quatro discussões – em um blog de cinema, um fórum de poesia, o site da International Women Arts e uma seção de comentários de um jornal – e postou novas respostas. Bateu papo com Singleton on-line, mas depois ela teve de sair para ver uns amigos. Ela sugeriu, de passagem, que eles se encontrassem para beber alguma coisa, mas ele não lhe deu esperanças. Eles ainda nem tinham trocado fotos. David se sentia incomodado com a ideia de se colocar diante dela, para crítica, para análise, e tinha certeza de que ela sentia o mesmo. Ficou deitado no sofá por uma hora, imaginando frases que podia usar quando Ruth e Glover por fim ligassem, quando o e-mail de Kimberley por fim viesse à tona. Tinha sido descarregado no sistema. Estava à espera, prontinho, na caixa de entrada de Larry. David não conseguia acreditar que ainda houvesse gente que passasse o fim de semana todo sem verificar os e-mails, mas foi só na manhã de segunda-feira, quando ele estava na sala dos professores às onze horas, esperando que o café coasse, que o celular tocou. "James-Mob" piscou na tela.

– Ruth sabe. – Ele parecia péssimo. – Kimberley mandou um e-mail para ela. Dá para acreditar que ela mandou um e-mail para Ruth?

David saiu para o corredor.

– Ah, *droga*. Eu não falei nada, mas ela andou fazendo perguntas sobre você. Na semana passada ela me parou depois da aula e disse que Rosie queria seu número. Respondi que você estava noivo de uma amiga.

A respiração de Glover estava abafada. Ele xingou, soltou um gemido curto, fungou várias vezes.

– Vai ficar tudo bem – disse David, num tom tranquilizador. Se isso era verdade, agora estava em seu poder. Glover ligara para o homem certo.

– Acho que ainda tenho o número da Rosie em algum lugar – lembrou Glover. – Quando eu voltar, vou ligar para ela e descobrir por que diabos está fazendo isso.

– Você tem o número dela? Pensei que tivesse apagado.

– Ela escreveu no convite.

David deslizou essa informação para o fundo da mente antes de avançar com o pequeno discurso que havia preparado.

– Eu quase me sinto responsável. Falei sobre o trabalho de Ruth em sala de aula, ela soube o nome e acho que...

– E tem outra coisa. – Houve uma pausa. – Ela mandou o e-mail pro Larry. A Ruth acha que toda a galeria leu. Eu a humilhei.

Silêncio de novo. Muita coisa depende do que as pessoas pensam sobre a textura do silêncio. Foi quando Glover começou a chorar baixinho, ternamente, um enlutado que sabe que os mortos estão mortos e as lágrimas não servirão para nada. Por fim, ele parou e suspirou, murmurando:

– Eu me sabotei.

Doeu em David ouvi-lo desse jeito. Ele lhe garantiu novamente que tudo ficaria bem. A amizade é cheia dessas economias com a verdade. Uma pequena teoria: assim como os artistas preferem ter um conhecimento imperfeito de sua arte (isto é, preferem pensar que sua arte é perfeita), todos preferimos ser amados pelo que *parecemos* ser. Para Glover, era o fim do "parecer", e David sentia que as lágrimas dele tinham o sabor de uma libertação, embora soubesse que Glover não lhe agradeceria por isso.

O telefonema para Rosie, obviamente, não poderia acontecer. Ficaria claro que ela não sabia que a irmã ia escrever a Ruth, depois ficaria claro que a irmã não fizera nada disso. David tinha um período livre antes do almoço e correu ao Oxford Circus, pegando o metrô para casa.

Primeiro tentou nos bolsos dos casacos de Glover que estavam pendurados no corredor, mas só havia moedas e recibos. Glover sempre fechava a porta do quarto antes de sair do apartamento. David não achava que isso fosse particularmente para mantê-lo de fora: ele só era desse tipo de gente, um fecha-gavetas, um apaga-luzes. Ele bateu de leve, embora soubesse que Glover estava no Bell. O quarto era muito mais arrumado do que o dele: as cortinas azuis, uns três centímetros curtas demais, estavam fechadas e o edredom branco tinha sido alisado, sem um vinco, liso como uma geleira. Ele abriu a porta do guarda-roupa e procurou nos jeans dobrados na prateleira. Dois pacotes quase vazios de chicletes. O que ele estava vestindo mesmo? O blazer marrom de couro, surrado e gasto como o de um cafetão dos anos 1970, estava pendurado atrás da porta. No bolso interno os dedos de David encontraram o cartão duro e ele pegou o convite – **Fim das provas! Todos a bordo do SS *Carolina*!** No verso, em tinta vermelha, um número de telefone e *Rosie*.

David sorriu para si mesmo no espelho do guarda-roupa, depois se sentou na beira da cama. Uma mola do colchão soltou um arroto curto e sonoro e por um minuto ele ficou completamente imóvel, ouvindo a coisa mais próxima do silêncio que

Londres tinha a oferecer. A geladeira zumbia na cozinha. Os sons do tráfego aumentavam e diminuíam. Alguém gritava muito alto e muito longe. Lentamente, ele se deixou cair na cama.

Então esta era a vista daqui, da cama dele, do travesseiro dele. Assim era ser Glover. Ali estava o teto de Artex, o globo de papel creme do abajur. David virou a cabeça para a direita e observou a parede dele: magnólia, fosca, de reboco encaroçado. À esquerda, estavam as fotos, os livros, as roupas dele, e mais outra coisa, o cheiro dele. Pelas manhãs, depois de um de seus longos banhos de banheira ou chuveiro, Glover entrava na cozinha espalhando uma fragrância de sabonete líquido de leite e mel. À noite, porém, ou depois que voltava do pub, sob o cheiro de cerveja choca e cinzas, exalava uma nota de floresta, de madeira, de seiva. E agora esse cheiro vinha do travesseiro. David respirou de novo. Aqui também tinha o perfume de Ruth? Uma minúscula parte da atmosfera sugeria sua presença, uma doçura cítrica em algum lugar. Talvez ele estivesse imaginando. Ouviu um barulho e se sentou rapidamente. Um pombo, roliço e lustroso, pousara no peitoril. Voltou um olho fixo para David, virou a cabeça felpuda duas vezes e saiu de vista. Qual era o coletivo de pombo?, pensou ele. Grupo, bando, espécie?

No alto de três caixas de vinho que Glover empilhara perto da cama havia uma foto emoldurada dele e de Ruth numa praia deserta e enregelante. Já havia fotografias, já havia provas materiais. A câmera deve ter sido ajustada no automático e colocada em cima da placa alertando *areia fina* ou de uma caixa de boia salva-vidas. O cabelo de Glover estava colado na testa e as maçãs do rosto de Ruth pareciam rosadas, como se tivessem sido esfregadas. Ele se postava firmemente, encarando a câmera com um anoraque preto, enquanto ela vestia a capa de chuva vermelho-sangue e fingia subir em Glover, a perna erguida à coxa e os braços em volta de seu peito, como uma daquelas trepadeiras que crescem em árvores hospedeiras, por fim estrangulando-as. O céu atrás deles era claro como papel, o mar, uma faixa de cimento molhado sob o céu, e uma névoa de chuva fina suavizava a cena. Um canto da foto estava salpicado, onde a lente fora atingida por uma gota de chuva. Apesar do tempo, eles ostentavam imensos sorrisos de bobo. David sabia que era Norfolk, mas parecia o fim do mundo.

Algumas semanas antes, eles chegaram do cinema e encontraram David arriado numa poltrona, folheando um velho manual da National Trust, abrindo pistaches e tentando ao máximo ser simpático. Quando ele estendeu a mão para o controle remoto na mesa de centro, para abaixar o volume, virou a tigela de cascas que tinha equilibrado na barriga. Enquanto pescava nas profundezas da poltrona os pedaços que restavam, Ruth tinha visto o manual e levantou como quem não quer nada a ideia de que *nós* devíamos passar o fim de semana em algum lugar. Alguns dias depois David ouviu Glover ao telefone dizendo a Tom que precisava do fim de semana de folga. Quando Glover entrou na cozinha, David preparava uma omelete. Ele perguntou se podia pegar o Polo emprestado e David percebeu que seus temores tinham se concretizado: o *nós* não o incluía. Eles passaram três dias sacolejando pelas estradas secundárias e ladeadas de sebes de East Anglia, visitando salões de mansões moribundas e tirando fotos em praias desertas e molhadas. Embora tivessem enchido o tanque, havia areia nos vincos dos bancos do carro e por todos os tapetes. Glover voltou na segunda à noite quando David estava vendo *EastEnders*, depois de deixar Ruth no Barbican. Perguntou se eles tinham ligado para os pais dele e Glover sorriu.

– Não acho que Ruth estava preparada para isso, e eles deviam estar fora mesmo.

David devolveu a foto às caixas de vinho e viu que a gaveta da mesa de cabeceira estava meio aberta. Ele a abriu um pouco mais. Perto do fundo havia um *Auto Trader* e por cima a Bíblia de Glover. Quando tocava uma Bíblia, David gostava de dizer, tinha vontade de lavar as mãos. Encapada em couro preto, tinha várias fitas marcando algumas passagens nas páginas margeadas de dourado. Estava rabiscada, sublinhada e tão surrada como se fosse matéria de prova, o que certamente era. Clipes de papel como nós perturbavam a textura das páginas, marcadores espiavam das pontas e das laterais. David pegou um marcador que assinalava a história do homem que revia a jornada de sua vida. Ele vê dois pares de pegadas e percebe que, durante os períodos de maior provação, um dos pares desaparecia. Ele pergunta a Deus, que por acaso está ao seu lado, o que isso significa, por que Ele o abandonou durante seus momentos de maior tribulação. Deus responde: *Foi exatamente nesses momentos que Eu te carreguei nos braços.*

David folheou a Bíblia e a brisa delicada do virar das páginas o fez piscar. Um cheiro de goma saía dali. Havia algo de desesperado e melancólico em Glover sentado ali entre seus almanaques de críquete e *National Geographics,* sublinhando regras loucas e antigas de como levar a vida. Glover era *tão novo.* David pensou em Shylock: *Por ele ser cristão é que o odeio.* Ele virou o frontispício colado e leu:

Para James, pelo seu aniversário de 16 anos.
Com amor, mamãe e papai
Beijos

Ao recolocar a Bíblia na gaveta, percebeu uma folha solta se projetando debaixo do *Auto Trader*. Era um esboço rápido de um rosto a lápis – sobrancelhas grossas, queixo quase feminino – e não podia ser outro senão de Glover. David ficou maravilhado por ver como bastavam poucos traços para reproduzir alguém. Era preciso apenas uma leve alusão. A evolução toma a rota mais curta e nossa capacidade mais extraordinária é *reconhecer*. Aprendemos a reunir manchas coloridas em movimento no teto e as transformamos em criaturas, inimigos ou presas. Vemos rostos nas nuvens, fazemos deuses à nossa própria imagem. Ruth tinha assinado o desenho com um R inchado. David o colocou de volta, sob a Bíblia dos motores e a verdadeira, fechou a gaveta e pensou que devia ir para a escola.

Ao entrar na sala, porém, deixou-se desabar no sofá sob a janela. Era uma tarde fria e luminosa e as cortinas estavam entreabertas. A sala era cortada por sombra e luz. Ele apalpou o convite no bolso da camisa e se sentiu satisfeito, inchado e saciado pelos dois pacotes de sanduíche de camarão que engolira no metrô. Vejamos o que vai acontecer agora, pensou ele. Não havia como Ruth suportar a vergonha, pelo menos não sozinha, e ele estaria presente para o que precisasse. Deitou-se inteiramente imóvel e olhou a poeira entrar e sair da pilastra de sol. Era como a fumaça que cercava o pai na caixa de vidro da varanda. Palpitava, pairava, pendia como um plâncton, e quando ele franziu os lábios e soprou, ela se espalhou. Pensou que sempre quando falava essas partículas e fibras eram impelidas e dispersas bem na sua frente, sem que se desse conta disso. Talvez esses pontinhos mínimos pudessem ser transformados também, pudessem ser reunidos em... Por uma fração de segundo ele se viu pensando, *É mesmo tão improvável que Deus exista?* O sol aquecia as mãos e o rosto e ele se lembrou de como era a fé, como podia ser reconfortante, coletiva e segura. Depois o momento passou.

Ele trancou a porta e foi para a estação rapidamente, parando junto à entrada. Tirou do bolso o convite para a festa no barco e o rasgou ao meio, depois em dois de novo, atirando os pedaços na boca de uma lixeira. Se existia um Deus, pensou David, por que não poderia ser eu?

Naquela tarde, entre uma aula e outra, ele tentou ligar para Ruth, mas o telefone dela estava desligado. Não soube nada de qualquer um dos dois até a manhã seguinte. Quando se conectou às 8:07, havia um e-mail de Ruth, de onze minutos antes, declarando concisamente que ela agora sabia de tudo e que não tinha raiva dele por não ter lhe contado nada. Eles "tentariam superar isso". Depois de verificar a conta de Kimber1986 – nenhuma resposta –, ele decidiu telefonar para ela.

– Oi, David.

A voz de Ruth estava prenhe de reverberação: ela já estava no ateliê.

– Me desculpe, eu não sabia o que fazer. Fui apanhado no meio disso. Quer que eu vá aí?

– Claro que não, ninguém morreu. Eu estou bem, é sério.

– Ah, sem essa, sou eu. Não pode estar *bem*.

Ela suspirou, libertando parte de seu verdadeiro eu.

– Ah, não sei. De certa forma, estou aliviada. Andei pensando que não era realista.

– Realista? – David não conseguiu evitar. Ela se recusava a tomar aquilo como *pessoal*. Ele manteve o roupão fechado com as mãos e pôs a cabeça pelo corredor. A porta de Glover estava aberta, o quarto vazio. Ele devia estar na casa de Ruth, ainda dormindo naquela cama king-size no céu.

– Bom, claro que estou constrangida com isso tudo. Larry teve de encaminhar a porcaria do e-mail para mim e sei que as meninas da galeria leram. E estou irritada por essa garota... essas irmãs... entrarem na minha vida desse jeito, e acho que estou chateada, mas, sabe como é, estou quase *satisfeita*. É doentio, eu sei. Eu queria que tivéssemos a chance de ser felizes e a gente *tem* de ser realista. Eu sei que parece loucura, mas quero que James fique *comigo*, e não se *ressinta* de mim, não fique achando que o casamento é uma obrigação restritiva. Ele só tem 23 anos.

David pensou em Kafka, achando novas fontes de prazer na própria degradação. Outro suspiro e ela não disse nada por um tempo. Ele ia dar o troco e ela falou primeiro, como David imaginava.

– As pessoas *desejam*, David. É o que elas fazem. São máquinas movidas pelo desejo. Temos de lidar com isso da melhor forma possível. E James precisa ter experiências. Nunca pensei na monogamia como condição para o casamento. Na realidade, é isso que acontece...

E assim continuou. Ela falando e David passando pela rotina da manhã – as coisas que tinha de fazer antes de sair para o mundo do trabalho que ela nem imaginava, um mundo que ela desfrutava do privilégio de não conhecer. Ruth era livre disso, da nódoa da utilidade. Mas isso fazia parecer que os privilégios dela eram apenas do tipo definido pela classe, e enquanto colocava o fone na pia e jogava água no rosto, ouvindo-a em suas justificativas pessoais no viva-voz, David achou que aquela era uma visão muito limitada.

Não há privilégio maior do que o desfrutado por aqueles "a quem as coisas chegam com facilidade". A classe é uma parte disso, e o talento também. Às vezes, como acontecia com Glover, ser bonito e burro já basta. Eles são ungidos de sorte. Não vencem obstáculos. Não existe esforço. Há pouco perigo de fragmentação, de destruição pessoal. Como estão acostumados a conseguir, a ter, o risco de perder é menor. Sua sorte continuará presente e eles sabem disso. Quando estão de luto, quando são traídos, estão perdidos ou sozinhos, as reações serão espontaneamente elegantes. Até seus sentimentos, percebeu David, eram melhores do que os dele.

desastre natural

No domingo seguinte, quando saíram da estação de Borough de mãos dadas, David percebeu que a revelação não tinha funcionado, ou pelo menos não como ele esperava. Achou que passaria a semana inteira reconfortando-a, ou a ele, ou aos dois, mas na verdade soube muito pouco de Glover e, de Ruth, não ouvira nada. E então, tarde da noite no sábado, ele recebeu um torpedo misterioso e indiferente dela pedindo que encontrasse os dois às doze horas no dia seguinte perto da estação, se estivesse livre, porque precisavam debater a opinião dele. O local neutro. A hora monumental do meio-dia. Imaginou que os três se sentariam no conforto de algum pub, e Ruth e Glover delineariam todos os seus sentimentos mútuos, enquanto ele presidiria uma sessão difícil de acusações e contra-acusações, e depois, no fim, ele se inclinaria para frente, com os olhos vítreos de lágrimas, e os aconselharia que só a separação total daria certo.

Em vez disso, o braço de Glover se apoiava nos ombros de Ruth, e os dedos dela apareciam em volta da cintura dele. Os dois representavam uma frente unida. Piscando com entusiasmo, de um jeito que fez David cerrar o punho no bolso do casaco, Glover disse que eles decidiram dar uma festinha pré-casamento na véspera da cerimônia e iam ao South London Tavern para conhecer a sala privativa do segundo andar. A notícia perfurou David e toda sua energia lhe escapou. Pararam em uma banca de jornais para ele comprar uma Coca e David viu pelo vidro Glover puxar Ruth para si como se estivessem dançando.

Enquanto andavam, Ruth descreveu como seria a recepção na casa de Larry em Regent's Park, um dos casarões projetados por John Nash. Tinha seis andares, com uma escada de ferro em espiral indo da cozinha ao jardim planejado, onde eles pretendiam levantar um pequeno toldo. Larry tinha uma coleção fantástica de arte contemporânea, e David fingiu ficar animado para ver seus Hodgkinson, Kiefer, Twombly e Riley.

Fazer os drinques pré-casamento na Borough High Street era para criar contraste, supôs David. Segundo Glover, Ruth gostou de imediato da ideia do Tavern. Tom oferecera fazer alguma coisa no Bell, mas ficava no Soho e não tinha sala privativa. O entusiasmo de Glover de fazer a festa no bairro sugeria que ele tentava se prender a alguma coisa, a uma parte de si mesmo. Ciente, pensou David, de que muito do interesse de Ruth por ele vinha de sua autenticidade, Glover não se furtava a fazer o jogo.

Eles costumavam beber no Tavern. Cerca de quatro anos antes, todo o lugar fora reformado, mas não pegou. A tinta começou a descascar novamente e os moradores do bairro retornaram. Um rastafári bonito chamado Kevin os levou aos fundos, subindo uma escada. O salão era grande e perfeito para uma festa. Depois do movimentado pub na hora do almoço, ficava muito tranquilo e relaxante. Nenhum lugar parecia a David mais sossegado do que um bar vazio, com um monte de lugares vagos: o silêncio era carregado de ausência, a mesma ausência de ruído que se vê em uma loja de instrumentos musicais, onde guitarras, violinos e flautas ficam pendurados nas paredes, sem que ninguém os toque. Na realidade, ali também havia um piano, fechado, no canto oposto ao pequeno bar, e algumas mesas estavam agrupadas em torno dele. As duas paredes externas tinham três janelas corrediças e dois sofás de couro ficavam embaixo delas, verdes, surrados, banhando-se no sol da tarde. David se empoleirou no braço de um deles e colocou a pasta na mesa. A superfície era toda marcada por carimbos de drinques passados.

– Vocês podem trazer a própria música, em CDs ou em um iPod – disse Kevin. – Temos um adaptador por aqui em algum lugar. – Ele estendeu a mão por baixo do balcão e pegou um cabo preto e grosso como uma de suas trancinhas. – E podemos nos encarregar da comida, se quiserem. Já falaram com o Phil, lá embaixo? – Glover meneou a cabeça. – Bom, ele tem cardápios à sua escolha, acepipes e coisas assim. – Ele fungou com força, uma vez, pontuando seu pequeno discurso.

Glover, recostando um cotovelo no consolo, balançou a cabeça algumas vezes para uma batida inaudível e disse:

– Bom, acho que é muito bom e está livre em 22 de abril, não está? Na sexta-feira?

Kevin folheou ruidosamente um livro preto e grande perto da caixa registradora.

– É, está livre.

– E a capacidade? – perguntou Glover. Ele se afastou da lareira e olhou em volta de novo. Estava com uma das roupas novas, um blazer listrado sobre camiseta vermelha, e fechou o botão do meio enquanto adotava uma expressão séria e oficiosa, o olhar de um comprador de imóveis que está prestes a bater nas paredes e abrir as torneiras.

– Umas sessenta pessoas. Não tem consumação mínima. São cento e cinquenta, incluído tudo, e pode reservar deixando um depósito de cinquenta por cento. Terá um barman na noite. Se tiver *muita* sorte, pode ser até que seja eu. – Ele mostrou uns dentes separados e assentiu de novo, como se o pescoço tivesse uma mola.

– E o que vocês acham? – Glover chamou Ruth e David, que estavam perto das janelas.

Antes que um dos dois pudesse responder, Kevin se intrometeu, sorrindo para o balcão:

– Mamãe e papai estão pagando, né?

Glover reagiu de um jeito ridículo, rindo muito alto e encarando Kevin com uma raiva mal disfarçada. Ruth simplesmente sorriu, o constrangimento e a agonia evidentes em seus olhos. David ficou surpreso por passar por pai de Glover, mesmo que o insulto fosse compensado pela sugestão de que ele e Ruth pareciam o casal natural. Por alguns segundos teve de olhar pela janela para esconder a expressão. Coitado do Kevin. Mas podia fazer bem a eles perceber como o mundo todo os via. Quando desceram, David sugeriu que almoçassem no pub, mas Glover disse que não estava com fome e quis ir para casa.

* * *

Se um casamento pudesse ser comparado a um desastre natural, seria com uma avalanche. A resposta a uma pergunta ecoa, provocando uma gota d'água que aumenta até um corpo lutar e se debater no branco que despenca. Ruth e David estavam numa loja de roupas para casamento, o que equivale a dizer que tinham entrado no coração da avalanche. As paredes eram brancas, as cortinas eram brancas e todos os vestidos faziam parte desta família: marfim, creme, pergaminho, cru e pérola. Eles não levavam inteiramente a sério sua presença ali e a vendedora, Tonya, que num show de recalcitrância vestia um cardigã preto, parecia estar ciente disso.

Eles passaram pela loja quando voltavam do Tavern. David nunca a notara e isso era surpreendente, uma vez que a vitrine chamava atenção: dois manequins em trajes de casamento, cada um deles com máscaras da Disney (o noivo de Mickey Mouse, a noiva de Pateta), cortando o que parecia um bolo de verdade.

Para David, as máscaras destacavam os elementos prescritivos e opressivos de uma cerimônia dessas. Sugeriam o absurdo de afunilar a população inteira na mesma faixa rígida de tradição, de esperar que todos usassem para sempre uma ou outra máscara. *Noiva ou noivo?* Mas nem todos, pensou David, eram o cônjuge à espera, como ele talvez estivesse ali para provar. O amor romântico acabou. Perdeu amplitude e poder, até como símbolo. *Não teremos mais casamentos.* Ainda assim, a loja estava aberta.

David insistiu que ele e Ruth deviam só dar uma espiada, para ver o tipo de coisa que eles tinham, e Glover disse que os veria no apartamento. A presença de Tonya, que veio marchando dos fundos, os constrangia, e eles de repente ficaram polidos e sérios. Ela explicou que eles estavam com sorte, pois ela só teria duas últimas provas de roupa para fazer mais tarde, de duas irmãs, casando-se na quarta-feira em uma cerimônia dupla. Era evidente que Tonya reprovava profundamente as cerimônias duplas, embora David e Ruth, insistiu ela, pudessem ficar à vontade para dar uma olhada.

Ruth pairou perto de uma arara de vestidos pendurados, intimidada ou repugnada demais para realmente tocar neles, e David passou os dedos por um cartão na pilha da mesa. *Tonya Kazmierska, desenho e aluguel de vestidos de casamento.* Tonya, de volta ao sofá branco no canto, marcava uma bainha com alfinetes.

– Quer dizer, eu não posso usar branco, óbvio. Isso seria cômico. Mas talvez um vestido... Sabe de uma coisa, eu fui casada três vezes e nunca usei vestido nenhum. Não é estranho? Mas talvez eu esteja velha demais para isso. Eu ficaria simplesmente... ridícula. – Algo na voz dela fez David se virar e ele viu que os olhos de Ruth estavam marejados.

Ela passou esbarrando por ele para sair da loja e David a seguiu. Ruth andava à frente, determinada.

– Espera – disse David.

Ela parou, mas não se virou. Estava chorando e parecia muito ferida e maltratada, de ossos tão finos, tão delicada e alquebrada. Quando tentou falar, um soluço obstruiu sua garganta. David pôs a mão em seu ombro. Era o momento dramático dele, que vasculhou a mente desesperado, procurando pela coisa certa a dizer.

– Ah, meu Deus, você não devia estar... Não devia nem estar pensando no casamento depois de tudo o que aconteceu. É uma farsa. Nem acredito que James esteja obrigando você a procurar lugares para a recepção.

Ele tentou abraçá-la então, mas ela se sacudiu como um cão molhado, livrando-se da tristeza, depois olhou para ele de baixo.

– O James não está me *obrigando* a nada. Vê se *cresce*, David. Não dá para você crescer?

– Eu, crescer? Só estou tentando...

Ruth apertou as mãos dele de repente.

– Eu sei que quer ajudar, mas preciso te explicar o seguinte: estou meio chateada, mas não é o fim do mundo. Foi só uma semana difícil.

– Foi isso o que eu quis dizer. Entendo que foi difícil.

– Que bom. E eu estou bem, de verdade. Tem sido importante, de certa maneira. Temos conversado sobre coisas que precisam ser ditas.

As lágrimas foram rapidamente enxugadas e ela estava de volta. O jogo de cena retornara a sua voz.

– Acho até bom ser humilhada de vez em quando, mas gostaria que isso terminasse agora.

Mas, enquanto eles andavam devagar para o apartamento, com David fazendo Ruth rir ao imitar o sotaque de Tonya, ela perguntou de repente:

– Você a conheceu, não foi? A garota.

– A garota? Rosie?

– Sim. Vai me fazer perguntar como ela é ou pode simplesmente me dizer?
– Bonita, né? E burra. Quer dizer, ela é jovem e loura. Típico do gênero. Não faz meu tipo, mas entendo como... Acho que ela estuda relações internacionais. Tem um piercing no umbigo. Eu a estou descrevendo? Isso importa? Para mulheres adultas como você?

Os detalhes que ele dera fariam eco dentro de Ruth quando ela se postasse ao espelho, quando se curvasse e examinasse a pele, as rugas nos cantos da boca, nos olhos, quando recuasse e se avaliasse, nua, e virasse de lado, prendendo e soltando a respiração, e pensasse na garota com a joia no umbigo. Não seria fácil lidar com isso. David conhecia bem o ciúme: depois que se instalava, como uma espécie exótica predadora, ele se espalhava e provocava destruição, transformando a paisagem para sempre.

cardápios

Jess chegou com a primavera. Estava em Londres para a primeira semana quente de verdade do início de março, preparando umas fotos para a *Vanity Fair* com uma atrizinha esquelética que Jess ouvira ser "uma biscateira de alerta 5 folheada a ouro". David lhe enviara uns e-mails com suas críticas, para ver se era o tipo de texto em que a publicação de Ginny estaria interessada. Pelas respostas que recebeu, sabia que ela estava muito atarantada. Ela se casara em uma das primeiras cerimônias civis entre pessoas do mesmo sexo da América. Ruth mostrou a David uma foto de Jess e Ginny em um dos álbuns. Ginny estava com um terno de tweed feito sob medida, elegante e sensata, e uma bengala preta escorava a perna esquerda. Olhava com benevolência por trás de enormes óculos de aro escuro, mais parecidos com óculos de aviador, e sorria, mas não mirava para nenhum lugar perto da câmera. Isso não teria sido particularmente notável, só que as doze pessoas que a flanqueavam olhavam para a câmera, e esta imagem constituía a foto de casamento. Uma das doze, baixa e sofisticada com uma calça de terno preta e um cachecol azul com um nó no pescoço, era Ruth.

No fim de janeiro, ao andar os poucos passos do táxi até a porta do prédio, Ginny escorregara no gelo da calçada e quebrara um osso do pé "mínimo, mas, sabe como é, vital". Depois de contrair pneumonia, precisou ficar dez dias no hospital, contra a própria vontade.

Karen, secretária de Ruth, organizou um jantar para Jess em um restaurante japonês em Fitzrovia na noite em que ela chegou à cidade. Percorrer cardápios se tornara uma atividade tão familiar a David que tinha perdido a graça, sendo substituída pelo desespero com os preços caros demais. Não importava se ele escolhesse o prato mais barato: uma regra tácita decretava que todas as contas eram divididas igualmente.

David tinha a sensação de que Ruth os convidara – Larry, Glover e ele –, porque temia que Jess tentasse convencê-la a não se casar. Por acaso, Jess estava cansada demais e feliz por sair de Nova York para fazer qualquer coisa além de sorrir corajosamente e beber saquê. Ela tirara todo o mês de fevereiro para cuidar de Ginny e, ao vê-la entrar no restaurante, ficou evidente que não se prestava ao papel de enfermeira. Seu cabelo estava bem puxado para trás num rabo de cavalo, ela aplicara maquiagem demais nos olhos, mas deixou o rosto pálido e abatido, talvez sugerindo as profundezas de sua privação.

Quando Ruth se levantou para cumprimentá-la e disse algo que David não conseguiu pegar, Jess, depois de soltar um estalo molhado com a garganta, respondeu: "Foi um inferno."

Depois elas se abraçaram por séculos, com o casaco quadriculado de Jess corcoveando estranhamente em um dos ombros.

Durante a refeição, Ruth usou o truque do foco exclusivo, arrulhando e fazendo um rebuliço com Jess como se o resto da mesa tivesse desaparecido. Larry estava jovial como sempre, conseguindo paquerar a garçonete apenas acariciando a sobrancelha esquerda enquanto fazia o pedido. Ele tinha o dom de se mostrar ao mesmo tempo divertido, entediado e educadamente libidinoso. De repente, ele perguntou se David faria a revisão de um catálogo para ele – sua revisora habitual estava de licença-maternidade – e David aceitou de pronto, mas depois passou o resto da refeição se perguntando se seria pago com mais do que o imenso sorriso de Larry. Percebeu que para Larry gostar dele não precisava ser engraçado nem inteligente ou gentil; devia-se fazer útil.

Do outro lado da mesa, Glover tentava ao máximo ficar de bom humor, mas a única vez que seus olhos relaxaram foi quando começou a explicar a David como funcionava o sistema de defesa Son of Star Wars, utilizando o descanso dos hashis, os copos de saquê, o molho de soja e o pote de wasabi para representar alvos, lasers e mísseis.

Depois disso, enquanto todos iam a pé para a boate de Larry, Jess e David seguiram atrás do grupo, e quando o sinal de trânsito mudou na Charing Cross Road, eles ficaram para trás.

Os dois esperavam para atravessar quando um grupo de turistas japoneses idosos se juntou a eles. Por baixo dos bonés os rostos se mostravam tensos e desanimados diante do que estavam vendo. David leu uma vez que os turistas do Japão às vezes viviam uma decepção tão grande quando visitavam Londres que chegavam a desmaiar no meio da rua. Era uma história para preencher o vazio e ele a contou, em voz baixa, a Jess.

– As expectativas deles, Dickens, a rainha, Sherlock Holmes... são muito diferentes daquilo que realmente encontram: superpopulação, grosseria, miséria. Eles não conseguem lidar com isso. No ano passado, na capital, houve quinze casos de hospitalização por esse motivo. Hospitalizados por decepção. Me surpreende que não tenha acontecido comigo.

Jess abriu um sorriso vazio, mas David insistiu. Pretendia escrever ao prefeito, propondo um novo slogan para neutralizar as esperanças irreais dos visitantes: *Londres – Não é assim isso tudo.* Todos eram forçados a levar a vida insatisfeitos, nessa fratura e fenda entre a publicidade e a realidade, entre a venda agressiva e a verdadeira compra, entre o... Jess pegou um cigarro na bolsa e ele parou de falar.

– Londres tem seus problemas – murmurou ela.

Era evidente que não se referia à cidade, então David perguntou, num tom grave, como se tivesse esperado pacientemente por esta oportunidade:

– Mas como *você* está? Passou por poucas e boas nos últimos tempos.

O truque deu certo. Jess colocou a mão enluvada na mão de David e apertou. O couro parecia estranho pressionando os dedos dele, solene, fascista, *emocionante*.

– Esgotada. Foi uma barra quando Ginny estava no St. Katherine, ela parecia tão pequena e indefesa, mas depois disso foi pior. Quando deram alta, eu acordava e entrava de mansinho no quarto para ver se ela ainda respirava. Atingiu muito os pulmões e ouvi-la lutar para respirar era terrível.

– Posso imaginar – disse David, o que não era verdade. O sinal abriu para eles e as hordas urbanas começaram a atravessar. Eles andaram alguns metros sem falar nada, depois ele perguntou: – Já teve a chance de ver os artigos que te mandei? Quer dizer, acho que Ginny estava doente demais para...

– Li alguns, mas para ser franca nem encaminhei a ela. Não acha isso exaustivo?

– Acho o quê exaustivo?

– Escrever todas essas críticas desfavoráveis. Detestando tudo.

– Eu não detesto *tudo*. Há muitas coisas que valorizo.

– Achei o tom meio maçante. Meio deprimente.

David conseguiu rir e disse que a verdade não fazia prisioneiros e era uma estranha à compaixão. Repetiu a mesma ladainha sobre os artistas e o conhecimento imperfeito. Ela não disse nada e olhou bem à frente, e ele teve o impulso de castigá-la, de lhe causar repulsa. Eles podiam ser Virgílio e Dante, descendo pelas paisagens de excesso e dor. Ele apontaria os novos horrores: uma poça de vômito perto de um poste; um sem-teto agachado perto de uma porta, com a cabeça arriada nos braços; uma mulher de meia-idade de minissaia rosa retorcendo-se num salto agulha quebrado, a perna dobrada para trás como um flamingo criado em cativeiro.

Para transmitir seu senso de injustiça e raiva, para dirigi-lo a outro tema, ele levantou "todo o incidente com a garota" como um novo assunto. Jess bufou.

– Ele é uma criança. Crianças não deviam se casar.

– Ora, *exatamente*.

– Ele a acusou de vasculhar os bolsos dele e roubar o número da garota? Mas isso é um playground?

– É mesmo? Ela roubou o telefone da garota?

Abruptamente, Jess virou-se para ele.

– Ela tem 47 anos, David. É claro que não roubou. – Jess franziu a testa, jogando o cigarro de lado. – Ela ficou tão aborrecida que pediu para Karen marcar seu voo de volta.

– Não!

Como ele tinha chegado perto. Por um fio de cabelo. E ninguém para lhe contar.

– Foi complicado. James chorava, ela chorava. Ele implorou e implorou. Ele a ama. Essa é a parte patética.

Ela suspirou. Havia momentos em que David se perguntava sobre os danos causados a Jess. Como seriam? Quando começaram? Ela ajeitou o cachecol mostarda e se abraçou enquanto andava.

– Não posso fingir que entendo. – Ela agora falava mais devagar, tentando seguir ao máximo os próprios pensamentos. – Mas acho que não dá para esperar pela coisa perfeita, porque ela pode demorar noventa anos para chegar e te encontrar caindo morto já, se é que um dia chega. Se não é capaz de amar outra pessoa, não tem o direito de estar aqui.

Mais um sinal os atrasou. A Trafalgar Square se estendia à direita deles, banhada de luz em sua depressão, movimentada como um rinque de patinação. David sentiu o cheiro de uma barraca de cachorro-quente em algum lugar, perto, e quis um imediatamente. A ideia o deixou quase tonto. Com ketchup. Em pão branco. Ele tentou ignorar e respirou pela boca. Na calçada ao lado, um indonésio de gorro de lã laranja vendia castanhas assadas, acenando para eles, afastando a fumaça e revelando os pequenos clarões de miolo amarelo onde a pele de papel calcinado tinha se separado. Os outros – Ruth, Glover e Larry – há muito desapareceram de vista.

Quando ela parou e entrou por uma porta, pegando os cigarros da bolsa, David falou:

– E acho que você e Ginny têm uma diferença de idade semelhante a superar.

Ela acendeu um, soprou a fumaça e depois soltou um ronronar de objeção.

– Vinte anos. É diferente para as mulheres.

Ele acendeu o dele e embora não coubesse na soleira com ela, recostou-se no batente de pedra. Eles estavam na St. Martin Lane. Algumas portas adiante uma peça tinha terminado e o teatro despejava espectadores na rua. Paravam em grupos de dois ou três, como eles, e estavam animados, conversando com seriedade e entusiasmo. David teve a súbita sensação de uma comunidade respondendo, de um debate em grupo, e se sentiu estranhamente resistente a seguir Jess quando ela recomeçou a andar pela rua. Depois lá estava o beco, e ali a porta na parede, onde não devia haver porta alguma.

Quando ele chegou em casa, um e-mail animado e sedutor de Singleton o esperava, junto com um e-mail para a conta do Damp Review da Tickertape Films. Como parte de uma campanha publicitária para o novo filme de Kent Gray, enviavam ingressos para respeitados blogueiros de cinema, dos quais ele, ao que parecia, era um. Eles convidavam a uma exibição para a imprensa num multiplex da Leicester Square, e era possível levar um convidado. Ele tentou ponderar se sua ida seria imoral, depois disse a si mesmo para não ser ridículo. Mandou um e-mail a Singleton perguntando se ela gostaria de ver o filme, depois se deitou no edredom, os dedos entrelaçados na barriga, e imaginou como seria ela. Ela contara, em um e-mail intitulado *Revelação total*, o qual parecia meio Hollywood e sexy, que tinha 34 anos e era de Stockpot, o que não pareceu nem um pouco sensual. Ele ficava pensando em Ruth aos 21, o cabelo louro comprido, as maçãs do rosto, os quadris, a cintura e os seios. Pensou em Jess e no que ela disse sobre cair morto.

* * *

Na semana em que Jess esteve em Londres, Glover ficou todo o tempo em que não estava trabalhando no apartamento em Borough. David pensou que ele passaria as horas de folga no Barbican, mijando metaforicamente nos cantos para marcar seu território, mas não. Ele disse que a casa de Ruth ficaria cheia demais com três pessoas lá, e o que, afinal, faria com duas mulheres durante uma semana? Havia um toque de falsidade em seu tom e David concluiu que ele imitava Ruth.

Nos últimos meses Glover começara a revelar certa relutância em demonstrar entusiasmo por qualquer coisa que David dissesse ou fizesse. Particularmente na frente de Ruth. Ele sentia que em geral a finalidade dos comentários de Glover era descascá-lo, diminuí-lo. Mas nessa semana eles se divertiram. Consumiram indiscriminadamente: sitcoms, videogames, entrega em domicílio. David pensou que Glover parecia aliviado por ficar ali falando besteira como nos dias pré-Ruth. Durante *Top Gear*, ele fez David gargalhar quando disse que parecia o Natal não ter de ouvir a merda da BBC Radio 4.

valente

A exibição para a imprensa era às quatro da tarde e David conseguira sair da escola a tempo de chegar ao multiplex da Leicester Square dez minutos adiantado. Singleton chegou cinco minutos atrasada, empurrando uma bicicleta velha e usando um casaco de pele de leopardo, exatamente como tinha avisado. Ele a viu do saguão enquanto ela prendia a bicicleta a um poste usando um cadeado grande e uma corrente grossa que tirou da mochila. Tinha um abundante cabelo pré-rafaelita, e quando entrou no saguão e olhou em volta, ele pôde ver que tinha grandes olhos castanhos e tímidos encovados em uma cara redonda, e que estava meio vermelha como uma maçã, além de aturdida. Pediu mil desculpas por se atrasar, tinha se esquecido dos óculos e precisou voltar. Desculpe, desculpe, ela se chamava Gayle, com y. Tudo bem, eles tinham muito tempo. Não se preocupe. Respire. Ele era David, com i. Ela riu educadamente e, depois de trocarem um aperto de mãos, desapareceu nos banheiros do saguão. Passaram-se mais cinco minutos, e quando ela ainda não tinha voltado, ele se viu pensando seriamente na possibilidade de ela ter fugido, que podia ter dado só uma olhada nele e escapulido, mas depois ela apareceu, batendo a porta do banheiro na parede e fazendo uma cara ternamente boba diante do barulho. Ela havia retocado a maquiagem e, em gratidão por seu reaparecimento, David concluiu que era engraçadinha. Principalmente se ele se concentrasse em seus grandes olhos castanhos e tentasse ignorar a cara redonda de bebê e sua boca reduzida.

Na sala de projeção, eles se sentaram na fila atrás de dois críticos de jornal que David conhecia de fotos. Eles, os críticos, iam a Cannes e pareciam querer que todo mundo soubesse. David ergueu as sobrancelhas para Gayle e ela revirou os olhos para ele, um quê de cumplicidade britânica. Ele pegou o bloco de anotações e registrou a essência do que dizia o crítico mais enfático, para publicar depois no blog e satirizar.

Vendo o que ele fazia, Gayle cochichou, animada:

– Ah, você é terrível.

Ele chegou à conclusão de que ela definitivamente era engraçadinha, e até bonita, mas meio gorducha. Botticelli a teria adorado. David Pinner, até agora, gostava. A conversa não fluiu da mesma forma como acontecia no Messenger, embora os dois sorrissem muito e concordassem que era estranho se encontrar cara a cara, ouvir a voz do outro. Quando ela pegou uma bolsa térmica na mochila e ofereceu a David uma cenoura descascada, ele aceitou – mais por solidariedade do que por vontade. Ela não conhecia muita coisa dos trabalhos anteriores do diretor Kent Gray e viera direto do escritório em Stockwell, onde trabalhava meio expediente em uma publicação de medicina, um emprego que queria largar para viajar à Índia, ou talvez à China, mas ela já esteve em Hong Kong uma vez, quando era muito nova, com toda a família, para ver um tio que trabalhava no Exército e estava baseado lá. Ela tagarelava nervosa, mordiscando a cenoura, e olhá-la fez David se sentir muito valente, forte e racional.

Mesmo assim, a escuridão caiu como um alívio. Nenhum silêncio agora podia ser descrito como estranho, só auspicioso. Com o jeans solto, os joelhos dela estavam muito mais distantes da poltrona à frente do que os de David e ele descobriu que isso também o agradava. Ficou ali, satisfeito, e ouviu as batidas mínimas dos cubos de gelo no refrigerante gasoso. E então o filme começou.

Depois disso, eles conversaram por um tempo enquanto ela destrancava a bicicleta. Ela gostou muito do filme, achou a fotografia inovadora. David achou um completo lixo, com uma trama ridícula, um desfecho pouco convincente e as personagens bidimensionais. Ela agora precisava ir para casa. Blogava principalmente sobre livros, mas, como disse, começava a escrever também sobre filmes. A noite foi boa, pensou David, nada de abalar o mundo, mas com certeza boa. Ele foi para casa de metrô, de pé, pendurado na alça, zunindo através da terra, vendo a pedra dinamitada passar veloz, pois isso era sem dúvida o que um homem faria.

zapeando pelos canais

— Você nem acreditaria no número de formulários que nos obrigam a completar. Londres era insignificante, repetitiva, cansativa. O metrô se empanturrara de passageiros e quando pareceu a David que o vagão não podia mais conter uma alma, um oportunista se enfiou entre os corpos, forçando uma nova reacomodação. Ele ficara espremido contra a porta de ligação, onde uma mulher pálida de terninho, a testa manchada de suor como se tivesse usado pincel de confeiteiro, passou dez minutos tossindo sua doença na cara dele. A cidade parecia gasta. Nada era limpo. David ansiava por algo brilhante e fresco como hortelã. Ignorou Glover e foi direto ao banheiro, onde lavou o rosto com vigor para separar a noite de seu dia deplorável.

Uma pasta grossa de documentos parecendo oficiais estava em uma almofada na barriga de Glover, que se recostava no sofá e os folheava.

— Eu disse que você não acreditaria na quantidade de formulários que eles fazem a gente completar.

Ele fingia estar exasperado, mas seu tom era animado, até orgulhoso: via-se reagindo extremamente bem a um desafio diabólico.

— Eles quem? — David arriou na poltrona. Sem *oi*. Nem *como-foi-seu-dia*.

– Os americanos. Da embaixada. Eles fazem você completar uma tonelada de formulários quando pede um visto.
– E desde quando se diz "completar"? Na Inglaterra, nós *preenchemos* formulários. Já perdemos você para os ianques.
Glover se remexeu um pouco no sofá, ajeitando a almofada embaixo dos formulários, e disse:
– Bom, tanto faz, tem um bilhão deles.
David ligou a TV com o controle remoto e de imediato desligou. Não estava com humor para ser distraído, paternalizado, desinformado ou a fim de que lhe vendessem alguma coisa.
– Um bilhão americano ou um bilhão britânico? Sabe a diferença entre eles? Não deveria verificar antes de se mudar para lá?
Rapidamente, Glover afastou a almofada e se levantou, sem olhar para David.
– OK, você venceu. Seu humor estragou o meu, que estava bom. Encheu meu saco.
– Não devia dizer "completou"? – David gritou atrás dele. Ouviu a porta de Glover se fechar. Depois de alguns minutos, levantou-se e tomou um copo de água estragada de Londres, e em seguida enrolou um baseado sentado na privada. Pelo resto da noite, manteve a porta do quarto fechada e trabalhou no discurso de padrinho. Estava escrevendo há dias, mas naquela noite ele realmente o organizou. Ajustou e refinou, ensaiou em silêncio, depois em voz alta, variando a ênfase. Nenhuma resposta ao e-mail dele de obrigado-pela-noite-agradável a Gayle. Ela obviamente não ficou interessada, ou estava ocupada, ou as duas coisas.

Glover afirmou que não queria uma despedida de solteiro e David não tentou convencê-lo do contrário. A ideia de organizar atividades de fim de semana, ou até de uma noite, para um bando de babuínos bêbados e machos não lhe atraía. Mas na noite de sexta-feira, duas semanas antes do casamento, Glover mandou um torpedo dizendo que estava "envolvido numa reunião". Ele ficara no Bell depois do expediente e, quando David chegou, já estava vermelho e de porre. A preocupação premente não parecia ser a ascensão do fundamentalismo, o aquecimento global ou a decadência do sistema de saúde, mas quantas bolachas de cerveja você podia equilibrar numa pilha no cotovelo, depois pegar quando baixasse repentinamente o braço.

Glover mascava um palito de fósforo e, pelo modo como se prendia a sua boca, parecia que ele tinha lábio leporino. Ele o tirou, depois apontou para David e disse:

– Bem-vindo, parceiro. Tom você conhece. Eugene, outro membro da família Bell and Crown. Estamos tomando umas. Tom já deve estar meio de porre.

Ele piscou e assentiu para o primo, cuja resposta foi lhe dar um soco, com força, no ombro. O gerente do Bell era tão troglodita e sem graça quanto um vendedor ambulante gritando no mercado. Musculoso, mas atarracado, tinha adquirido uma corcunda de tanto trabalhar. O cabelo ralo caía nos ombros, dividido ao meio, e embora tivesse mais ou menos a idade de David, vestia-se como um adolescente do Brooklyn: uma corrente pendurada no jeans extragrande, uma camiseta enorme dos New York Knicks. Sua cara mudava a toda hora, sorrindo arreganhado, franzindo a testa, sorrindo forçado, como se alguém sentado dentro dele zapeasse pelos canais.

É um feito e tanto ficar sóbrio quando todos estão bêbados. Você é um gênio espatifado no vale dos imbecis. Eugene, uma espécie de homem-fantasma, branco feito farinha, provavelmente era o mais bêbado. As sardas deixavam seu rosto inofensivo e tão afável quanto o de um ator mirim, embora, ao abrir a boca, cada frase fosse enfeitada com um palavrão. David desabotoou os fechos do casaco e o colocou nas costas de uma cadeira, que prontamente tombou no chão com um baque abafado. Quando a pegou e endireitou, Tom estava sorrindo de forma conspiratória para Glover. David sabia que eles não o queriam ali – ele não fazia parte do círculo, um chato, um drogue –, mas tentou ao máximo conquistar o grupo. Fez umas palhaçadas, gargalhou alto e manteve firme sua antipatia por Tom.

Depois os quatro perambularam pelo Soho de néon, atendo-se ao caminho limitado pela Shaftesbury Avenue ao sul, a Charing Cross Road a leste e a Oxford Street ao norte. Passaram por uns seis ou sete pubs – o Rising Sun, o Three Brigadiers, o Coach and Horses, o Fluid, o Moon and Sixpence –, ombro a ombro em um arco, ninando canecos e tulipas e lembrando a Glover de que ele logo estaria no altar, amarrado, reciclado, refreado, preocupado, atormentado, desconsolado, casado. Ao final, voltaram triunfantes ao Bell and Crown para a saideira.

Della, a nova namorada de Tom e – não por coincidência – a nova garçonete do Bell, passou os três trincos nas portas assim que os últimos clientes foram conduzidos para fora. Tom mostrou a ela onde ficavam as luzes atrás do bar e o ambiente escureceu.

A cerveja costumava deixar David introspectivo e rabugento, e quando soou uma faixa dos Smiths de que gostava – "Death of a Disco Dancer" –, ele descobriu que tinha rasgado inconscientemente uma caixa de Camel Light vazia. Como um quebra-cabeça desfeito do céu, os pedaços se espalhavam diante dele. Tom falava.

– *Isso* eu entendo, mas só a vi uma vez e ela estava com um casaco amarelo que cobria tudo, e então a pergunta é: ela é gostosa?

A única resposta de Glover foi rir. Normalmente sua expressão era fechada e hostil, como de um soldado numa parada, mas quando ele ria algo vitorioso e vulnerável entrava na equação. Sua boca ficava ligeiramente superpovoada de dentes e os olhos se estreitavam. Não havia nada de intimidador nele quando ria. David sentia vontade de mergulhar e se juntar a ele. E foi o que fez.

Glover baixou o caneco e disse, ainda sorrindo:

– Ela é cheia de curvas e *extremamente* sexy, Tom. Ela devia estampar um selo tipo "Ministério da Saúde adverte".

Ele se divertia. O que David mais invejava era a valência de Glover, o dom que possuía de se combinar com qualquer elemento.

– David a conhece. Pergunte a ele.

Para Ruth, uma das artistas feministas na vanguarda de nosso tempo, Tom ainda exigia certa confirmação específica.

– Ela tem peitão?

David sorriu para Tom e se virou para a cara de menino caipira de Eugene com suas sardas porosas.

– Ruth supera qualquer descrição. Ela tem um nariz reto primoroso. E os olhos são de um castanho inteligente e profundo.

– Um nariz reto primoroso? – Glover riu.

– Como o de Cleópatra – explicou David. Glover sorriu para ele com uma aprovação confusa. Não conseguia avaliar sua seriedade.

Com crueza e sarcasmo deliberado, Tom insistiu:

– Mas e as tetas?

– Sim, ela tem – respondeu David, assentindo sensatamente para o riso geral.

Glover ergueu-se devagar e desequilibrado, como se fosse inflável, depois colocou o cigarro apagado entre os lábios e anunciou:

– Meus amigos, as tetas são magníficas.

– Bom, aí está – acrescentou David, mas Glover não tinha terminado.

– E ela chupa bem pra caramba.

Tom aplaudiu, Eugene levantou nervosamente o copo num brinde e David olhou para a mesa.

* * *

Foram para casa de táxi horas depois. Enquanto David tentava pegar a chave da porta, Glover segurou seu braço e disse que ele era um ótimo sujeito, e que ele o ajudou, que realmente o amava. David não ficou particularmente tocado. Conduziu Glover para o quarto e o ajudou a subir na cama, colocando um copo de água na mesa de cabeceira e deixando a lixeira plástica e uma toalha ao lado dele. Glover se deitou totalmente vestido, resmungando de vez em quando, mas enquanto David saía ele disse, em uma voz suave e ansiosa:

– Tenho de fazer minhas orações.

David continuou à porta, mas não respondeu. Pensou que Glover ia rezar alto, mas alguns segundos depois ele se virou de lado, de cara para a parede e murmurou: "Durma bem, meu bem."

Ele se perguntou se Ruth lhe dizia essas palavras quando eles se deitavam juntos. Talvez agora suas orações só se limitassem a isso. Ficou ali olhando o movimento ritmado e mínimo do edredom e ouvindo a respiração em forma de onda de Glover, depois saiu e foi escrever um longo post para o Damp Review sobre a morte do amor. Enrolou-se no cobertor de lã marrom, apoiou-se nos travesseiros e ligou o laptop.

Gayle finalmente respondera. Disse que esteve em Swindon num curso para o trabalho e agora estava em Bristol com a irmã. Entraria em contato quando voltasse. David não engoliu a história nem por um segundo. Ele estava meio bêbado e deixou uns comentários anônimos no blog dela, dando uma ligeira alfinetada em alguns posts. Para ser franco, não estava interessado em ver alguém que achava aceitável a direção grosseira de Kent Gray.

Ele começou o post. Glover transferira sua fé em Deus para a fé no Amor. As pessoas costumavam acreditar também na natureza, como uma forma de ensinamento de vida, pelo menos até a evolução aparecer, quando todas elas olhavam os jardins e não viam os símbolos da graça e da harmonia que Marvell viu, mas padrões novos de competição, leilões de luz, hectares e mais hectares de egoísmo. Onde podemos encontrar a nós mesmos? Onde está a analogia para o bem? Glover acreditava que podia se transformar pelo amor, que o amor podia levá-lo ao centro da vida, ao verdadeiro lugar ao sol. Era a primeira vez que ele caía numa mentira dessas e só um novato, um amador, podia deixar de perceber que o amor tinha morrido na cultura. Não era sério. Agora, só uma criança acreditava no amor. Só um virgem. Um milionésimo visitante. Um biruta religioso. Exigia o mesmo tipo de fé, a mesma vaidade e fraqueza. Mas, pensou David, Deus está morto – como a Natureza, como o Autor – e o Amor os seguiu à sepultura.

A informação matou o amor. As pessoas sabem tudo de infidelidade, oportunidade e feromônios, da duração natural do desejo, do imperativo genético. Sabemos que o homem que troca a mulher pela secretária será o mesmo homem daqui a três anos e se sentirá como se sente agora. Uma nova parceira é na melhor das hipóteses um bálsamo temporário. Acredite: elas não salvam ninguém. Mas o coitado do Glover nunca teve uma chance. O primeiro amor é sentimental. É *romântico* e nos distanciamos disso. O significado do amor, na realidade, segue o significado dessa palavra. Antigamente romântico se referia a uma expressão de sentimento profundo (ver Wordsworth) e agora se tornara nada menos do que um insulto, designando aquele que é irrealista e possui uma noção idealizada do modo como as coisas devem ser. David digitou depressa, revisou e depois intitulou o post *Masturbação sem sentido: a morte do amor na cultura moderna*. Isso lhe daria alguns acessos.

Logo depois desligou o computador e o abajur da mesa de cabeceira. As cortinas ainda estavam abertas e lá para o sul, nas zonas três, quatro, cinco e assim por diante, uma barreira prateada de nuvens tinha se agregado. Brilhava sinistramente, iluminada por dentro pela lanterna de uma lua invisível.

uma série de subidas curtas e paradas oscilantes

Embora Glover e Ruth tenham evitado a pompa habitual (sem fotógrafos, sem ternos matinais, sem limusine ou quarteto de cordas), David não achava que Ruth tivesse se dedicado a seu verdadeiro trabalho – sua arte – nos últimos dias. Quando conseguia falar com ela, descobria que estava experimentando sapatos na South Molton Street ou fazendo tratamento facial num spa em Chelsea. Bridget e Rolf chegaram na noite de quinta-feira, uma semana antes do casamento. Na sexta ela os levou às compras, à Tate Modern, e depois – por sugestão de Glover – ao London Eye.

Eles se encontrariam com Ruth e James às seis horas da noite de sexta na frente do hotel County Hall. Estava ensolarado e claro, mas um vento frio se demorava na margem do rio, aumentando, diminuindo e aumentando de novo. David se vestira com sobriedade, colocando as luvas pretas de lã e casaco acolchoado, mas no caminho para Waterloo tinha começado a suar. Se o Tâmisa é a artéria de Londres, a margem sul é seu colesterol: barracas de livros, turistas, teatro de rua (o que significava músicos de rua e imigrantes pintados e imóveis sobre baldes virados). David tinha a impressão de que ocorriam muitos primeiros encontros ali. Passavam casais otimistas, brilhando de hipocrisia, e separados o bastante para que esbarrassem as mãos. Um executivo afrouxou a gravata enquanto andava na direção deles e depois puxou-a com força do colarinho, como se ela tivesse se transformado numa cobra. Era o fim do expediente e o fim da semana. A noite chegava e a escuridão era bem-vinda. Permitia um ajuste do estado de espírito.

Enquanto Glover e David se aproximavam da London Eye, as luzes se acenderam subitamente, e de roda de moinho da capital foi transformada em uma mega roda-gigante. David olhou para cima quando chegaram à base e oscilou por um segundo sob sua vasta rotação. A perspectiva de velejar acima da cidade deixou-o minúsculo e tonto. Glover puxou sua manga: ele vira Ruth. Ela estava com Bridget e Rolf perto da entrada do aquário e eles formavam um grupo apreensivo. Rolf tinha cabelo louro e sujo, penteado com rigor para o lado, e uma testa alta que ele começava a balançar vigorosamente. Recostando seu corpo longilíneo na pedra, ele parecia concordar com a namorada, que David via até de 6 metros de distância – agora 5, agora 4 – que estava exasperando a mãe. A cabeça de Ruth estava inclinada para frente e ela parecia olhar as sacolas de compras que vestiam as pernas de Bridget como um saiote. A filha era um refugo sombrio da mãe, as mãos enfiadas no casaco de brim marrom que personalizara com lantejoulas prateadas.

Quando os dois homens chegaram ao lado delas, Bridget ainda falava. David imaginou que ela podia erguer a mão para eles como Ruth fizera para a garçonete chinesa, mas nem mesmo esse reconhecimento foi dado. Obedientes, eles ficaram à beira da convenção. David sentiu que não podia simplesmente olhar Bridget sem uma apresentação, então se virou. Ao lado deles, uma adolescente de minissaia e mascando chiclete segurava um bicho de pelúcia, um bebê foca branco. O pai, falando baixo ao celular, com o terno de tweed de costas para ela, tinha comprado o bichinho como uma espécie de compensação. Ela o segurava como se o pesasse e o achasse insuficiente, e quando dois meninos da idade dela passaram, David a viu colocá-lo debaixo do braço.

Ele se virou para Bridget, que agora o cumprimentou com a mínima abertura dos olhos. Eles eram do mesmo castanho triste da mãe, mas desdenhosos onde os de Ruth eram suplicantes. Todos os seus gestos eram tensos e David reconheceu essa atitude no que ele testemunhava diariamente: a juventude constrangida em sua plena e feia floração. A presença deles a incitou a um arremate:

– ... e é por isso que Rolf e eu sabemos as besteiras que o outro fez. Não somos crianças.

Ao ouvir o próprio nome, Rolf desencostou da pedra e endireitou o corpo. Seus movimentos eram atrapalhados, desajeitados, de ganso. Ruth não respondeu à filha, mas beijou Glover, depois David, dando um oi. David sentiu o roçar do cachecol esmeralda incrivelmente macio e seu rosto frio como porcelana. Ainda segurando os dedos de lã dele, forçando um ânimo na voz, ela disse:

– Bom, vocês dois chegaram bem a tempo. Mais um minuto e teriam perdido a Bridget me dando uma bronca. James, minha filha querida... Rolf... meu amigo David.

Bridget balançou a cabeça com desprezo.

– Dando bronca, não. Apontando incoerências em sua posição. Você quer se casar. *Eu* quero me casar. Chama-se hipocrisia.

O cabelo era tingido de preto e preso em rabo de cavalo por um elástico comum: alguns fios não eram tão longos e ficavam o tempo todo sendo colocados para trás das orelhas. Quando James se curvou para lhe dar um beijo no rosto, ela baixou a cabeça e estendeu a mão mole, com rapidez suficiente para ser tomado por um equívoco genuíno.

Eles entraram na fila, arrastando-se pelo caminho estreito delimitado por barreiras de metal. Entediado, Glover se agarrou nelas como barras paralelas e se suspendeu a 15 centímetros da calçada. Rolf o olhava com um interesse aviário, sem piscar. Depois do primeiro olhar de David a Bridget, ele teve precisamente zero interesse em conversar com ela sobre ensino e tinha esperança de que a ideia, como tantas que Ruth tinha, fosse esquecida ou adiada. Tinha certeza absoluta de que a menina sabia como era uma escola, depois de frequentar uma por quinze anos. Porém, ao contornarem uma das barreiras, quando a conversa tinha malogrado, ele se viu no meio delas.

Ruth sorriu para ele e disse:

– Ah, Bridget, David concordou em ter uma conversa com você.

Para ser justo, Ruth fez parecer que ele tinha se oferecido para lhe doar um rim saudável. Bridget olhou friamente de David para a mãe.

– Por que faríamos isso?

Ruth não reagiu. Não havia constrangimento, sentiu David, a que a filha já não a tivesse condicionado. Ele percebeu que tentava se ausentar fisicamente da conversa delas, apertando o dorso da mão na barra de metal.

– Achei que seria ótimo para você ir à escola com ele. Pensamos que talvez você gostaria de assistir a uma de suas aulas.

Bridget virou-se para trocar um olhar com o ganso humano, mas ele estava colocando um filme na câmera. Ela enfiou um fio de cabelo atrás da orelha.

– Acho que estou bem, obrigada.

– Bridge – o tom de voz de Ruth era de mãe de novo, cansado demais para continuar brando –, se vai abandonar mesmo o teatro depois de dois anos e meio para dar aulas num bairro decadente de Detroit, Los Angeles ou onde for, depois de todas as suas esperanças de atuar, então acho que devia fazer *alguma* pesquisa sobre...

– *Minhas* esperanças de atuar... – Bridget sussurrou. Ruth decidiu não ouvir.

– Só quero que você entre nisso de olhos *abertos*. Ainda haverá vagas para professores quando terminar a faculdade. Talvez possa até fazer mestrado em educação.

David olhou a fila de cima a baixo, que começava a se sintonizar na transmissão de novela de rádio de seu grupo.

– Bom – disse para interromper a discussão –, por que não nos encontramos para comer um sanduíche segunda, na hora do almoço? Não precisamos falar de ensino. Eu, pelo menos, não quero isso. Podemos conversar sobre qualquer coisa. O índice de suicídio dos noruegueses. Derrubar vacas.

Bridget o encarou, tentando entender qual era a dele. Depois sorriu, meio envergonhada, pensou David, e pareceu ter muito menos do que seus vinte anos.

– Tudo bem – disse ela.

Ruth abriu um sorriso para David. Ele teve a impressão de que ela supunha que se alguém poderia dissuadir Bridget de passar a vida lecionando, ele era o homem. Ela parecia ter medo da filha, esforçava-se para não aborrecê-la, mas era incapaz de se rebaixar até onde Bridget exigia. Bridget, por sua vez, era iluminada por um ressentimento de mil watts. Eles ficaram na fila por menos de quinze minutos e David notou que as histórias dela foram duas vezes introduzidas por *Ruth não se lembra disso, mas...*

Estava escuro quando entraram na cabine de vidro e a porta foi abaixada, trancada e aferrolhada. Houve uma série de subidas curtas e paradas oscilantes enquanto outras cabines eram preenchidas com gente, depois eles começaram a subir direito. David encostou a testa no vidro. Rolf explicava a Glover por que uma 35 milímetros ainda era melhor do que a digital. Sua voz era um tanto falsa, um espião tentando se passar por americano. A paisagem iluminada se descortinava de todo lado e a roda continuou subindo até Londres espalhar-se em volta deles, uma desordem de peças e componentes que ninguém sabia como montar. A testa de David tinha deixado uma mancha de gordura no vidro, que ele limpou com a manga. Glover apontou para a Cromwell Tower, onde ficava o apartamento de Ruth, mostrando a Rolf, e ele, obediente, tirou algumas fotos naquela direção. Uma gaivota, iluminada angelicamente de baixo pela roda, pairou em uma corrente ascendente não muito longe da cabine. David acompanhou o olhar dela para o rio achatado, os prédios espalhados e o caos de luzes. Havia tantos *lugares* – e todos cintilavam, derramavam-se e bruxuleavam na noite bruta. A vida moderna é a cidade: a modernidade atomizou a sociedade. O humano agora podia se mover em movimento browniano, não em um cardume nem em bando, grupo ou rebanho, não em uma corrente. Nós não nos dedicamos a empreendimentos familiares. Não trabalhamos a terra do pai de nosso pai. Aleatória e repetidamente, colidimos com as pessoas e giramos para todo lado como partículas. Como é complicado formar um laço, apegar-se. Nós perdemos o nosso substantivo coletivo. Ele registrou os pensamentos no Moleskine para postar mais tarde no blog.

    A roda girava muito devagar. Nada subia ao céu, nada era lançado ao abismo. Depois da primeira volta, a contemplação de David voltou à superfície das coisas. Ele viu a cidade, examinou os outros passageiros, e na segunda descida estava pronto para sair. Os outros pareciam ter o mesmo desejo. David começou a falar com Rolf, que ainda portava a câmera, mas sem o ânimo anterior. Ele era legal e lhe fez uma expressão feliz e vagamente confusa, como se tivesse aprendido que a única coisa segura a fazer era sorrir. Foi criado por pais que falavam alemão, em uma pequena fazenda em Missoula, na Montana ocidental – daí o sotaque –, e David queria dizer a ele para fugir para aquelas montanhas. Era evidente que o motor por trás do noivado com Bridget era a própria Bridget, e que o casamento iminente (mas sem data marcada) era uma forma de antagonizar os pais dela.

Na terceira volta da roda, eles se reagruparam. Bridget preparava-se para alguma coisa: tinha arrumado as sacolas de compras junto das calças de veludo verde de Rolf. Seus olhos brilhavam.

– E aí, James, já sabe o que vai fazer em Nova York?

Glover tentou sorrir cordialmente, mas saiu um sorriso de tédio, quase hostil.

– Achei que no começo poderia fazer algum trabalho voluntário. Depois sua mãe e eu conversamos sobre eu trabalhar com ela em grandes instalações. Estudei engenharia mecânica, então conheço um pouco de...

– Trabalho voluntário? É mesmo? E vai viver de quê? Ou, desculpe, de quem?

Ruth, versada nas estratégias da filha, aparentava uma calma vítrea. Mas David podia ver o futuro padrasto com dificuldades para não esmurrar aquele meio sorriso de Bridget. Glover se virou, voltando sua não resposta a Rolf.

– É, olhei algumas coisas na internet. Um monte de igrejas em Manhattan têm centros comunitários e programas de orientação.

– Ah, não passe pela Igreja. Vai acabar distribuindo folhetos em nome de Jesus – disse Bridget, depois uma curta risada infeliz lhe escapou pelos cantos da boca. A cabine balançou um pouco ao começar a descer. Ruth pôs a mão no ombro de Glover, mas não para se equilibrar. Bridget completou: – Tenho uns amigos que cuidam de um centro informal no Harlem. Vou pegar as informações deles para você.

David olhou com expectativa, mas Glover só assentiu, tenso. Sentindo a abertura, Rolf emendou depressa:

– Na verdade, Bridget e eu estávamos pensando em entrar para o Corpo da Paz depois do casamento.

– Se eu não começar a dar aulas já – acrescentou Bridget.

A roda agora reduzia a velocidade: um freio gigante tinha sido acionado em algum lugar. Ruth se iluminou.

– Acho uma ideia muito boa. Vocês poderão viajar e...

– Meu Deus, Ruth, não é pelas viagens. Não é pela droga do desenvolvimento pessoal. É para ajudar as pessoas sem impor nossos próprios impulsos religiosos e coloniais...

A discussão continuou enquanto eles eram baixados, em arcos uniformes, ao chão. Glover ficava cada vez mais furioso, o cenho descendo milímetros, a voz mais intensa. O nível do discurso, sentiu David, era bem baixo – sua equipe de debates teria enxugado o chão com qualquer um deles –, mas de Bridget ele começava a gostar. Ela usava lantejoulas e era destemida, meio eriçada.

Enquanto eles desciam o passadiço à calçada, ela balançou as sacolas de compras como se pudesse espancar com elas alguém que chegasse perto demais.

Foram feitas as despedidas e David viu que ela deu uma beijoca no rosto de Glover, o que foi uma espécie de progresso. Ela parecia do tipo que se animava com qualquer interação, mesmo que fosse corrosiva. Eles foram ver *Pulcinella*, de Stravinsky. David não foi convidado. Ele ia corrigir provas e, como Glover se dirigia para o Bell and Crown, foram os dois a pé pela margem leste do rio. Antes de subir de forma enérgica e ruidosa a escada de metal para a passarela, a conclusão de Glover sobre Bridget foi que a garota era "uma peça". Vendo-o subir os degraus de três em três, David resolveu ir a pé para casa, e tinha acabado de chegar à Blackfriars Road quando sentiu um pingo no couro cabeludo. Parou num ponto de ônibus e ficou observando. Em cada poça de luz dos postes, a chuva caía inclinada, aos baldes. Ele esperou, mas a chuva continuou caindo, depois um ônibus chegou e o levou para casa.

aterro sanitário

Gayle-com-y não respondeu ao e-mail que ele lhe mandara naquela manhã. Ele leu o blog dela sobre as descobertas da mais recente investigação do governo e pensou, assim como a investigação, que ela não havia entendido rigorosamente nada. Deixou um comentário como The Dampener, explicando ser irrelevante se o idiota, na realidade, acredita nas próprias mentiras. Quando acredita, fica sozinho, e seu pecado consiste em não ser capaz de ouvir. A culpa reside também na omissão. Ele não pode simplesmente decidir que tem razão. Existem bons livros além da Bíblia. E, sr. Orgulho, eis a sua queda: todo o bando de trapaceiros deve ser levado a um tribunal de guerra. Traia o mandato por sua própria conta e risco. Quem ele pensa que o elegeu? Cruzados do século XII? A Esso? Não, nem isso. Ele nos acha insignificantes.

Depois David passou algum tempo pesquisando a fundo Gayle, a Singleton, na internet. Encontrou o endereço dela em Stockwell ao procurar na lista de eleitores, depois achou o telefone de sua casa no 192.com. No site de registro de imóveis, descobriu quanto ela pagou pelo apartamento comprado dois anos antes. Uma varredura em algumas poucas publicações médicas revelou onde ela trabalhava. Algumas fotos de uma festa de trabalho em uma conta do Flickr de uma colega mostraram-na mais gorda e muito bêbada. Ele imprimiu uma para lembrar a si mesmo como realmente ela era, depois colocou outra foto dela na área de trabalho, apagando no photoshop os idiotas que apareciam ao lado.

Na manhã seguinte Glover voltou às dez carregando várias caixas achatadas de papelão que havia catado no Sainsbury's da High Street. Ia começar a embalar seus pertences e parecia muito prosaico com toda a operação. As caixas desmontadas ficaram encostadas no corredor a manhã inteira e, sempre que passava por elas, David se sentia tenso. Ele foi de carro à casa dos pais para almoçar e quando voltou três caixas estavam enfileiradas no corredor, cheias e lacradas com fita adesiva. Os livros de Glover não estavam mais na sala de estar, assim como os DVDs. A enorme caneca QPR – para o chá matinal – desaparecera do armário da cozinha, e o radiorrelógio, do peitoril da janela. Ao entrar em cada cômodo com apreensão, relacionando as pequenas sangrias do apartamento, David entendeu o que era ser roubado. Ele encalhou no sofá, assimilando o golpe.

Mais tarde, quando andou pela High Street para comprar algo para jantar, um homem comum, baixinho e de óculos, passou por ele, levando uma raposa adulta pela coleira. Uma raposa. Em uma coleira. Pelagem vermelha, rabo espesso, queixo branco, olhos inteligentes e focinho altivo. David já vira muitas coisas estranhas em Southwark: um indiano, magro como uma corda, nu, exceto por uma toalhinha rosa mínima que não chegava aos quadris; um galgo preso dentro de um carrinho de bebê; e uma velha que usava numa das mãos uma marionete, um macaco cinza e sujo com dois braços cruzados em volta do pescoço dela, com patas de velcro. Ela o encurralara na frente da Tesco no verão anterior e repetiu na cara dele, o hálito surpreendentemente doce de cidra: "Eu sei quem você é. Você é um deles." David respondeu – como Simon Peter – negando, e passou por ela aos empurrões com as sacolas de compras. E enquanto se afastava, ouviu-a gritar: "Eu vi você. Sei quem você é. É um deles." Depois que ele atravessou o estacionamento e ficou fora do alcance daquela voz esfarelada de bruxa, ocorreu-lhe se sentir aliviado por ela não ter dito o que podia ser mais medonho e mais verdadeiro: *Eu sei quem você é. Você é um dos nossos.* Quanto à raposa na coleira, David ficou boquiaberto, recuperou-se, depois tentou ao máximo não interpretar o fato como um símbolo. Pode-se não acreditar em nada, na bobajada sobre corvos, escadas, espelhos ou deuses, mas ainda assim há um desejo. As alegorias multiplicavam-se em sua mente. O mundo parecia uma sequência de padrões que ele avistava o tempo todo, embora fossem ilegíveis. Em outros tempos ele poderia ter ganhado a vida como intérprete de sonhos, mas agora se conteve e virou a cara, vendo a fumaça do escapamento de um caminhão-reboque no sinal de trânsito subir e se dissolver. Glover não era uma raposa, Ruth não era um baixinho de óculos de aros e anoraque e o casamento não era uma coleira estranguladora.

Na hora do almoço de segunda-feira, ele encontrou Bridget na escada da escola, onde ela estava sentada fumando, meio ostentosamente, e ouvindo o iPod. Ela era reservada mas polida, e David a levou à cantina barulhenta no subsolo. Estava muito movimentada e ele percebeu os alunos olhando-o com aquela jovem não identificada, então sugeriu que eles fossem a uma lanchonete da esquina que não era tremendamente cara. Bridget parecia menos irritadiça quando estava longe da mãe. Não precisava representar o seu papel. Londres era meio cinzenta, mas o hotel em Covent Garden era simpático. Eles haviam passado metade da noite acordados vendo filmes e tomando sorvete do frigobar. Rolf agora tinha ido à Tottenham Court Road para comprar um jogo de videogame onde se podia ser um elfo e derrotar algum tipo de mal definido e definitivo. Bridget achava esse tipo de coisa *tão* despropositada, mas sorriu, sugerindo que era outro sacrifício que os casais tinham de fazer. Ela ia procurar um vestido de verão depois disso. O modo como disse "depois *disso*" fez David se lembrar do propósito dos dois. Ele a olhava em silêncio, maravilhando-se com seus olhos iguais aos de Ruth, as faces que eram convexas onde as da mãe eram encovadas. Será que ela realmente queria dar aulas? A menina assentiu.

– Quero de verdade. Sabe, a Ruth não tem a mais remota ideia do que acontece nas nossas cidades. Eu conheço algumas. Passei de carro por elas. Sabe quanto gastamos com educação? E quanto gastamos com defesa?

De forma ingênua, pensou David, ela confundia justiça social com ficar diante de uma sala com dez, vinte ou trinta jovens cuja única tarefa era odiar você. Ele já foi assim? Balançando a cabeça com tristeza, David usou um guardanapo abrasivo para limpar a maionese no canto da boca e disse:

– Mas você não devia terminar a NYU primeiro?

Ela fungou e torceu o nariz. Aquele nariz curto, com uma bolinha na ponta, devia ser herança paterna. Ele viu a cavidade da base do pescoço aprofundar-se enquanto ela falava.

– Na verdade, se eu largar o curso agora, quer dizer, amanhã, já vou ter horas suficientes no semestre para que minha formação de magistério dure apenas um ano, e se eu ficar por mais um ano e meio, vai dar na mesma.

– Não está gostando de lá?

– É legal, razoável. Nova York é uma cidade cara e morar lá pode ser muito intenso, e o meio teatral é muito competitivo. Acho que Ruth esperava que a essa altura eu já estivesse atuando na Broadway.

Ela soltou uma risadinha magoada: o riso quicou – *ha ha ha* – como algo duro caindo no piso frio. A ruiva de cintura grossa por trás do balcão da lanchonete olhou para eles, embora não tivesse feito nenhum contato visual quando fizeram os pedidos. Ele a encarou também e ela acabou por virar a cara, limpando as mãos vestigiais no avental.

Bridget espremeu a garrafa vazia de água a um terço de seu tamanho e recolocou a tampa. Manteve sua forma. Vendo-o olhar, ela acrescentou:

– Para o aterro sanitário.

Ele deu um tapinha suave na tampa e a girou para apontar na direção dela.

– Isso poderia fazer parte de uma exposição da sua mãe.

Bridget abriu um meio sorriso relutante.

– Não conta para ela que eu disse isso. Pelo que posso ver sua mãe tem orgulho de você, independentemente do que você escolha fazer.

Enquanto dizia isso, David sabia que era mentira. Seus pais mesmo não tinham tanto orgulho dele, eram esporadicamente tolerantes, e ele imaginou que Bridget sentia algo semelhante em relação a Ruth. Ele levantou a lata vazia de Coca-Cola e a amassou com as duas mãos. O líquido vazou pela abertura e Bridget olhou com pena para os dedos pegajosos dele.

– Olha, David, você parece um cara legal e é, sem dúvida, um membro remunerado da corte dela, mas o que há entre Ruth e mim não entra em nenhuma discussão.

O pequeno discurso a deixou trêmula. Por um segundo pavoroso ele pensou que ela fosse chorar. Ele se curvou para frente e enrolou guardanapos nos dedos.

– Não, claro que não. Eu não pretendia me meter em...

– Ruth sente culpa. Funciona de formas misteriosas, e só porque ela paga pelas coisas, não quer dizer que tenha o direito de mandar na minha vida.

– Do que ela se sente culpada? Pelo que posso entender...

Um tanto dramática, Bridget o interrompeu batendo as mãos pequenas na mesa. Suas unhas eram roídas.

– Quando eu tinha oito anos, ela foi embora. Ela é "Ruth" para mim, entendeu? "Mãe" é um certo exagero.

Um fio de cabelo foi colocado atrás da orelha e de imediato caiu novamente.

– Bom, é terrível que tenha acontecido isso.

– Coisas assim não *acontecem* simplesmente.

Eles ficaram em silêncio. David esfregava os dedos. Tinha pisado numa poça, descobrindo que a profundidade era de um metro. Teve vergonha de si mesmo. A única coisa a fazer era abrir a tampa do iogurte e começar a comer.

– Não é que eu não gostasse da Gloria. Mas sabia que a Ruth a trouxe para a minha vida e agora eu ainda tenho de vê-la? Ela mora em Chicago e mantemos contato, mas ela e Ruth nem se falam. Quando ela estava na clínica, era eu que a visitava.

O antirriso de novo.

Eles andaram no sol frio pelo quarteirão, passando por alunos de David que supunham, pelo que ele supunha, que Bridget era uma provável futura aluna da PMP. As meninas a olhavam atentamente, o que confirmava a David que ela era bonita. Na vitrine de uma agência de viagens, coberta de cartazes brancos mostrando voos de última hora, ela parou.

– Céus, 89 libras para Praga. É tão barato para vocês viajarem pela Europa.

– É, mas eu não aproveito nada disso.

– Eu adoro a Europa. Meu pai conheceu Dylan em Praga. Ficaram retidos lá por duas horas ou algo assim – disse Bridget, em um tom baixo e sério. Ele entendeu que Dylan era a divindade dela, embora ela ainda não tivesse aperfeiçoado a capacidade

de Ruth de jogar um nome na conversa e esperar que as ondas se acalmassem em volta dele. Ela não pôde deixar de continuar:
– Dylan. Dá para imaginar?

Ao se separarem na escada da PMP, eles combinaram o que diriam a Ruth: que tinham discutido em detalhes a carreira de Bridget no magistério e que David fora muito prestativo. Depois David lhe deu um beijo de despedida e Bridget perguntou, como se houvesse reconsiderado, se ele sabia onde ela podia comprar um presente de casamento para James e Ruth, talvez uma peça de antiguidade. David não daria aula na tarde seguinte e disse que pretendia ir ao Alfie's Market na Edgware Road. Eles seriam bem-vindos.

* * *

Quando chegou em casa, David viu que teve um acesso de Singleton. Mas ainda não havia e-mail. Ele respondeu a algumas discussões em que estava envolvido, depois atualizou o blog. Glover chegou de uma corrida quando David ia repassar o discurso de padrinho. Ele ainda estava com o iPod ligado e cantarolava um pouco, soltando semitons, uivos e murmúrios inseguros. O discurso, pensou David, não era nada mau. Tinha algumas frases espirituosas, mas era, principalmente, uma obra-prima em termos de evasão.

Durante a refeição de comida chinesa, consumida no colo, Glover mencionou que Jess e Ginny chegariam naquela noite. Ginny seria apanhada no Heathrow pela sobrinha e ia ficar com a família em West Sussex. Com o pretexto de que tinha negócios em Londres e com as bênçãos de Ginny, Jess estava evitando os sogros.

Ela ficaria uma semana na casa de Ruth, disse Glover, que logo mudou de assunto, contando a David que Eugene teve a bicicleta roubada do poste na frente do Bell and Crown. Glover demonstrava um medo obscuro de Jess. Não tinha controle sobre ela. Mais tarde, enquanto ele lavava os pratos e David os enxugava, David perguntou-lhe de sola se ele se importava que Jess ficasse no Barbican. Ele desprezou a questão com um: "Por que eu me importaria? Elas são velhas amigas. Ela tem o direito de ver as amigas."

Alguns segundos depois acrescentou:

– Eu fico pensando... Sei lá. A própria filha não pode ficar lá, mas a ex-namorada pode?

– Houve algo muito forte entre as duas, Ruth é uma pessoa leal. Isso é muito legal nela.

– Muito forte? Ela falou sobre isso com você, é?

Foi uma pergunta empurrada com escárnio para ele, como uma moeda falsa, e David viu medo no outro lado dela.

– É, às vezes, ela me conta umas coisas. – David passou para o lado de Glover, satisfeito com o uso do tempo presente, e pegou o pano de prato na água turva.

– Tipo?

– Ah, nada demais, uma coisa ou outra. Você devia ter essa conversa com a Ruth, James, e não comigo.

– Você acha que eu sou idiota. É idiotice, eu sei.

– Não acho que seja idiotice. Talvez só não seja sofisticado. – David se interrompeu.

– Sei lá, cara. Como se tem sentimentos sofisticados? Não sei fazer isso. A gente sente o que sente. Sempre vão aparecer alguns aspectos dos relacionamentos que ela teve com mulheres que eu simplesmente não posso reproduzir.

– É, sei o que você quer dizer.

Glover parecia tragicamente agradecido por isso. Arroz e molho agridoce tinham se derramado ao transferirem a comida das embalagens para os pratos, e David limpou a mesa da cozinha em movimentos amplos, deixando canais brilhantes na madeira escura.

— Mas a questão é que você só tem 23 anos. Talvez também devesse pensar se quer ou não se envolver de forma tão séria.

Glover se virou para a sala, enxugando as mãos em uma toalha xadrez.

— David, entenda. Isso é *totalmente* sério para mim. Nem consigo imaginar estar num lugar onde ela não esteja.

um brinde à sra. Glover

– Acho que pode ser grande demais, não é?

Rolf se dirigia aos dois, apontando para uma gaiola de ferro batido que vinha até seu peito e parecia ter pertencido a um clube de fetiche. David riu, mas Bridget só assentiu e continuou vasculhando a prateleira de gravuras. Eles estavam ali havia quase duas horas e ainda não tinham encontrado nada adequado, embora David tenha comprado, afoitamente, uma primeira edição de Graham Greene e Bridget tenha experimentado vários vestidos vintage, comprando um lindo avental de algodão que era muito, segundo ela mesma disse, *Os Pioneiros*. Foi uma tarde agradável. Rolf sempre verificava para ter certeza de que eles não se perdessem e carregava as compras de Bridget. David pretendia relatar essa atenção a Ruth.

Enquanto alguns vendedores começavam a fechar as lojas, recolhendo os móveis dos corredores e usando varas compridas para baixar bolsas e roupas penduradas, eles precisavam achar algo rapidamente. David começava a entrar em pânico. Glover e Ruth insistiram que não queriam presentes (na realidade, Glover tinha dito especificamente "Não *precisamos* de nada", o que David sentiu ser um deslize), mas como padrinho ele não podia aparecer de mãos abanando. Bridget decidira simplesmente que queria dar duas gravuras de cenas de rua de Londres em sépia – o ideal era que uma fosse do Barbican e outra de onde David e Glover moravam, mas até isso se mostrou espinhoso.

Na parede atrás da prateleira de gravuras que Bridget fuçava havia uma pintura emoldurada de um chalé rural inglês. Roseiras se retorciam na porta e um regato corria em primeiro plano. Ao lado havia uma floresta, escura e densa, do tipo que representa o subconsciente nos contos de fadas. A obra era rígida, piegas e muito malfeita. David olhou-a rapidamente e virou a cara, depois localizou uma plaquinha de bronze na base da moldura. Dizia *Puzzle Picture* em caracteres góticos e ele olhou mais uma vez a imagem, depois percebeu que o vendedor, um homem curvado e diminuto de camisa branca velha e colete azul-marinho, tinha aparecido junto a seu ombro. Ele estava alisando seu bigodinho de malandro e sorria com os olhos nervosos de um rato-do-mato. Em volta do pescoço, os óculos pendiam em um cordão branco comum. Quando eles entraram na loja, David percebera na mesa dele, ao lado da página de palavras cruzadas quase concluída do *Daily Mail*, um maço de Benson & Hedges e, ao lado dele agora, o bafo do proprietário era fedorento e penoso.

– Lindo, não é? Um Currier and Ives original.

Do fundo da garganta, David se surpreendeu soltando um mugido de interesse.

– Impressores americanos. Século XIX. As pinturas enigma são particularmente procuradas. Eu tive *muita* sorte por achar esta. – Ele abriu os óculos e os colocou. Pequenos nódulos de fita adesiva inchavam as hastes onde o cordão estava preso.

– Já localizou todos os animais? Acho que são cinco. Ou talvez seis.

Enquanto o comerciante falava, a cena rural inglesa parecia entrar em foco novamente. David de repente discerniu um leopardo agachado em alguns galhos, um crocodilo submerso na espuma do rio e o focinho de um cavalo no telhado de palha do chalé. Percebeu que a fissura no caminho não era uma fissura, mas uma cobra, ou não, não uma cobra, mas o rabo de um rato, seu corpo formado de uma pedra e um tufo de grama. Um lobo, de boca entreaberta, olhava das nuvens.

– Encontrei em Devon. Ou foi em Somerset? São altamente colecionáveis – disse o comerciante, meio desanimado. Uma aura de desespero baixou nele como uma água de colônia pungente. David tinha dificuldade para respirar. Deu um passo à frente, para afastar-se do homem, e examinou a imagem de novo. O estranho era que depois que vira as criaturas escondidas, tudo ficou diferente. Ele viu um rosto na linha de um galho, uma figura franzina nas rosas torcidas, uma adaga escondida nas samambaias. Isso era paranoia. O comerciante queria cento e trinta, embora tenha aceitado, infeliz, cem em espécie.

Sob a orientação de David, Bridget comprou uma gravura de 1927 do domo de St. Paul, com alguns carros pretos na rua sem pavimentação, e, para Glover, outra do The Cut em Waterloo. Era de 1910 e mostrava um lojista na frente de um armazém, de braços cruzados, pronto para vender. Um toldo listrado se estendia atrás dele e em sua sombra duas mesas de frutas e legumes apareciam em pilhas tão altas como em qualquer festival de colheita.

* * *

Quarta-feira trouxe o tipo de chuva que só essas ilhas pequenas conseguem ter. Começou na madrugada de terça e acordou David. Enquanto ele se enroscava sob o edredom e ouvia seu silvo e as pancadas, depois as gotas em contraponto caindo no peitoril da janela, sentiu uma felicidade primitiva e profunda de estar seco, aquecido e na horizontal.

Pela manhã a chuva estava frenética. As ruas e calçadas transformaram-se em corredeiras, e os táxis pretos assoviavam como aerobarcos. Na hora do almoço, David se aventurou à Oxford Street com o propósito de comprar uma roupa nova para o casamento, contentando-se, finalmente, com um terno bege trespassado com duas fendas atrás do paletó, que, como o vendedor italiano sugeriu com astúcia, "o homem maior em geral prefere". David percebeu, mais uma vez, que corria o risco de se juntar ao clube dos gordos. O passo seguinte seria a sugestão de que ele podia querer experimentar estes, que tinham uma cintura elástica. Ou talvez este *muumuu*. Ele comprou um guarda-chuva e voltou à escola a pé e devagar, sem se importar, mas teve de passar a tarde sentado à sua mesa descalço, com as botas e meias secando no aquecedor atrás da estante.

Quando andou da estação de Borough para casa, a chuva se reduzira a um leve chuvisco. Ao fechar a porta do apartamento, a voz de Glover o recebeu da sala.

– David, sabe onde a Ruth está? Estou tentando falar com ela o dia todo.

David viu o guarda-chuva novo que tinha encostado no canto cair devagar, desenhando um arco molhado na parede. O colega de apartamento apareceu no corredor nessa hora, com um suéter cinza e grosso que David não conhecia.

– Não, não vi nem falei com ela.

Ele teve de contorná-lo para pendurar o casaco. A voz de Glover baixou de tom.

– Sempre que telefono elas estão no almoço, ou num bar, ou bebendo vinho no sofá. Não sei que tipo de organização estão fazendo.

Ele sorria e se apoiava distraidamente no batente da porta com uma das mãos, querendo ser tranquilizado. David não estava com humor para isso.

– Está inacreditável lá fora. Parece até que o Tâmisa transbordou.

No quarto, ele experimentou o terno de novo e pensou, dessa vez, que parecia um ovo caipira. Quando se virou na frente do espelho, viu como seu traseiro fazia a aba do paletó se projetar um pouco para fora, como uma cauda de penas. Galinha ou ovo. De frente ou de lado. Como você me quer? Ele devia ter escolhido o preto. Nessa hora chegou um e-mail de Gayle, uma cópia de seu post sobre um cantor pop em um pub de Brixton. Ao que parecia, ele fora grosseiro com um barman e depois foi expulso por fumar maconha no banheiro. David começou a responder que ouvir as descrições pueris do lixo da sociedade era como estar de volta ao colégio, mas acabou se distraindo ao olhar a foto dela impressa e presa ao monitor. Ela parecia ter uma covinha, mas pode ter sido um pingo de alguma coisa na lente da câmera. Na foto ela ria, raspando um balão no suéter – em seu peito substancial, na realidade –, e segurava uma garrafa de Becks. Ele deletou a mensagem não enviada e esboçou outra, começando por *Sempre me ocorre que nossa cultura, como é, tem as celebridades que merece*. Depois elaborou sobre as "celebridades B" que assumiam os papéis antes ocupados pelo panteão dos deuses. E em seguida discutiu a tendência de até a aldeia global precisar de seus estereótipos e bodes expiatórios, e uma garota bonita para sacrificar. Marilyn Monroe. Princesa Diana. Heather Mills McCartney. A última era uma piada e ele mostrou isso escrevendo (*risos!*) depois. No fim, como quem não quer nada, ele a convidou à festa de Ruth e Glover. Ela estava on-line e respondeu, imediatamente, dizendo que não tinha certeza, mas achava que poderia ir, que tentaria, que estava feliz por ele ter convidado e que concordava sobre as celebridades, mas não deixava passar a chance de folhear a *Heat* quando ia ao cabeleireiro. Apesar dos erros de pontuação, David se descobriu sorrindo.

* * *

Na sexta-feira – a última sexta como colegas de apartamento –, David chegou da escola e arrumou a casa para a eventualidade de alguém aparecer naquela noite depois do Tavern. Aspirou o tapete da sala, tirou da geladeira uns iogurtes rançosos e um bloco de parmesão mofado, e empurrou a mesa da cozinha de encontro à parede para dar um espaço decente para a confraternização. Glover estava no quarto, terminando de guardar suas coisas, e disse que Jess e Ruth estavam bebendo no Savoy. O Tavern fora reservado para as oito, mas ele duvidava que alguém chegasse antes das nove. A mala preta estava aberta na cama, as roupas dobradas dentro dela. As caixas seriam recolhidas no sábado seguinte: David teria de esperar pela transportadora, como se não tivesse nada melhor para fazer. Ele se acostumaria com o apartamento vazio, disse a si mesmo. Esta era a lição dos últimos seis meses. Uma pessoa pode se acostumar com qualquer coisa.

Não houve uma única palavra de Gayle. David lhe mandara um lembrete por e-mail com os detalhes e seu número de celular, e verificou o MSN para ver se ela estava on-line, mas sua conta estava no privativo por algum motivo. Procurou por ela no Skype, só por segurança, mas ela não estava listada. Embora tivesse o telefone de sua casa, não queria ligar, pelo menos ainda não. Havia a possibilidade de ela aparecer no pub, sem dúvida atrasada e aturdida, o cabelo Rossetti para todo lado, o casaco de pele de leopardo adejando.

– Dá para você ouvir meu discurso esta noite? Só para ver se não me escapou nada?

David estava prestes a atacar a massa no prato, mas concordou e Glover se encostou na bancada da cozinha, segurando diante de si uma folha A4, dobrada, feito um saltério. Sem jeito, segurava o cotovelo esquerdo com a mão direita. David enrolava o espaguete à carbonara no garfo no maior silêncio possível.

– "Em nome de minha esposa e eu..." – sinalizou para uma Ruth imaginária ao lado da torradeira – "gostaria de agradecer a todos por virem, especialmente aqueles que viajaram de todo lugar para estar aqui... de Felixstowe e até dos Estados Unidos, e especialmente a Bridget e Rolf, que deviam estar estudando agora."

– Tem "especialmente" demais. E não acho que as pessoas "viajem de todo lugar".

Glover deixou a folha cair e abriu um sorriso cruel. Tinha um quê de teatralidade.

– Podemos deixar os comentários para o final, por favor? Só preciso ensaiar primeiro. Então... "Nosso primeiro encontro foi muito estranho. Ela pensou que eu a estava seguindo desde o metrô, e é justo dizer que nossa primeira conversa não foi nada amistosa. Na realidade ela gritou comigo na rua."

Glover parou para a reação do público. David sorriu como o faria para uma criancinha que bloqueasse uma porta pela qual precisasse passar. O colega de apartamento foi suficientemente estimulado.

– "Logo eu soube que Ruth teria um papel muito importante em minha vida. Ela entrou como um furacão."

Mais um olhar para a torradeira.

– "Eu nunca conheci alguém como Ruth. E ela me apresentou a um novo mundo de ideias e experiências. Umas boas, outras ruins e algumas francamente feias."

Mais uma pausa. David olhava seu espaguete, tentando adivinhar coisas nos fios.

– "Tudo em Ruth é inesperado. Ela é capaz de enumerar, em ordem alfabética, os nomes dos cinquenta estados. No pé direito, seu segundo dedo é maior do que o primeiro, o dedão, ou o Rei dos Dedos, como ela chama. Ela tem onze sardas nas costas e não gosta de cerveja nem de sorvete de iogurte nem dos Beatles." David não sabia do sorvete de iogurte. Nem das sardas. – "Ela não sabe dirigir, mas é a mais maravilhosa passageira. Mas ainda mais empolgante do que as coisas que eu sei sobre ela são as que eu não sei. Eu adoro o fato de que só estamos começando uma jornada para nos conhecermos, e sei que será interessante. Dedicar-se à sua arte é, como todos sabem, a vida de Ruth. E eu acordo de manhã deliciado por ter encontrado *nela* uma obra de arte a que posso dedicar minha vida."

O sentimento pegou David de guarda baixa com seu reverso elegante e ele o sentiu por um segundo. A amplitude, atração e compulsão dele, a improbabilidade o tornava mais extraordinário, e não menos. Ele a amava de verdade, isso não estava em dúvida – mas nem era a questão. Não havia mais impedimentos ao amor, nenhuma restrição, barreira ou segredos, e assim o amor tinha perdido seu poder. Não fazia o mundo girar. Era, pelo menos segundo Glover, a conservação do ímpeto inicial e do campo gravitacional do sol. David voltou a sintonizar.

– "... buscando a perfeição artística, ela recentemente teve o bom gosto de me pedir para sentar para ela, ou ficar de pé na verdade, para posar para o nu, o que, é claro, nos aproximou ainda mais. Ruth é linda, como podem ver, talvez a mulher mais linda que já conheci" – David gostou muito daquele *talvez* – "e não só por fora. Não acho que ela poderia fazer coisas tão bonitas se não refletissem a beleza que ela tem por dentro."

David imaginou a cara de Larry, sem saber o que fazer consigo mesmo, preso entre a ironia sincera e a educação insincera. E Jess! Ele começou a querer que Glover fizesse mais declarações, ficasse mais entusiasmado, mais rápido e fosse mais fundo, mas ele tinha descido aos detalhes práticos.

– "É claro que sei que há uma diferença de idade entre nós e alguns de vocês talvez até digam que ela poderia ser minha mãe, mas ora, minha mãe está aqui hoje e vocês podem ver a diferença. Sem querer ofender, pai!"

Ele sorriu para David e coçou a cicatriz de acne no queixo, confirmando que aquilo era uma piada e a deixa para o amigo rir. Ele riu, e genuinamente. Algo parecia se libertar. Ele não parava de rir.

– "E Ruth pode ser mais velha, mas isso não a torna mais sábia. Nossa relação não é de mão única. Ensinei coisas importantes a ela sobre a cultura inglesa, o que significa o pub, um tema em que sou especialista. Também ensinei-lhe a usar o iPod que ela tem há um ano e que ainda estava na caixa. Ela por sua vez me convenceu a finalmente experimentar sushi, que agora sei que não serve para mim. Então gostaria de agradecer a Ruth por seis meses incríveis e por tentar outro casamento. Garanto a vocês que desta vez é para sempre."

David fez biquinho e chupou um pouco de ar.

– Acha mesmo que deve dizer que desta vez é para sempre?

– E por que não?

– Bom, não é meio como dizer que das outras vezes não foi certo, ou que das outras vezes foi para o nunca ou coisa assim?

– Ela não ficou com aquelas pessoas.

– Não sei bem se é assim que a coisa funciona. Não seria melhor pensar que as relações são boas para o momento? Que todas são provisórias?

– Elas não precisam ser.

– Mas uma coisa pode ser provisória por toda a vida. Toda a nossa vida é provisória, aliás.

Ele deu de ombros, depois lançou de novo seu olhar ardente para a torradeira, como se Ruth realmente estivesse ali no canto e fosse apoiá-lo.

– Olha, me deixa terminar isso. – Ele se segurou na ponta da bancada e se impeliu para sentar ali. – "Estamos felizes por vocês terem vindo hoje para dar apoio a mim e a Ruth. E gostaríamos de convidar a todos a nos visitarem na Big Apple."
A Big Apple! David viu Bridget batendo no gelo da vodca com um canudinho, Jess erguendo as sobrancelhas para Larry.
– "E também gostaria de convidar a todos para se juntarem a mim num brinde à minha maravilhosa esposa, Ruth." – Ele ergueu o copo de Coca Light. – "Um brinde à sra. Glover."

Uma vez Glover disse a David que não conseguia confiar nas pessoas, mas a verdade era o contrário. Ele confiava demais. Seria difícil para ele. Glover considerava tudo reparável, achava que os relacionamentos não passavam de máquinas que ou funcionavam bem ou mal, que eles tinham engrenagens, molas e circuitos. Acreditava que todas as operações da terra seguiam as leis de Newton, que causa e efeito estavam ligados pelas equações mais simples. Mas estes são tempos complicados e a mecânica da vida adulta é quântica. O princípio que pode existir é o da incerteza.

David disse a Glover que o discurso estava perfeito.

onde se pendura uma medalha

– Posso usar sua impressora? Quero mudar esses "especialmente" e a minha ficou sem tinta.

David tinha acabado de entrar na banheira, ofegante, em um banho quente demais quando Glover bateu à porta.

– Claro, é só mandar um e-mail do discurso pra você mesmo e abrir em meu laptop. Está tudo plugado.

– Valeu, meu caro.

Dez minutos depois a temperatura de David tinha se ajustado, mas o suor escorria de sua testa. Ele estava ensaboando suas reentrâncias com gel de romã para banho quando Glover gritou alguma coisa do quarto.

– Você o quê?

– Eu disse que não sabia que você tinha um blog, sr. Dampener!

David se sentou reto, derramando água pela borda da banheira no piso de linóleo. Deixou cair o frasco de plástico na coxa, onde ele ficou boiando alegremente.

– Não leia! Por favor, não leia!

– Por que não?

– É particular!

– Não seja bobo. Está na rede.

Os dois estavam gritando, mas só David tinha pânico na voz. Ele lutou para se colocar de pé na banheira, uma coisa rosada e mole, a água escorrendo em cascata a partir dele, como a Vênus de Botticelli. Sentiu-se fraco por conta do calor e tinha passado uma toalha pela cintura quando Glover bateu com muita força à porta.

David puxou o trinco e Glover deu um empurrão repentino. A base da porta atingiu o dedo do pé de David e Glover estava no banheiro com ele, muito perto e muito furioso. Em vão David tentou empurrá-lo enquanto ele metia um dedo em seu peito.

– Qual é o seu problema?

Um grão perolado de cuspe voou da boca de Glover e caiu na clavícula de David. Ele pegou David pelo braço para puxá-lo para fora do banheiro. Glover podia ser forte, mas David tinha o peso a seu favor, e ficou inerte, agarrando-se à pia com uma das mãos.

– Entra na porra da sala.

– *Vai à merda*, James.

Quando Glover saiu do banheiro, David passou o trinco, mas não havia terminado de vestir o roupão quando ele bateu novamente.

– O que é?

– *O que é?* Bom, vamos ver que porra é essa. – Ele ouviu plástico batendo na madeira e percebeu que Glover segurava o laptop. O espelho estava embaçado. De repente ele não suportou ver a si mesmo apagado e limpou a superfície com a mão, o que deu a seu rosto as distorções aquosas de um espelho de circo. Glover começou a ler.

– "Uma visão muito gasta da sexualidade... uma espécie de lesbianismo triunfante..." Mas que merda é *lesbianismo triunfante*? "Fetichista... a nova tela, *James Primeiro*, mostra um jovem castrado e esterilizado, o tronco um local para as demandas conflitantes de ódio e tensão sexual... a banalidade de recorrer à dialética batida..."

– São só opiniões – justificou David numa voz infantil e mirrada.

– "Ruth Marks embarcou em uma série de aventuras românticas, e todas terminaram mal. Ela trocou o primeiro marido por uma mulher." – Glover se calou, depois perguntou numa voz baixa e entrecortada: – Isso é verdade?

David limpou o espelho novamente e se olhou, depois arregalou os olhos numa saudação. *Oi, David, como você está? Eu estou bem, David, obrigado por perguntar. E você? Não, como está realmente?*

– Acho que sim. A Bridget me contou.

– Quando ela te contou isso? Foi quando vocês almoçaram?

– Agora o pânico estava na voz de Glover, mas a raiva tinha voltado, e o nojo. – Qual é o seu problema?

David afrouxou o nó do roupão e se sentou na beira da banheira. Deveria ter sido mais cuidadoso. Enxugou a testa com a manga atoalhada.

– Acho que me senti meio rejeitado.

Houve silêncio e David puxou o trinco. Ele abriu a porta e Glover ainda estava de pé ali, olhando a tela do laptop.

– Por favor. Não leia mais.

– "Masturbação sem sentido?" "A morte do amor?" Seu merdinha amargurado. Este é você? É isso que você é? É com isso que estou morando?

– Não sei. Acho que não. Por favor, me dê isso.

David tentou pegar o laptop e Glover o estendeu. Depois o computador caiu no piso laminado do corredor e quicou, aberto, quase achatado. David gritou enquanto um líquido esverdeado se espalhava pela tela e apareciam linhas verticais.

– Ai, caramba, desculpe – disse Glover, educado até o fim.

David caiu de joelhos e passou os dedos pela tela, depois testou algumas teclas.

– Não, não, não, não.

Por que um cachorro, um cavalo, um rato tem vida, e tu não respiras? O laptop estava quebrado. Ele o fechou, estalando a tela suavemente como quem fecha a tampa de um caixão. Quando levantou a cabeça, Glover tinha saído.

David estava perplexo. Baixou o laptop na tampa da privada e trancou a porta de novo. Sem saber o que fazer, voltou para a banheira e ficou deitado ali, como um cadáver. Uma mancha rosada aparecera em seu peito onde Glover o havia cutucado com o dedo, acima do mamilo esquerdo. Quando o hematoma aparecesse, seria no lugar onde se pendura uma medalha. Ele abriu a torneira quente de novo e olhou a água corrente ameaçar a ilha deserta de sua barriga. Não tinha uma palmeira que fosse. Nenhum homem é uma ilha, pensou David, além de mim. Depois se secou e se vestiu com calma, arriando na sala de estar. Não havia para onde ir.

– James, eu... me desculpe. Acho que talvez eu esteja deprimido. Não sei por quê. Eu não penso realmente essas coisas da Ruth nem do trabalho dela nem de nada disso.

Glover não desgrudou a cara do programa sobre casas que passava na TV.

– Seu seguro cobre o laptop?

– Não tenho seguro.

– Bom, talvez eu possa te dar alguma coisa para substituir a tela. Deve ser só a tela.

– Vou tirar essas coisas do site assim que consertar o computador.

– OK, não quero pensar nisso.

– Mas eu sinto...
– Não dou a mínima para o que você *sente*, David. Vamos esquecer isso. Sinto muito que o laptop tenha quebrado, mas não quero mais falar nesse assunto. Não acho que Ruth precise saber. Ela ficaria muito chateada. Ela acha que você a adora, se dá para acreditar nisso.
– Eu a adoro. Mesmo.
– Você parece odiá-la.
– É claro que não.
– Quer saber, vou embora amanhã e não vejo a hora.

Como David poderia explicar a Glover? As emoções verdadeiras não são nítidas. São como cores: se misturam. Quando é que o dia vira noite? O pescoço se transforma em ombro? Os elementos se sobrepõem. Mas para Glover tudo tinha a sua época, o certo era o certo, homem era homem, errado era errado, mulher era mulher, e cada objeto que seus olhos virtuosos eram capazes de enxergar parecia ter sido desenhado com um contorno grosso e preto, como as cenas de um livro para colorir.

Embora eles tenham saído juntos de casa para ir à festa, os dois estavam sem se falar, e quando David parou para comprar cigarros, Glover não esperou. Ao sair da loja, o colega de apartamento estava andando, longe. Sentindo-se ridículo, David o seguiu.

Ele teve a sensação de que acabaria sendo uma longa noite. Para não falar num fim de semana muito longo, uma vida muito longa. No dia seguinte ele teria de se vestir como um ovo e fazer seu discurso celebratório ridículo. O celular vibrou e ele o pegou no jeans. Ruth.
– David, oi. Estou tentando falar com James.

– Ah, acho que ele desligou o celular. Os pais dele estavam ligando toda hora.
– Olha, estávamos no Tavern, mas a Jess acabou de receber uma ligação da... Ah, não, espera, estou vendo você.

A ligação foi interrompida e um táxi preto parou abruptamente ao lado dele. A janela abriu e Ruth apareceu, murmurando alguma coisa.

– Está indo para o lado errado. – David riu antes de perceber que havia um problema. Ele podia distinguir Jess do outro lado do banco, agachada na beira, falando furiosamente ao celular. E atrás do táxi, depois dos sinais de trânsito, sem que fosse visto por Jess ou Ruth, ele distinguia as costas largas de Glover se afastando.

– Jess acabou de receber uma ligação da sobrinha de Ginny. Ela está doente. Acordou de um cochilo com dores nos braços, e você sabe o que isso pode significar. Estamos indo direto para Chichester agora.

– Bom, terão que pegar um trem. Ou talvez eu possa levar vocês de carro. Não pode pagar um táxi até lá.

Ruth rejeitou a ideia com um gesto impaciente.

– Está tudo bem. Mas olha, pode falar com James e dizer a ele que eu sinto muito por não poder ver os pais dele?

Um ônibus tinha parado atrás do táxi e o motorista dava uma longa buzinada. O táxi obstruía o ponto de ônibus. David olhou para o motorista com raiva, um sique com um rosto muito fino, que mostrou um dedo cheio de juntas para a placa do ponto.

– Diga a ele que o amo e estou louca para chegar amanhã. David assentiu estupidamente.

– Espero que esteja tudo bem. Liga para o meu celular. Vou dizer ao James para deixar o dele ligado.

David se abaixou um pouco, tentando sorrir para Jess, mas ela estava ocupada, em algum lugar entre a raiva e o medo, dizendo incisivamente: "Ah, Miriam, só me diz o que ele falou. Não sou criança."

O ônibus buzinou de novo. Jess virou o corpo elástico para mostrar o celular pelo vidro traseiro ao motorista. Queria contar a notícia ao mundo, e depois ele se abriria para ela, como o mar Vermelho. O táxi começou a arrancar e Ruth gritou: "Dê minhas lembranças a todos."

No Tavern, David viu Glover sentado com Eugene e Tom na mesa no canto escondido do primeiro andar, obviamente tomando um trago rápido ou dois antes de subir para encarar a festa. Fingiu não vê-los e ninguém o chamou. Embora ele normalmente achasse que entrar em festas era algo singularmente estressante, naquela noite apenas endireitou as costas e entrou sem medo algum. Tinha um segredo e isso lhe emprestava propósito. Procurou Gayle no salão, mas não a viu. Larry estava arriado num canto com uma garota bonita e David foi até lá. Pensou que ele pudesse saber, que Ruth ligara para ele, mas Larry parecia desligado e David sentiu uma curiosa relutância em repassar o recado. Larry assumiria o controle e contaria a todo mundo. Organizaria as flores, um avião, um link de satélite ao hospital de Chichester.

David deixou a conversa vagar pelo clima da semana, a previsão do tempo para o dia seguinte, e depois, inesperadamente, a admiração da garota pela arte de Ruth, em particular as pinturas. David informou a ela que Ruth não viria esta noite. Ela esteve aqui por um segundo, mas recebeu um telefonema. Larry quis detalhes, o que era de se prever. David sabia que ele estava se coçando para ficar de pé numa cadeira, deixar a linda assistente bater na taça de vinho pedindo silêncio e depois declarar que ele tinha um anúncio a fazer.

David ficou mais vago, disse que Jess e Ruth tiveram de sair às pressas e que ele devia ter se desencontrado delas. Disse que queria falar com Glover antes de dizer mais alguma coisa. Larry assentia, mas não podia pressionar demais, pois estava ficando evidente que ele não era, como David achava que representasse, o mais íntimo confidente de Ruth.

David reconheceu os pais de Glover, Robin e Jane, pela foto no quarto do colega. Eles estavam sentados em um dos sofás de couro verde, de uma maneira que um especialista em linguagem corporal descreveria como reservada. Os sofás tinham sido deslocados para ficar de frente um para o outro, e na frente deles sentavam-se os pais de David. A mãe, dos pés à cabeça de amarelo cítrico, o vira e estava acenando como se ele fosse parcialmente avistado. Obediente, ele seguiu para lá.

– James não chegou?

Que torrente de amor, a primeira pergunta de sua mãe.

– Não, ainda não vi.

– Sou o pai de James, Robin, você deve ser David.

Os dedos eram muito longos e viajaram rápido demais em volta da mão de David. Eles se *aplicaram* à pele. Isso deve ser um pré-requisito, David se viu pensando, para tocar acordeão, e olhou em volta, para saber se Robin o havia trazido.

– E, David, pelo que sei você é o padrinho desse troço de amanhã.

Jane lançou um olhar nervoso e apavorado ao marido. Seja lá o que eles tinham combinado, o marido agora a traía.

– Ao que parece, a Ruth está aqui. Você a viu? Pode apontar para mim? Vamos ouvir o que *ela* tem a dizer.

O nariz de Robin era uma barbatana de tubarão e havia algo similarmente predatório em sua boca de lábios finos. Os olhos eram grandes, azuis e parecidos com os de Glover, mas lhes faltava o bom humor do filho. Para um homem religioso, ele era meio meticuloso demais, os punhos apertados, o cabelo bem repartido, ainda mostrando as trilhas do pente. David apostaria o que quisessem que algo incontrolável grassava naquele coração que batia por baixo do paletó esporte xadrez. David não ia querer, por exemplo, ser uma jovem presa num elevador com aquele homem. Qualquer um que pronunciasse demais o seu nome, ou estava tentando iludi-lo ou convertê-lo – o que, é claro, era praticamente a mesma coisa.

E David sabia que Jane tinha sido iludida. Ela sorria sem parar, mas dava para desconfiar que em um mundo ideal ela teria cortado a garganta do marido há muitos anos. Ela tomara decisões ruins, inclusive a de disfarçar a penugem de cada lado do lábio superior com tintura. Agora bigodes brancos se curvavam pelos cantos da boca. Combinados com o nervosismo inquieto, a impressão que davam era de uma gata flagrada lambendo o leite de outro gato.

– Robin, *por favor* – disse ela.

O álcool era o caminho e a luz ali, e David começou por Jane:

– Quer que eu pegue uma bebida para você?

Ela se assustou.

– Ah, não, não, obrigada. Não para mim. Talvez uma Shloer. Tem Shloer aqui?

Robin pediu uma água gasosa – uma água *gasosa*, Hilda repetiu ao filho, como se essa combinação de adjetivo e substantivo fosse extremamente improvável. Depois ela mexeu o traseiro para afagar o couro sob a coxa e procurar onde grudava, acrescentando que queria outro suco de laranja. David sabia, pelo rubor de suas faces, que aquele acabado em sua mão tinha sido diluído por uma ou duas doses de vodca, e percebeu que ela estava se adaptando aos Glover, por vergonha, necessidade ou desejo de ser aceita. Era um traço de família! Ele se viu nela subitamente, virando a cara, e desviou os olhos na direção do pai, que inclinara a cerveja para ele, assentindo.

disegno

A cabeça de Kevin apareceu, sorrindo para cada grupo díspar enquanto procurava por Glover ou Ruth, e David percebeu que, na ausência dos dois, ele era o encarregado da festa. Aproximou-se e concordou com Kevin que, sim, seria uma boa ideia colocar uma música. Ele tirou o iPod de dentro do casaco e selecionou a playlist de uma banda de jazz dos anos 1930.

No bar, uma administradora do Barbican deu um tapinha na manga de David e perguntou se aquela era a festa de despedida de Ruth Marks. Ela nem sabia que Ruth ia se casar.

Surgiu um movimento na porta. Bridget e Rolf chegaram com vários amigos, parte da massa de jovens americanos que assombra o planeta, e de um só golpe duplicaram o nível de barulho da festa e reduziram à metade a média de idade. Por um segundo David pensou que Gayle estivesse entre eles, mas era outra garota de cachos longos e escuros. Larry já ia na direção de Bridget, conduzindo a linda acompanhante com a mão na base de suas costas.

Bridget deu um beijo distraído no rosto de David, e Rolf, talvez para reparar a frieza da namorada, contornou-a desajeitado e o encerrou num abraço imenso. Era como ser amarrado com tiras de borracha. David perguntou a Bridget se ela falara com Ruth e ela fugiu da pergunta, apresentando-o coletivamente ao círculo mais próximo de seu grupo: Daisy, Zoe, Sarah, Maud e um cara orelhudo chamado Rooster. Depois suspirou com desdém e disse que Ruth mandara um torpedo. Correndo o olhar pela roda

para saber se captava a atenção de todos, ela deu de ombros, dizendo: "Mas esta é a Ruth."
Rolf tentou lhe dar apoio.
– E quando ela perdeu o voo no JFK porque pegou um táxi para Newark? Bridget? – Mas a namorada já estava em outra, cochichando alguma coisa no ouvido de Daisy, Zoe ou Sarah.

Nos sofás dos pais, Robin demonstrava algo a Ken batendo as palmas das mãos, tocando címbalos invisíveis. O outro lado da sala parecia iluminado unicamente pela roupa da mãe de David. Jane assentia sua cabeleira prática e semicerrava os olhos para Hilda com um sorriso fraco e fascinado. Já eram nove da noite. Gayle não ia aparecer. E ela nem teve a educação de mandar uma mensagem. Se não estava interessada, por que não disse logo, em vez de fazer isso? Em vez de brincar com ele? E Glover devia subir, enfrentar a música de big band. A essa altura ele deve ter falado com Ruth e percebido que teria de vir sozinho.

– Quer dar uma animada com a gente?
A voz estava muito próxima do ouvido de David e ele se virou repentinamente, esbarrando o nariz na cabeça de Larry. Ele tinha um cheiro maravilhoso, caro, e David percebeu que desmanchara a plumagem prata de sua têmpora. Larry rapidamente a ajeitou e David os seguiu para um banheiro em forma de L. Enquanto a garota mexia nas drogas na beira da pia, os dois ficaram atrás, encostados no aquecedor. Esta era a versão de Larry de fumar escondido atrás do abrigo de bicicletas. Ele dobrou o joelho em sua calça de lã cinza, raspando a sola de couro no metal com um arranhão.
– Não podemos ficar mais, é sério. Pena que Ruth e Jess tiveram que ir.

– Soube que foi alguma história com a Ginny. Espero que ela esteja bem.

– Ah, é mesmo? Bom, ela *sempre* está bem. Só vou esperar para desejar sorte a James e depois vamos sair também, jantar em algum lugar.

Os comentários eram dirigidos a David, mas pretendiam tranquilizar a garota. Ela possuía uma beleza de revista, com cabelo de TV, e o vestido preto e justo tinha acessórios que as extremidades – os dedos das mãos e dos pés, a bolsa e o cabelo – cintilavam de cristal e prata. Ela estava de costas para os homens e rebolava os quadris muito suavemente no ritmo da música. David percebeu que Larry e ele a olhavam e virou a cara. Sempre achou que Larry fosse gay, até que Ruth falou em como o divórcio dele reduziu sua coleção de arte à metade. E foi um pequeno choque vê-lo com alguém, ou olhando para alguém com intenção e desejo. David achava que ele era refinado demais para realmente *querer*.

Então ele concluiu que as mulheres de Larry deviam ser sempre garotas, e sempre bonitas, e sem dúvida elas eram arquivadas sem distinção na mente dele sob o título Garotas Bonitas. Não havia espaço ali para mais ninguém, para ninguém sério. De certo modo David considerava Larry e a si mesmo criaturas semelhantes: suas energias eram dirigidas aos amigos.

Glover chegou na ausência dos dois e estava no bar, no meio da tropa de Bridget, com a cabeça jogada para trás e uma garrafa de Heineken na boca, parecendo tocar a alvorada para os címbalos do pai. Ao lado dele, Eugene ergueu a própria garrafa, respondendo ao chamado. Depois Tom passou o braço volumoso pelo pescoço de Eugene, por amizade ou ameaça – com Tom, não se conseguia diferenciar. Bridget fazia cena para os amigos de novo, contando que a mãe não compareceu à cerimônia de formatura dela.

– ... e ela ficou toda nervosinha, eu estou aqui, eu estou aqui, e eu só gritava pela janela: "Foi de *manhã*, Ruth, e você perdeu."

Confirmando que a essa altura estava meio bêbado, Glover deu um abraço em David e disse:

– E como está meu padrinho? Você sabe da Ruth?

– Pensei que você tivesse falado com ela.

– A bateria arriou. Kevin tentou me arrumar um carregador, mas nenhum deles serve. Tom insistiu para tomarmos uns tragos antes.

David explicou. Depois se estendeu:

– Elas disseram que tinha acontecido alguma coisa com Ginny. – Ele colocou ênfase em *disseram*, para deixar aberto à interpretação. A coca o deixara tenso e ele rasgou um lenço de papel no bolso enquanto falava. Depois acrescentou que Ruth contara que estava nervosa porque iria conhecer os pais dele. Glover franziu a testa – as duas linhas, o trema, apareceram acima do nariz – e balançou a cabeça, tentando expulsar os pensamentos que se amontoavam nela. Pôs a boca perto da orelha de David e cochichou que Bridget achava que Jess e Ruth deviam estar doidonas demais para ficar.

– Bom, isso não é verdade. Quer dizer, elas tomaram uns coquetéis no Savoy, mas não estavam muito bêbadas. Pegaram um táxi na High Street e pararam quando me viram. Você já tinha ido.

– Nem acredito que ela foi embora. Minha mãe disse que ouviu alguém dizer que ela saiu correndo de mãos dadas com uma mulher alta. Ela nem apareceu para cumprimentá-los.

– Tenho certeza de que ela não queria ir.

Os olhos dele estavam um tanto injetados, inseguros.

– O que ela disse? Posso ligar para ela do seu celular?

– Claro. Acho que Ginny teve um desmaio ou coisa assim, e ela e Jess não tiveram escolha. – David lhe passou o celular.

– Você acha que ela desmaiou?

– Foi a Ruth que me disse isso.

Glover baixou um pouco a cabeça para que os olhos deles ficassem no mesmo nível. David tocou seu braço para tranquilizá-lo e Glover meneou a cabeça, então ele colocou as mãos em seus ombros e olhou bem em seu rosto.

– Ela só não queria que Jess fosse sozinha.

– Quem sabe o que ela e Jess queriam? Até parece que ela não tinha mais nada para fazer esta noite.

Sua fraseologia pareceu a David um bom exemplo de lítotes, mas ele ficou quieto.

Larry ouvia Bridget, e a Garota Bonita foi encurralada por Tom entre o balcão e uma banqueta de pernas compridas. Quando David se juntou ao grupo, ela viu sua chance e escapuliu para o banheiro.

– Então essa é sua filha? – perguntou Tom, em parte simpático, em parte agressivo. Larry sorriu, sem se constranger. As chances de Tom constrangê-lo eram exatamente nulas. Larry tinha a boa vontade infindável de um político de carreira.

– Não, imagina, ela é estagiária na minha galeria.

– Nada mau – disse Tom e assentiu, contemplando a silhueta da garota, que cruzava a sala. Bridget lançou aos dois um olhar desdenhoso. Tom já entrara na lista negra de seu grupo: as costas das amigas se viraram em uníssono como escudos contra ele.

– Não, o corpo da minha filha parece um tanque – refletiu Larry, aos cochichos, e apontou para David. – Ela parece esse aí de peruca.

Tom riu e David se afastou, sem sorrir. Ainda fingia estudar as playlists do iPod quando Glover voltou. Foi uma conversa breve. Ele devolveu o telefone e como um gesto de retribuição David lhe passou o player.

– Tudo que eu escolho parece mais apropriado para um enterro. Está tudo bem? Falou com a Ruth?
– Eu disse a ela para vir para cá agora e ela desligou na minha cara. "Ginny está doente. Jess precisa de mim." Inacreditável! Glover engoliu em seco e piscou. David viu que Robin encarava o filho do outro lado da sala, e Glover também viu. Ele moveu o queixo para o lado numa expressão nada convincente de tolerância. Sua testa transpirava e ele olhou para David como se estivesse derretendo, definhando, desmanchando.

Às dez da noite David decidiu ligar para a casa de Gayle. Ele saiu na noite seca e fria e se sentou em uma das mesas de piquenique acorrentadas do pub. À parte um pombo inchado que andava pela beira do meio-fio, gordo ou doente demais para voar, ele estava sozinho na calçada. Enxotou a ave para não ter de se identificar com ela e o pombo vagou para longe, satisfeito. Depois procurou o número de Gayle – salvo como Singleton – e ligou. Uma voz de homem, estridente e com sotaque do norte, atendeu no primeiro toque. David perguntou por Gayle e a voz trinou: "E quem está falando?"
– David, David Pinner – respondeu, já sem graça. Passou o polegar pelo botão de desligar, mas não apertou.
– Tudo bem, espere um minuto.
...
– Alô?
– Gayle, oi, é o David. Estou no pub e estava pensando se...
– Como conseguiu meu número? – Parecia perplexa e estranhamente hostil.
– Ah, só fiz uma busca no 192.com por seu nome e Londres. Eu queria saber se...
– Não, não posso ir esta noite.

– É mesmo?
– Estou com umas pessoas aqui. – David a ouviu dar alguns passos em uma superfície dura e fechar uma porta. – David, se eu quisesse te dar meu número, teria dado. Acho que não devia telefonar para minha casa.
– Mas você está na lista. Eu só estava tentando ver... Quem atendeu o telefone?
– Não é da sua conta.
Ele ouviu uma porta se abrir e o homem de voz aguda perguntar: "Quem é *esse*?"
– Preciso ir. Tchau.
Pode ter sido a televisão ou as visitas dela, mas David achou ter ouvido um choro de criança ao fundo.

Uma das amigas de Bridget gostou de Glover. Ela era do Meio-Oeste, tinha cabelos escuros e quadris largos, um rosto bonito e provinciano, além de dentes compridos, proeminentes. Balançou um pouco o cabelo quando eles conversavam e depois chupou o canudinho, de cabeça baixa, os olhos de cachorrinho virados para cima. Ela estava fazendo, pensou David, a expressão do boquete.

Ken e Robin foram até o balcão do bar para falar com Glover, a mão de Robin chegou primeiro, dedos de tentáculo se fechando no ombro do filho.
– Acho que já deve bastar para você, James. Nenhum sinal ainda? Em que devemos pensar? Amarelou?
Ele ladrou um riso sem vida e seus dedos começaram a se contrair no ombro de Glover, cravando-se na clavícula. Certa vez Glover disse a David que ele e o pai se comunicavam fisicamente, e agora David testemunhava o que, na verdade, envolvia. Robin

estendeu a outra mão para o filho e pegou seu pulso esquerdo, torcendo-o. James colocou o caneco no balcão e o que se seguiu foi o que os cartazes chamariam de uma breve escaramuça. David recuou para trás de Ken e eles ficaram assistindo. Não foi muito engraçado, terminando quando Robin disse: "Ah, não, meu dedo ruim não, esse é meu dedo com artrite."

David sentiu o telefone vibrar no bolso, mas esperou até que estivesse no banheiro para verificar. Talvez fosse um pedido de desculpas de Gayle, mas não, era Ruth.

> James, não seja ridículo. Jess é minha amiga. Eu te amo. Preciso que seja maduro. Ginny está muito doente. Divirta-se!

Ele deletou.

Eugene e Rolf descobriram que partilhavam a paixão por jogos virtuais em multiplayer. Os dois passaram várias semanas completando uma certa missão no World of Warcraft e agora descreviam em detalhes para David. Perto dali, Tom falava num tom sério com Glover, que se encostava, de braços frouxos mas atento, numa mesa. Tom relacionava os argumentos, contando nos dedos. Todo mundo no salão parecia gritar.

Os pais foram embora juntos. O adeus de Hilda ao filho tinha uma pontada de ressentimento: ela achava que David não tinha ficado o suficiente com ela e ofereceu o rosto sem tentar lhe dar um beijo. Selando o aperto de mãos com a outra mão, Ken disse a Glover: "E estamos ansiosos para conhecer essa mulher de sorte amanhã", o que levou Robin a erguer as sobrancelhas para Jane. Quando apertou a mão de David, Robin disse: "David, Deus te abençoe", e David de novo teve a sensação de que ali estava um homem muito mau. Jane fechou os olhos e abraçou o filho com força, como se um tornado uivasse a suas costas. Depois Robin disse: "Vamos logo", e eles partiram.

Por insistência de Glover, Eugene e Tom foram para casa com eles. David disse que ele era louco, que eles teriam um dia interminável pela frente, mas Glover não deu ouvidos. David não queria os dois no apartamento e quando eles se sentaram na cozinha, ele foi para a sala e ligou a TV. Depois de alguns minutos Eugene apareceu e lhe ofereceu um tapa. Havia certa compaixão no gesto, mas ele aproveitou assim mesmo, envolvendo-o numa conversa sobre o anúncio da consolidação da dívida. Os olhos de Eugene tinham um jeito agradável de ficar maiores quando ele escutava, e ele era tão ruivo que sua pele parecia ser transparente, como cera. Todo o pigmento do interior de seu corpo se transferira para os aglomerados sardentos que se espalhavam pelos braços e pelo rosto. Podiam ter derramado tinta laranja nele e, empoleirado no braço da espreguiçadeira, ele passou a ponta dos dedos na testa como se tentasse limpar alguma coisa.

Glover entrou, equilibrando uma bandeja de canecas e garrafas de cerveja. Tom o seguia, dizendo: "É, mas não tão sarada como a estagiária do Larry. Essa era qualquer coisa."

Ao que parecia, contemplar a beleza de uma mulher causava dor física em Tom e ele estremeceu. David pegou o chá na bandeja, bebeu e ficou observando. Ninguém deu trela para as observações de Tom, então ele continuou sozinho, dizendo a Glover:

– Acho que você terá que deixar tudo isso para trás.

– Ainda posso *olhar*.

David via que Tom queria dizer alguma coisa cruel, mas foi o inocente Eugene quem deu o nocaute perfeito. Um clipe de uma negra segurando um bebê apareceu na TV e perguntou:

– Quando você acha que terão filhos?

Sentado no sofá ao lado de David, Glover respondeu com insegurança:

– É, não sei se quero ter filhos.

– A Ruth é um pouco mais velha – acrescentou David, informando a Eugene de uma angústia terrível. – Acho que filhos não estarão em pauta.
– Como assim, mais velha? – Tom quis saber com seu charme habitual.
David se perguntou por um segundo se ele tomava esteroides. Além disso, ele tinha conhecido Ruth, embora brevemente. Glover franziu a testa, mas seus olhos não desgrudaram da TV. Ele podia estar discutindo a previsão do tempo quando decidiu responder.
– Ela está com uns quarenta.
Tom soltou um assovio baixo e Eugene disse "Hum" como se tivesse sido informado de uma coincidência menor interessante. Tom levou a garrafa de cerveja até a boca – as listras da camisa formaram um arco em seu bíceps –, mas depois desistiu de tomar um gole.
– Quando diz que ela está com uns quarenta, é tipo 41 ou 49?
– Nenhum dos dois – disse Glover, e David se intrometeu.
– Ela tem 47, mas pode passar por quarenta, não é?
Glover virou-se para o colega de apartamento e seus olhos eram como as fendas de uma máscara.
– Por que não cala sua boca?
– É a verdade.
– Eu não sabia que você tinha uma queda pela turma do cabelo azul, Jimmy. A vovó ainda está solteira, sabia?
Tom riu consigo mesmo. Glover encarava David, que logo percebeu que qualquer raiva, frustração e constrangimento que Glover sentisse com a conversa – com a noite, com todo o relacionamento ridículo – descontava nele.
– David, eu sei que está chateado por eu me casar, mas não precisa agir como um *imbecil*. Eu deixei você andar com a Ruth...

– Você *deixou*?
– É, porra, deixei. Mesmo depois de descobrirmos que você carregava fotos dela na carteira para todo lado. E depois, esta noite eu descobri...
– Eu já expliquei isso.
– Ele anda escrevendo umas porcarias sobre a Ruth na internet. Achou-se no direito de criticar o trabalho da minha mulher. Como uma criancinha, Tom bateu palmas de alegria. Eugene, sobressaltado, afastou um biscoito digestivo da boca aberta, sem morder. De certo modo, ao simplesmente dizer que Ruth era velha demais para ter filhos, só de dizer a verdade, ele o provocara. E agora Glover faria o máximo para humilhá-lo na frente de seus amigos imbecis.
– A foto estava ali para referência – disse David, quase sussurrando.
– Chame como quiser, cara, chame como quiser.

Alguns minutos depois Tom prendeu uma garrafa de Budweiser entre os pés e tombou outra de cabeça para baixo contra ela, alavancando as tampas. A Bud se abriu com um silvo e Tom passou-a para Glover, mas quando pegou uma segunda garrafa fechada e tentou repetir o truque, houve um esmagar arenoso, um palavrão anglo-saxão, espuma exuberante por seus dedos, e cacos marrons no tapete cinza vagabundo. Tom correu para a cozinha e eles ouviram a torneira aberta. Ele cortou o polegar. David ficou feliz em aceitar qualquer sangue de Tom como distração.
– Ainda pode sapatear, mas seus dias de pianista acabaram – disse Glover quando Tom voltou, com papel toalha enrolado na mão. Ele tentava melhorar o astral, mas Tom não se alegrou. Implicante, ele era incapaz de ser alvo de uma piada. Ele voltou a mira para David.

– Não sei por que você está tão empolgado. – Encorajado, Tom virou-se para Glover. – Olha, se eu soubesse que ia convidar esse babaca para ser seu padrinho, eu teria aceitado antes.

David virou-se para James.

– Como é?

– Não gosto de falar em público, parceiro.

Glover olhou para David e deu de ombros num desafio relaxado.

– Ele é meu primo.

– Mas mesmo com a dislexia, eu me sairia melhor do que você.

– Cala a boca, Tom – disse Glover sem mudar o tom.

Depois que eles foram embora, David entrou na cozinha, onde Glover estava lavando os copos na pia, disposto, ao que parecia, a apagar quaisquer vestígios restantes da presença dele no apartamento. David se sentia estranhamente calmo. Na verdade estava feliz por Glover ir embora e remover a farpa de ressentimento que sentiu naqueles últimos meses. Indo embora, Glover lhe assinava um cheque em branco de uma nova vida e ele podia decidir como preencher – ou completar. Eles estavam quase no fim. No dia seguinte tudo acabaria, e Glover e Ruth partiriam para sempre.

Ele não sentiria a menor falta de ter por perto burros falantes como Tom, mas estava irritado por ser a segunda opção para padrinho. Então ele nem era o suplente de Glover, era de Tom. De forma brusca, ele se sentou à mesa, arrastando-a para perto e pousando nela o cotovelo.

– Noite legal – comentou Glover.

Estaria sendo sarcástico? David não sabia. Olhou suas omoplatas inchando por baixo da camisa. O professor de escola dominical de David, em um salão empoeirado e vazio de Kennington, uma vez disse à turma que as omoplatas deles eram os cotos que restaram de asas de anjos, que eles perderam quando caíram em desgraça. A lembrança o enfureceu. Toda aquela venalidade, presunção e superstição. Deus escolhera fazer... você. Você é o milionésimo visitante, o objetivo da evolução e a razão absoluta para a existência do cosmo, e o GRANDE PRÊMIO do paraíso o espera. Basta clicar aqui.

– Desculpe. De novo. Mas você não precisava falar na foto. Fez com que eu parecesse um maluco.

James colocou uma caneca virada no escorredor, depois fechou a torneira com três giros incisivos e se virou.

– Você *é* maluco. E Ruth ficou histérica por você carregar uma foto dela por aí. Finja o que quiser, mas não pode dizer que isso não significa nada. Significa *alguma coisa*.

David estava muito tranquilo. *Disegno*. Ele tinha material e tema. Tinha liberdade e contenção. Tinha invenção e respeito pela tradição. Era possível resolver o problema da forma correta. *Stet Fortuna Domus*. Que a sorte perdure nesta casa. Diga.

– Então você deveria olhar a carteira dela.

– O quê?

– Você não está lá, mas a Jess está. O que acha que *isso* significa?

– Mentira.

– Eu vi, porra. Na exposição dela. Ela me deu a carteira para pagar as bebidas e tinha uma foto de Jess. Pelo que sei, ela pode guardar uma de cada marido que teve também. Todo mundo com quem ela trepou.

David olhava com interesse Glover tentar deslocar a corrente de suas emoções para um local mais seguro. Ele piscou.

– Você mente, David. Agora sabemos disso. Você mente o tempo todo.

David sustentou um silêncio ardiloso por alguns segundos. Nele, tinha esperanças de que Glover encontrasse a resposta. David uma vez pensou que ele era um pintor, depois um romancista, depois um poeta. O homem certo, os meios errados. Seu dom era para os silêncios.

– Olha, eu não sei de nada. Nem mesmo sei se foi por Jess que Ruth deixou o pai de Bridget. E nem você sabe direito. David sabia, é claro. Como se chamava mesmo? Gloria. Alguma coisa terrível aconteceu com ela. Bridget mencionara um manicômio.

– Por que está tentando estragar tudo, David? Por que se esforça tanto para isso?

Glover bateu a porta da cozinha depois de passar. David ficou sentado, ouvindo o zumbido estoico da geladeira, e em seguida escutou a voz de Glover, falando baixinho no corredor. *Ruth, sou eu. Pode me ligar, por favor? Sei que é tarde, mas preciso conversar. Eu só preciso conversar com você. Onde você está? Está com Jess? Me liga.*

Um ou dois minutos se passaram e David continuava sentado, imóvel, na cozinha. Era tarde. O vidro escuro da janela refletia a lâmpada pendurada sobre a mesa e parecia que alguém podia atravessar e entrar naquele mundo refletido de sombras fluidas e profundezas escuras, de antimatéria e de todas as suas possibilidades. Ele ouviu Glover vasculhar cartões de táxi na gaveta do telefone, depois ouviu-o falar de novo, pedindo um carro. *Você não entendeu nada, nadinha mesmo?*

David se levantou e baixou a cortina da cozinha, banindo seu gêmeo melancólico. Glover estava sentado no chão do corredor, as páginas amarelas abertas sobre as pernas cruzadas.

– São três da manhã. Não acha que...

– Vou para casa da Ruth. Vou arrumar um táxi em algum lugar.
– Escuta, eu posso te levar lá, se quiser, mas esse troço não pode esperar até amanhã...
– Então vamos. Ou me dá a chave. Eu mesmo posso dirigir.
– Você está bêbado. Não vou te dar meu carro.
– Não estou mais bêbado do que você.
– Pode ser, mas você não tem seguro.

David pegou uma garrafa de uísque pela metade no armário de bebidas.
– Vamos precisar disto.

A rua estava deserta e congelante, e todas as casas pareciam estar às escuras, mas uma batida de hip-hop era audível de algum lugar. O Polo não pegou, mas Glover, mesmo naquele estado, insistiu que se David continuasse forçando a ignição, ia afogar o motor.

Enquanto esperavam entre tentativas fracassadas e dissonantes, Glover perguntou:
– Está tentando me proteger? Você sabe de alguma coisa?

Era comovente. Ele parecia muito pequeno e desamparado. Era uma interpretação tão generosa de seus atos que David ficou genuinamente comovido.

– Eu só sei que elas se amaram no passado. Eu vi a foto. Sei o que você sabe. Quero que seja feliz, parceiro. – Ele experimentou a chave e o motor pegou. – Toma um gole aqui, vai. Eu não posso beber mais.

hematoma

Enquanto eles seguiam de carro pela ponte de Blackfriars, a noite estava prestes a terminar. Surgia um céu cinzento, pesado. Com dificuldade, uma jovem andava de salto alto ao lado da grade da ponte, com um paletó masculino jogado nos ombros, embora não houvesse homem nenhum à vista. Glover estava em silêncio, olhando pela janela, viajando por sua geografia psíquica. O que foi que eles disseram mesmo? Desespero a 12 quilômetros, Felicidade a 34? David deixou o Desespero para trás e seguia para a Felicidade. Glover fazia o trajeto contrário. David pesou as palavras seguintes com cuidado.

– Olha, o que importa se a Ruth anda com uma foto da Jess? Ex é ex.

Glover virou o Jameson e tomou um gole, depois ofegou.

– Não é isso. Eu só... eu não quero perdê-la.

– Sabe o que é isso? É porque ela é a primeira pessoa que você realmente amou. Tudo pode parecer imensamente importante.

– Eu tive outras namoradas.

– Claro, claro, mas Ruth me falou que você era virgem.

– Ela falou?

– Acho que ela ficou surpresa, mas... sei lá.

Glover ficou em silêncio enquanto o Polo saía da ponte e entrava num retorno, suave como se corresse sobre trilhos.

David parou na Whitecross Street, perto das portas de metal do Peking Express, onde Ruth e ele estiveram meses antes, na noite em que ela lhe contou sobre seus sentimentos por Glover. David começou a dizer que ia esperar e Glover o interrompeu, mandando ele ir para casa e saltando do carro abruptamente. David o viu correr pela faixa branca interrompida no meio da pista.

Depois saiu do carro e o seguiu, escondendo-se atrás de um furgão na frente do prédio enquanto Glover esperava o elevador no saguão iluminado. Depois que as portas de aço fecharam, David chamou o porteiro, acenando com a carteira para a cabeça raspada de aposentado que semicerrava os olhos para ele de cima do balcão.

– Meu amigo acaba de entrar, esqueceu isso no carro. – Ele passou sem esperar por uma resposta. Diria que estava preocupado, diria que só queria se certificar de que estava tudo bem.

Ele ouviu Glover assim que o elevador abriu no andar de Ruth. A porta da frente do apartamento estava entreaberta e Glover gritava. As caixas de Ruth estavam empilhadas no corredor e David se esgueirou por elas até a cozinha. As vozes vinham de um canto da sala. Glover queria saber onde estava a bolsa de Ruth. Ruth não compreendia.

– James, por favor, baixe o tom. Acho que está pendurada no gancho da porta. O que há com você? Você está bêbado. Fedendo a bebida.

– Teve uma noite boa?

– Não, por acas... – Mas Glover já pisava duro pelo corredor e pegava a bolsa. David o ouviu largá-la no carpete e meteu a cabeça pela parede divisória.

Glover estava de joelhos, sacudindo todo o conteúdo para fora da bolsa. Ruth, com um moletom de capuz vermelho e uma calça de pijama de seda preta, estava sentada na poltrona com a cabeça nas mãos, mechas louras se projetando dos dedos. Ela se apresentava numa peça diferente. David pensou que ela esperava que Glover percebesse sua pose e se juntasse a ela no palco. Ruth não percebeu o que estava acontecendo, em que estado estava Glover, e depois ergueu a cabeça. Disparou de onde estava, gritando:

– O que está fazendo? Essas são as minhas coisas.
– Tem uma foto da Jess na sua bolsa?
– O quê? Não. Por quê?

Os dois tentaram pegar a carteira de Ruth e James segurou o capuz dela pelo alto, afastando-a com um puxão. O zíper prendeu em seu pescoço e ela bateu o quadril no braço do sofá. Deu um grito breve, um som espantoso de animal. Ele esvaziava a carteira no carpete, e logo pegou uma coisa e se levantou. Ruth tinha desabado sentada, como um Buda, de costas para a lateral do sofá, e segurava o pescoço. Estava em silêncio, apavorada, e olhava atônita enquanto Glover sacudia a foto de Jess na cara dela.

– O que está fazendo? O que é isso?
– É a idiota da Jess. Sempre em todo lugar. Por que está mentindo para mim?

Ele a atirou para ela e a foto quicou em seu ombro, escorregando para baixo do sofá.

– Eu não sabia que estava aí. Mas o que importa? Por que importaria se de algum modo...
– Ruth, por que você está aqui?
– O que quer dizer? James, você está bêbado e...
– Por que trepa comigo? Por que não trepa com a Jess? Ou com qualquer outra?

Ela abriu a boca, fechou-a de novo, depois disse:
– Ah, meu Deus. Isso não. *De novo*. Agora não. – Tombou a cabeça para trás, exibindo as olheiras, depois soltou um suspiro e jogou o queixo para o lado com desdém. – Talvez porque já trepei o bastante com ela.

Glover se curvou ligeiramente, como se pudesse ajudá-la a se levantar, mas em vez disso David viu o braço dele investir, viu-o atingir o rosto de Ruth com o dorso da mão. Ele ouviu o som, de carne, embotado e definido. Ele estava ali. Ele via. Afastou Glover de Ruth, embora na hora ele tentasse abraçá-la, e o empurrou contra a parede. O ombro de Glover bateu num quadro, uma gravura de Miró, uma das de Walter, que caiu no carpete sem se quebrar. Eles estavam em choque. Glover ficou ali calado e Ruth olhava o carpete e segurava a metade inferior do rosto. David estava entre os dois, dizendo: "Está tudo bem, está tudo bem", sabendo estar longe da verdade. Glover começou a chorar, em soluços grandes, explosivos e ruidosos, e sua cara estava toda retorcida. David se ajoelhou e pegou Ruth nos braços.

Jess apareceu então na porta da sala, uma aparição de calça cinza e moletom branco com San Diego estampado na frente. Balançava uma caixa de lenços de papel, um dedo enganchado na abertura.

Quando a viu, Glover parou de chorar e disse, com um arroubo indiferente de desafio:

– Mas que merda é essa? Que merda ela está...

A cara de Jess estava inchada e inexpressiva.

– A minha Ginny quase morreu.

Ela deslizou pela sala, sem ver o conteúdo da bolsa ou o fato de que Ruth segurava o queixo com as mãos, ou que David estava ali. Depois Ruth repetiu isso subitamente, gritando para Glover: "Ginny quase morreu! Burro! Criança!"

Pronto, ali estava: "criança." Pairou na sala como uma pintura, tão bela, tão inegável e verdadeira que ninguém conseguia desviar os olhos, que tudo perto dela perdia o lustre e o interesse.

A luz aumentava no apartamento. Do lado de fora, Londres surgia, acordando. A longa noite havia acabado. David disse a Glover para sair e ele se encaminhou para a porta, mas não passou por ela. Ainda estava com o anoraque preto e segurava os dois cotovelos para não tremer. Depois começou a passar a palma da mão vagamente pelo batente da porta.

Ruth, sentada ao pé da poltrona, pegou um lenço de papel da caixa de Jess e o segurou na boca, onde se tingiu de um vermelho ácido. Jess tinha se sentado no sofá, esperando alguma coisa, e olhava impassível para Glover. Ruth disse:

– Por favor, *vá embora*. David, graças a Deus você está aqui. Tire-o daqui.

Sua voz era rouca, digitalizada pelo lenço apertado no lábio.

– Graças a Deus *ele* está aqui? O que ele está fazendo aqui? Por que não olha o blog dele? Veja o Damp Review, se quiser saber o que ele acha...

Ele foi interrompido por David, que o empurrava para a porta. Por um segundo Glover tentou resistir, mas depois a angústia sumiu de seu rosto e ele se virou, saindo docilmente. Eles ouviram a porta do apartamento se fechar. A respiração de David estava acelerada e curta. Na pia, ele desenrolou papel toalha e o molhou sob a torneira, depois se sentou ao lado de Ruth no carpete. Com gentileza, inclinou sua cabeça submissa para as luzes de pera e limpou o corte no lábio. Ela começou a chorar de novo. Ele a ajudou a deitar no sofá, e ele e Jess se sentaram ao lado dela, abraçando-a. Depois ele preparou um chá.

* * *

Elas estavam no táxi quando souberam que Ginny tinha sofrido uma série de pequenos derrames, mas Jess pedira a Ruth para não contar a ninguém da festa, para não estragar a noite deles também. Quando chegaram ao hospital, a sobrinha de Ginny, Miriam, abraçou Jess por 15 minutos seguidos. Miriam disse que ela parara de falar, no meio de uma frase, e foi colocada num respirador. Elas ficaram no hospital por três horas, e nesse tempo Ginny se recuperou o bastante para insistir que fossem embora. Disse que Ruth precisava de Jess no casamento e, além disso, ela ainda estaria presente na noite seguinte. "Você estará", disse Jess, enquanto finalmente concordava em deixá-la.

Elas voltaram a Londres às duas da manhã e o choque de tudo começara a afetar Jess. Ela nunca lidou bem com coisas assim e Ruth lhe dera dois Temazepam, amontoando cobertores por cima dela. Ela ainda estava um zumbi dopado e agora Ruth e David a levaram pelo corredor e a viram subir desajeitada no monte de cobertores.

Ruth se empoleirou no sofá, os joelhos unidos com força, os cotovelos apoiados neles, e a cabeça margeada pelos pulsos. Ela se retraía do mundo e falava com brandura, o olhar fixo no ar. Nunca vira um homem se comportar daquele jeito, nunca em sua vida alguém gritou com ela assim. E nunca, jamais, alguém bateu nela.

David, recostado numa poltrona, aprumou-se e desabotoou a camisa, mostrando a Ruth o hematoma no peito – sua medalha – que Glover dera a ele. Contou-lhe que Glover o socara ali na noite anterior quando ele tentava tomar banho. Ele estava descontrolado. Ficou com raiva por uma coisinha boba que David dissera, depois pegou o computador dele e o jogou na parede. A tela foi estilhaçada. David não sabia qual era o problema dele. Ruth balançava a cabeça sem parar, clareando as escamas dos olhos. Era a profundidade de seu erro que a aturdia.

Ela precisava de ar. Ele a ajudou a vestir o casaco amarelo, depois a seguiu até a varanda. Havia um vento frio ali, tão acima de Londres. A leste, sobre o vidro e aço do distrito financeiro, as

casas de curry da Brick Lane e Aldgate, as propriedades de Hackney e os canais não dragados, o sol lançava uma luz mortiça e anêmica. Não fazia calor, ainda não. Ruth tremia e David colocou o braço em volta dela. Afastando-se dele subitamente, ela ergueu a mão no ar e atirou o celular por sobre a mureta de concreto. Eles escutaram por uns segundos, esperando ouvi-lo cair, mas estavam muito longe e só houve o silêncio. David riu, meio nervoso, e Ruth disse, sem emoção:
– Estou velha demais para aturar essas coisas.

Nossa cultura é velha demais para o amor, pensou David. Você deve se proteger e sabe disso. O impulso introvertido superou o impulso extrovertido. Quem quer abdicar da autonomia, ser arrebatado pelo outro, se tornar escravizado e indefeso? Estamos ocupados. Vendo pornografia. Vendo TV. Esperando no balcão por nossa vez de descrever o tamanho da fatia de brie que queremos ou de gorgonzola. Glover e Ruth agradeceriam a ele, se soubesse que ele os salvara. Ele lhes devolvera a realidade. Ele desmistificou os dois.

Que tolice a deles pensar que podiam se tornar significativos e inteiros por outro ser humano. O processo de existir, de desenvolver uma alma, é uma alegoria da arte, não do amor. A resposta pode não estar no Um, é verdade, mas sabemos que não está no Dois.

As expectativas são diferentes. Nossas peças agora não terminam com um casamento ou, se terminam, esperamos que também o casamento, um dia, chegue ao fim. Absorvemos inúmeras verdades cristalinas e uma delas é esta: o tempo todo as pessoas se amam e vão embora.

David garantiu a Ruth que cuidaria de tudo, que ela deveria ficar com Jess e Ginny, e Ruth ligou o computador para imprimir a lista de convidados com os números de telefone. Estava quase cansada demais para ser sentimental e fez tudo com enfado. David a via abrir os arquivos. Ela suspirou com um leve "hum".

– Não sabia que você era um desses blogueiros de que todo mundo fala.

– Ah, imagina. Agora mesmo nem está no ar.

– Qual é o nome do blog?

– Vou te mandar o link.

Ruth foi dar uma olhada em Jess enquanto as páginas impressas desfaleciam no carpete. David as pegou e arrumou, e disse baixinho no corredor que voltaria mais ou menos em meia hora. Desceu para encarar a manhã e começou a andar à luz pálida do dia até o carro. O céu era de um azul medieval fraco. Glover não estava à vista.

No apartamento, Ruth voltava descalça à cozinha. Encheu a chaleira e a ligou. Uma xícara de chá indiano a acalmaria. Jess estava apagada e ela percebeu o computador ainda ligado na mesa de jantar. Plugou o cabo da internet e abriu o site do *New York Times* para ver que outras coisas momentosas tinham acontecido naquele dia da sua vida, em que tudo desmoronara outra vez. Seu lábio doía e a língua o pressionava, sentindo o inchaço desconhecido. Como era estranho esse impulso de apertar uma coisa e ter uma nova sensação, mesmo que fosse só de dor. Ela cometera tantos erros e aquele não seria o último. Pensou em James de pé ali na sala e virou-se para ver onde tinha caído a gravura de Miró. David a encostara na parede. Qual era mesmo o nome do blog dele?

James Glover saiu se arrastando do saguão, movendo o corpo como se não fizesse parte dele, como se o vestisse. Ainda chorando, sentou-se na calçada de um pub fechado e viu que a manga de seu anoraque brilhava de muco e lágrimas. O dorso de sua mão doía onde ele tinha... onde a mão tinha... Ela o olhara como se não o conhecesse. Ele devia decepar a mão, tinha sido tão ofensiva. Ele era um estranho para si mesmo. Duas noites antes eles estavam deitados na cama, cara a cara, as testas quase se tocando, e ela brincou com a pele macia do lóbulo da orelha dele e afagou seu cabelo, dizendo que ele não devia ter medo, que talvez durasse dez anos, ou cinco, ou dois, e ele franziu a testa e a fez prometer que duraria para sempre. Ele se levantou da calçada e partiu para o sul, para o canto abandonado da cidade.

Uma rua depois, numa longa sombra no sol baixo, David se virou e decidiu voltar ao saguão. O porteiro tinha colocado uma gravata preta sobre a camisa branca e o olhou com um ódio injustificado.

– Posso usar o computador? Só por um minuto?
– É morador?
– Bom, não, mas sou amigo íntimo de Ruth Marks. Ela é do 23A.
– Não pode usar o dela?
– Infelizmente não está funcionando. O laptop dela caiu e quebrou.
– Não sou eu que decido. É o regulamento – explicou o porteiro.
– É muito importante. Olha, posso te pagar.

David pegou uma nota amarfanhada de vinte no jeans e a esticou no balcão.

– Não, não se incomode com isso. Guarde o seu dinheiro. – O porteiro lançou um olhar apressado pelo saguão. – Mas seja rápido. É só entrar por ali.

Ruth digitou no campo de pesquisa. The Drab Review. A linha branca ficou azul enquanto a busca voltava sem nada parecido. The Damn Review? Tentou de novo. Não. Não era isso. Ela se levantou para fazer o chá.

Glover corria. Andava pelo Finsbury Circus e o declive suave começara a lhe dar velocidade e depois, sem decidir conscientemente, ele começou a correr. Estava de tênis e calças de combate. Embora seu anoraque fosse muito volumoso, ele conseguia manter os braços soltos, as costas retas, e começou a entrar no padrão de movimento. Os bancos e as firmas de advocacia estavam fechados e as calçadas, vazias. Ele telefonaria para ela quando chegasse ao apartamento. Telefonaria para explicar como tinha entendido tudo errado – ele agora percebia – e seu comportamento tinha sido inteiramente inaceitável. Um ônibus passou e ele aumentou o ritmo. Só não suportava a ideia de outra pessoa tocando nela. Ela devia entender isso. David falaria por ele, explicaria o quanto ele a amava.

Na sala dos fundos do saguão, David entrou no blog e ativou a página Em Construção. Depois selecionou o post que detonava a exposição de Ruth e a nota biográfica da artista, de três páginas, e deletou. Rapidamente digitou um panegírico clichê e extasiado de um parágrafo. *Na vanguarda do empreendimento artístico. Uma artista do mundo em todos os sentidos. Vivemos os tempos de Ruth Marks.*

Lá em cima, Ruth levou o chá para a mesa de jantar e se sentou ao teclado de novo. David uma vez contara que foi batizado em homenagem aos tios, que tinham nomes de apóstolos. Não, discípulos. David e o quê? Matthew. Não, Andrew. Mark. Marcos era discípulo ou apóstolo? Ou era evangelista? Ela pensou que o nome combinava um pouco com David. Seu derrotismo e sua falta de ar. É claro, as mãos dele sempre estavam meio úmidas e pegajosas. Úmidas. Em inglês, *damp*. The Damp Review – e, ah, ali estava a página. Ela clicou na seção de arte e sorriu com tristeza. Isso era demais.

Ele podia estar descalço na areia em Cromer. Podia ser verão, depois de seu primeiro ano na universidade, quando toda manhã ele disparava pela praia, renovado, magro e rápido. Ele agora corria há 15, 20 minutos. Chegou à ponte de Blackfriars e a atravessou, depois desceu até o rio e continuou correndo – imaginando que pararia a certa altura, que teria de parar a certa altura. Carregava o anoraque embolado numa das mãos e a camiseta branca estava ensopada de suor. Uma africana agarrada à bolsa passou por ele, com medo de que ele fosse roubá-la. Glover não percebeu. Agora ele nem tentava. A endorfina o inundava e um ímpeto maravilhoso o carregava. Não podia parar, mesmo se quisesse. Estava sendo impelido pela curvatura da terra, sem atrito, lubrificado e perfeitamente preparado para conservar aquele movimento. O salto dos pés nas pedras do calçamento era hipnótico e primitivo. Toda manhã ele acordava, longe ou perto, e pensava nela. Nem sempre pensava nela, mas também nunca deixou de pensar. Na terceira noite eles fizeram amor e depois transaram na mesa da sala de jantar, no banho, no sofá. Ele a fez gozar da última vez, no sofá, e nunca ouvira um som que lhe desse tanto prazer. Eles criaram um ninho de almofadas no carpete e se enrolaram no imenso edredom de Ruth para ver *Pacto sinistro*, bebendo champanhe e comendo torrada com geleia francesa e um saco de tangerinas doces. Foi a coisa mais incrível que aconteceu a ele. Passavam noites em claro quando dormiam na cama enorme dela e acordavam tarde, ao meio-dia. Uma vez ela deu um beijo em seu nariz e disse que ele tinha o nariz de uma garotinha linda, depois confessou que adorava acordar com o som de alguém respirando. E ele se perguntou depois disso como foi que aconteceu. Como tinha se visto respondendo a ela, quase dormindo, com um gosto ruim na boca e o sêmen duro e esfarelado na barriga: "Talvez você devesse se casar." Agora ele desviou de um banco e resolveu pular o seguinte. Nunca lhe ocorreu como poderia ser interpretado, que ele não pretendia dizer que ela devia se casar com alguém em particular, até que uma das habilidosas mãos de Ruth desceu até seus testículos e os pegou em concha, e ela disse: "Bom, talvez *você* devesse." E suavemente, semiconsciente, hipnotizado, ele respondeu: "Talvez nós devêssemos." E ela entendeu direitinho. Depois ele fez o que devia na noite seguinte, na véspera de Ano-Novo, e ficou todo sério, de joelhos, e os dois choraram e riram e choraram... Ele pulou o banco seguinte e espantou os pombos que bicavam em volta de uma lixeira. Estava chegando ao platô, o momento em que deixava o reino da gravidade e entrava no espaço sideral, quando pernas e braços esqueciam que a estática um dia existiu. Manteve a cabeça reta e retesou os músculos da barriga, alongando seu passo e a velocidade. Telefonaria para ela quando voltasse. Salvaria a relação. O amor não acontecia com tanta frequência e um incidente idiota não poderia acabar com ele. As pessoas cometiam erros. Sem pecados no mundo, não haveria lugar para o perdão. Ele quase disparou, mas era estranhamente fácil manter o passo. Era como se pudesse correr para sempre, como se pudesse correr tão rápido a ponto de se esquivar de tudo – da infância, dos pais, de David, do emprego no Bell, dos acontecimentos da noite, até de seus próprios braços oscilando e da respiração ofegante, das pernas, da cabeça e do coração, como se pudesse deixar a si mesmo para trás e se concentrar no mais puro movimento, uma partícula que viaja em um feixe luminoso, depois mais rápida do que a velocidade da luz.

adagas, crucifixos, corações e sinos

David ficou sentado do lado de fora por meia hora, tomando algumas providências. Telefonou primeiro para o cartório. A mulher não pareceu nada surpresa. Depois ligou para a mãe e lhe deu os detalhes sobre os convidados. Não cabia a ele explicar a todos e esse era o tipo de tarefa que agradaria a ela. Sua mãe sabia ser oficiosa e misteriosa, podia fazer uma lista e rabiscar o que já cumprira. Ela ficou encantada. Ele prometeu lhe dar mais detalhes depois.

No Somerfield, na Whitecross Street, ele comprou três jornais, croissants quentes, suco e bolos dinamarqueses para Jess e Ruth, qualquer coisa para desviar a mente das duas do que tinha lhes acontecido. Depois teve uma outra ideia e pegou o presente, embrulhado em papel prata acetinado com sinos de casamento, na mala do carro, onde tinha guardado desde terça, a salvo dos olhos de Glover.

O lábio de Ruth agora estava inchado, como uma injeção de colágeno malfeita, o que ele imaginava que a maioria das pessoas pensaria ser. Ela disse que, quando mexia demais a boca, o corte abria de novo e sangrava. Ficou sensibilizada com a compaixão dele. Ele insistiu que queria que ela recebesse o presente de qualquer forma. Ruth começou a chorar de novo e o abraçou. Ele a fez desembrulhar o presente e ela disse que aquela pintura enigma era maravilhosa, que sempre adorou o kitsch, que esta era a definição para aquilo: tão ruim que chegava a ser bom. A pintura lembrava-a dos elefantes e cisnes de Dali, e David disse que conhecia essa tela. Depois, por alguns momentos, eles eram aluno e professora de novo. Os cisnes e as árvores estão refletidos no lago como elefantes, e ela disse que Dali chamava a técnica de paranoia crítica, em que alucinação e realidade pareciam fundir-se, em que uma coisa sempre se transforma em outra.

– Acho que Dali é um artista para as pessoas que não gostam de arte. Todos aqueles detalhes e olhos cristalinos. Tudo de aparência tão fria.

Ele concordou. David pensou que ajudaria a ela dizer essas coisas a ele, ter restaurada sua posição de autoridade. Ele percebeu que havia uma caixa na mesa de jantar embrulhada em jornal rosa e que Ruth tinha pintado pequenos símbolos pretos nela: adagas, crucifixos, corações e sinos. Ele perguntou o que era e ela murmurou que se tratava de um presente que estava preparando para dar a James, depois da cerimônia. Em seguida disse, de forma decidida: "Fique *você* com ele." Ele tentou impedi-la, mas ela insistiu, e David quis tornar as coisas ainda mais fáceis para ela. Foi assim que *O coração quase transparente*, um original Ruth Marks, foi parar no banco do carona de seu carro. Era lindo, pensou ele, e, no peitoril da janela do quarto, lançaria belos desenhos de luz na parede. Talvez ele devesse pegar as pastas do projeto de volta e mudar as coisas um pouco. Agora Ruth teria mais tempo. Ou talvez ele devesse apenas fazer tudo sozinho. Tinha percebido que era fácil.

    Enquanto ia de carro para casa, Londres se aquecia. O dia era promissor. Ele levaria Glover a uma cervejaria ao ar livre, talvez até ao George na High Street, para ficarem no mesmo pátio onde Shakespeare encenou suas peças, depois lhe diria que ele teria de sair do apartamento dele. Já dera um jeito em tudo. Podia ficar um ou dois dias, mas só isso. Sem dúvida Glover ficaria bem, se corrigiria e voltaria para a luz. Rezaria pedindo perdão a Deus, na ausência do perdão de Ruth. E David nem sempre estaria ao lado dele. Não poderia ficar com ele agora, não depois de ter visto o que era capaz de fazer. Para esta próxima fase de sua vida só haveria um par de pegadas na areia, esperando que o mar as apagasse, e ninguém seria carregado nos braços.

agradecimentos

Meus agradecimentos a Natasha Fairweather, Clare Reihill e Zadie Smith. Por terem lido uma primeira versão, agradeço a Richard Young, Ben Turrell, Alan Turkington e Sam Wallace. Por fim, minha gratidão especial a Lorcan O'Neill, Tom Bissell, Angela Rohan, Ruth Scurr e Nik Bower.

Impressão e Acabamento:
GRÁFICA STAMPPA LTDA.
Rua João Santana, 44 - Ramos - RJ